よう知らんけど日記

柴崎友香

京阪神エルマガジン社

東京で暮らす小説家が、大阪弁でぼちぼち綴ります。日々のあれこれ。
「よう知らんけど」は、関西人がさんざん全部見てきたかのようにしゃべったあと、
「絶対にそうやって！……よう知らんけど」と付けるアレですよ。

イラスト
権田直博
デザイン
池田進吾(67)

よう知らんけど日記

年

1月☆日

サッカーアジア杯、日本が優勝。松木安太郎さんは「解説」じゃなくて「松木」という枠にしたらいいと思う。

ちょっと前に、サッカーの監督はスーツ着てるねんな、と思ってから、いや、監督が選手と同じユニフォーム着てるのって野球だけ？　と気になりだした。野球を見慣れすぎて当たり前に思ってたけど、野球以外で監督がユニフォーム着るスポーツってほかにあるんかな？　ジャージじゃなくて。ほんで野球はなぜユニフォーム？

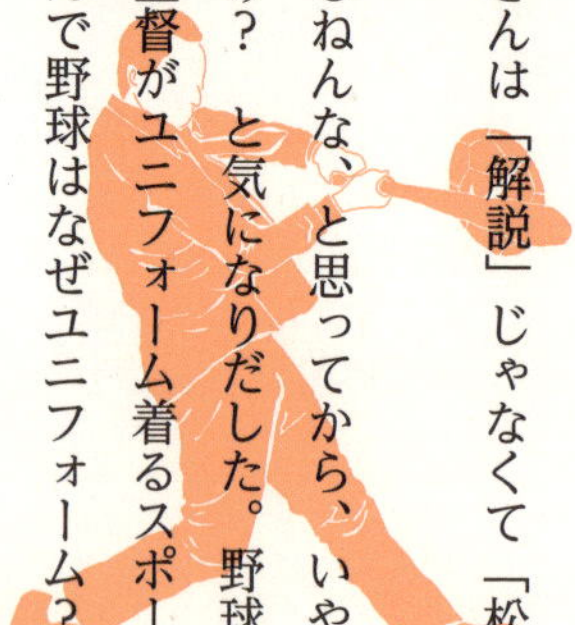

1月☆日

こないだテレビで『犯人に告ぐ』という映画をなんとなく見てて、その中で犯人が「カーキ色」を「えんじ色」と間違えている、というのが一つのポイントやってんけど、わたしも長らく「カーキ色」がどういう色かいまいちつかめなかった。子供の頃は「柿色」っぽくも思っていた。それで改めて辞書（漢字源）を引いてみると、「（ヒンディー語で土ぼこりの意。）黄色に茶色の混じった色。枯れ草色」とある。そうやんなー、作業服っぽい色やんなー。この何年か女子に流行のモッズコート、『踊る大捜査線』の青島のアレの色が「カーキ」になってきてるような気がするねんけど、あれは「モスグリーン」（苔緑）では？　言葉の意味って変わっていくってことでしょうか。

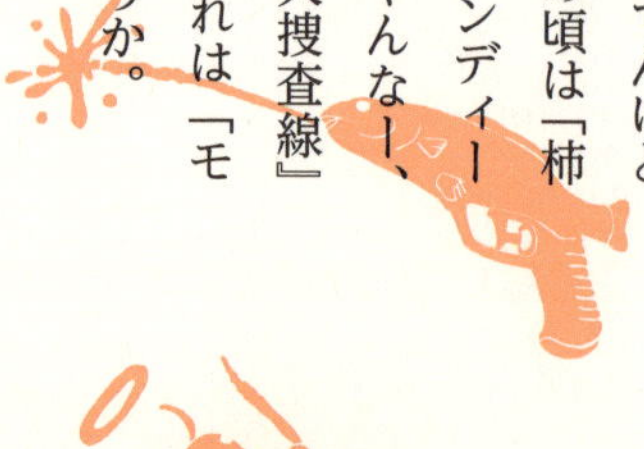

ちなみに「えんじ」は漢字やと「燕脂」。ちょっとグロい。こちらも辞書で調べるとエンジ虫の死骸を含む樹脂から取る染料、とのことです。

1月☆日

子供の頃から、日記を続けて書けたことが1回もないです。宿題の絵日記もまとめて捏造《ねつぞう》してました。日記以外も、毎日続ける、ということが何一つできたことがありません。3日続いたらいいほうかなあ。

　それで、プレッシャーを和らげるためにこの日記は「☆日」にしています。あと、締め切り延ばしてもらってるのにテレビ見てるのが申し訳ないので……。

　書いたり書かんかったり、その日に起きたんじゃないこと書いたり、すると思います。いずれにしても、人に見せる用の日記。

1月☆日

『ワールドビジネスサテライト』（テレビ東京）。日本人の味覚が甘党になってきていて農産物（柑橘類とかトマトとか）で糖度が高いものが次々開発されてるというニュース。年を取るにつれますます甘いものが苦手になってきてるわたしにはだんだん食べるもんがなくなっていく……。グルメ番組で野菜をかじるとなんでも「あまーい」というのがほめ言葉なわけですが、ほんまにそうなんかなと。持ち味いうもんがあるやん。いろんな味がないと飽きるやん。ラー油ブームでようさん出てるラー油味の食べ物もどれ食べてもラー油の味しかせえへんし、味覚麻痺では？　わたしは、旨みと苦みと渋みが好きです。

あと、日本人て糖尿病なりやすいらしいんで、そんな甘いもんばっかり食べて大丈夫なんかなと、心配。

2月☆日

突然暖かくなった。

寒いあいだは早くぬくなれへんかなーと思ってるけど、急に冬が終わるとさびしい。ちょっと待ってくれ、と思う。

2月☆日

東京に引っ越して、ゴミ収集車が黙って来るので困る。……と言ってもなんのこと？と思われるかもしれませんが、31年間住んでいた大阪市では、ゴミ収集車は音楽を鳴らして来るのです。しかも、ふつうのゴミと資源ゴミなどで音楽が違うのです。だから、ゴミ出しを忘れてても遠くから音楽が聞こえてきて慌ててまとめて走ったら間に

合うこともある。それが、東京（世田谷区）では、いつの間にか来ていつの間にか持って行ってるのでなんかすっきりしない。

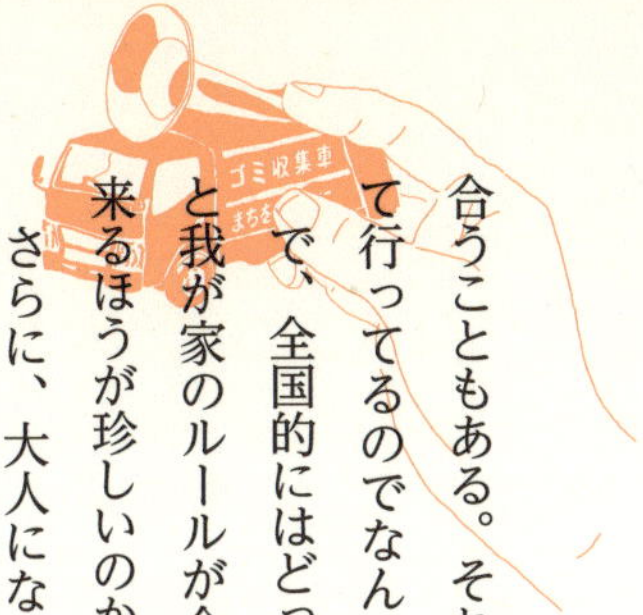

で、全国的にはどっちが多いんでしょうね？　たいてい自分が育った地域、もっと言うと我が家のルールが全国的にふつうやと思ってることはよくありますが、音楽鳴らして来るほうが珍しいのかな？　鳴らして知らせてくれるほうが便利やと思うのですが。

さらに、大人になってから知ってびっくりしたのですが、大阪市のゴミ収集車のあの音楽、市の職員が作ったオリジナルやねんて。ということは大阪市民しか知らん曲なのかー。資源ゴミはここ何年かのことなので『赤とんぼ』などが流れてます。

2月☆日

続・ふつうと思ってたこと。

学校に上履き制度がなかった。これもべつに気にとめていなかったのですが、つい最近人との会話の中でなんの気なしに言うたらびっくりされたので、そのことに驚いた。そら、テレビなど見てて上履き制度があるのは知ってたけど、上履きのとことそうじゃないとこがあるねんな、というくらいに思ってたのですが、上履きないって珍しいんですかね？　小学校も中学校もなかった。土足でふつうに教室です。「じゃあ下駄箱にラブレター入れられへんやん」と言われますが、はい、入れられません。下

駄箱スペースなかったもん。でも、高校では上履きあったのですが、下駄箱はほかのものも一緒に入れる鍵付きロッカーだったのでラブレターは入れられへんかったよ。

2月☆日

大阪〜。実家の近所には、「たこ焼き7個１００円」のとこがまだある。26年間値上げしてません、と張り紙してある。わたしには「7個１００円」はたこ焼きの基本やねんけど、いつから大玉６個３００円みたいな感じになったんやろう。つまようじで食べられる小ぶりサイズで7個１００円。久々に食べたらめっちゃおいしかった。マヨなしでソースも少なくて、紅ショウガとだしの味がする。前に某毒舌系グルメ本で大阪の有名たこ焼き店に行った感想に「たこ焼きと言えば外はカリッ、中はトロッのはずなのに違うじゃないか！」とお怒りコメントが書かれていましたが、それ、なんかほかの食べ物と間違えてはるんちゃいますかね？　わたしの感覚では、たこ焼きの表面はさらっとしなっと、です（東京にもたこ焼き屋あるけど、たいてい「たこ揚げ」みたいな感じ）。

地元のたこ焼きはおいしいなあ。１０００円出したら70個買えるやん！

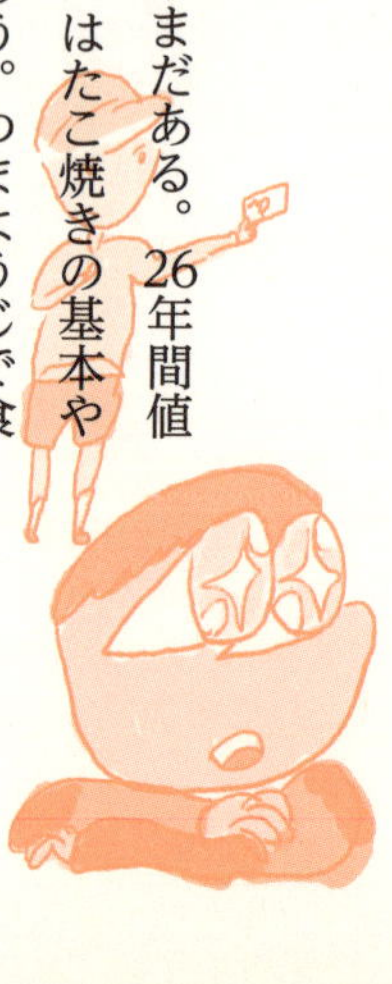

2月☆日

で、大阪で買い物したら、お店のパートらしきおばちゃんが「消費税まけとくわ。

おばちゃん、美人に弱いねん。内緒やで」と２１００円を２０００円にしてくれました。ああ、大阪はすばらしいなあ！　まけてくれたことでもなく、美人て言われたことでもなく、このやりとりが！　お店の人と、その場に居合わせた人と、袖すり合った他人が会話をするというこのふつうのことが、遠く離れた街で暮らしているとどんなに貴重なことかと、泣けるほど感動します。

2月☆日

新大阪駅の在来線と新幹線乗り換えるとこで売ってる焼き鯖鮨、おいしい。通ったら毎回買う。

2月☆日

年のせいか、そういえば昔はこういうのがあったなあ、と思うことが増えた。洗濯の洗剤がナノ化してペットボトル小ぐらいになってて、開発秘話みたいなんに、洗剤を買って帰るのが重いという声に応えて研究を重ね、と書いてあり、コンパクトサイズでも重いんか、子供の頃は洗剤って縦50センチくらいの大きさの箱に入ってて、1回分はコップ1杯やったよなあ、としみじみ。あれ、どうやって持って帰ってたんやろ。食器洗いの洗剤もちっちゃなった。ママレモンてまだあるんかな。

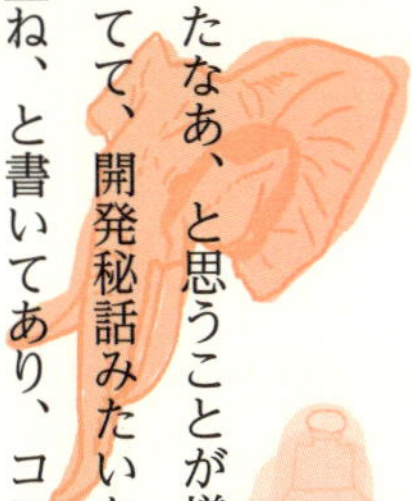

2月☆日

梅田のカンテ・グランデで買ってきたラスクがおいしすぎる。もっと買ってきたらよかった。高校のとき、同級生の女の子に「恋人がいるでしょう？　一緒に行ったら良さそうなお店があるねん」と少々不思議な言い方で（恋人、なんか会話で実際に聞いたのは後にも先にもあのときだけかもしらん）今はなき「泉の広場店」を教えてもらって以来、カンテのケーキがいちばん好き。実は勤めていた会社の面接に行くことにした決め手は、カンテの近所やったからでした。

2月☆日

『空から日本を見てみよう』（テレビ東京）。今日は東海道線。西村京太郎記念館の中にある電車模型が走ってるジオラマが映っててんけど、海岸やら山やら倉庫やら、至る所に死体発見現場が再現されてました……。クレイジーやなー。

2月☆日

ＮＨＫの天気予報の雪だるまのマークが、降ってる雪を目で追ってるのが気になる。その表情に感情移入してしまうと、吹雪マークの雪だるまが不憫になる。

ということで、明日は雪かー。外出んとこ。

2月☆日

近所にうどん屋がなくてつらい。

2月☆日

『世界ふれあい街歩き』（NHK BShi）。BGMに新曲がかかってる！　今日はウィトビー、イギリス北部の港町、北欧っぽい風景。田畑智子のナレーションはさびしい感じがして好き（中嶋朋子もさびしいけどもうちょっと事情がありそうな雰囲気になる）。

旅行してる間って「もう1回来よう」と思ってるけど、たいていもう行かれへん。もう来ることないとわかりつつ「もう1回」と思ってる。だから旅行してる間はずっとさびしい。

トルコにもう1回行きたい。

2月☆日

現在「ひかりTV」というやつに加入してて（この経緯についてはまた改めて書くつもり）アメリカドラマのチャンネルも見られる。FOX系の中でもジャンルで分かれてるねんけど「FOXCRIME HD」ってチャンネルの名前はどうなんでしょうか。朝から晩まで犯罪～、殺人～。『クリミナル・マインド』ってドラマは犯人がただの

殺人犯じゃなくて全員「連続殺人鬼」。アメドラ、ちょっと殺人のインフレじゃないですかね。猟奇表現も大盤振る舞い。

アメリカって大変やね。『デクスター 警察官は殺人鬼』ってタイトルだけでむちゃくちゃですな。殺人鬼♪、みたいな感じ？

2月☆日

渋谷クラブクアトロでNO AGEのライブ。かっこよかった。死んでもええなって気分になるぐらい、いいライブやった。かっこよすぎて死にそう、みたいなことではなくて、こういう音楽があって自分の人生はじゅうぶんやな、と。生きてる意味あるな、と。
昔は良かったとか自分の世代は損してるとか（ロスジェネとかに勝手に分類されたりしてるし）、そういうことをいくら言われても、今このときに生きてて最高とずっと思ってきたのは、こういう音楽があるから。こういうライブに行かれへんのやったら別になんも意味ないやん、わたしにはこれがあるからええ人生や、と思う。そういうふうに思うのは、映画でも小説でもほかのなんでもなくて、こういう音楽だけかもしらん。
NO AGEの人（たぶん二人）、どこから来たのか何歳なんかなんていう名前なんかも知らんけど、ありがとう。ほんまにありがとう。

2月☆日

NO AGEのライブがよかった勢いで、タワーレコードに寄ってCDを大量に買った。小説家になってから、本、CD、映画とかのお金は惜しまないようにしてる。だって自分の本を買ってくれる人がおるねんもん。

「世界のレア・グルーブ」ってコーナーにあったドイツのプログレ・ガムランとかアフリカのファミコンみたいな音のとかインドジャズとかめっちゃおもろい。ジャケットもかっこええ。飾ろ。フェラ・クティのボックスセットがあって12900円で「これで一生フェラ・クティが聴き放題!!」と書いてあって、家で開けたらほんまにめちゃめちゃCD入ってて（27枚！＋DVD1枚!!）、まじで一生聴けるやん！こんな値段でええの～!?　と思いながら一日中かけててもまだまだある！

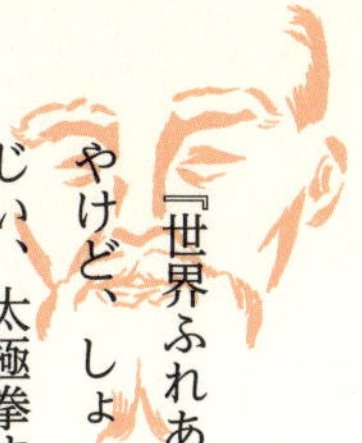

2月☆日

『世界ふれあい街歩き』（NHK BShi）、鳳凰《ほうおう》（中国）。街の名前からしてすでにアレやけど、しょっぱなから霧の深い川の岸でラジカセでヒップホップかけながら踊るおじい、太極拳するおじいがもやーっと浮かび上がる。真っ白い霧の中、橋じゃなくて飛び石（かなりの高さあり）を子供が渡ってくるし、学校の窓には靴下が大量にぶら下がってるし、道に座ってるおじいの顔は完全に水墨画の仙人やし、赤いワンピース

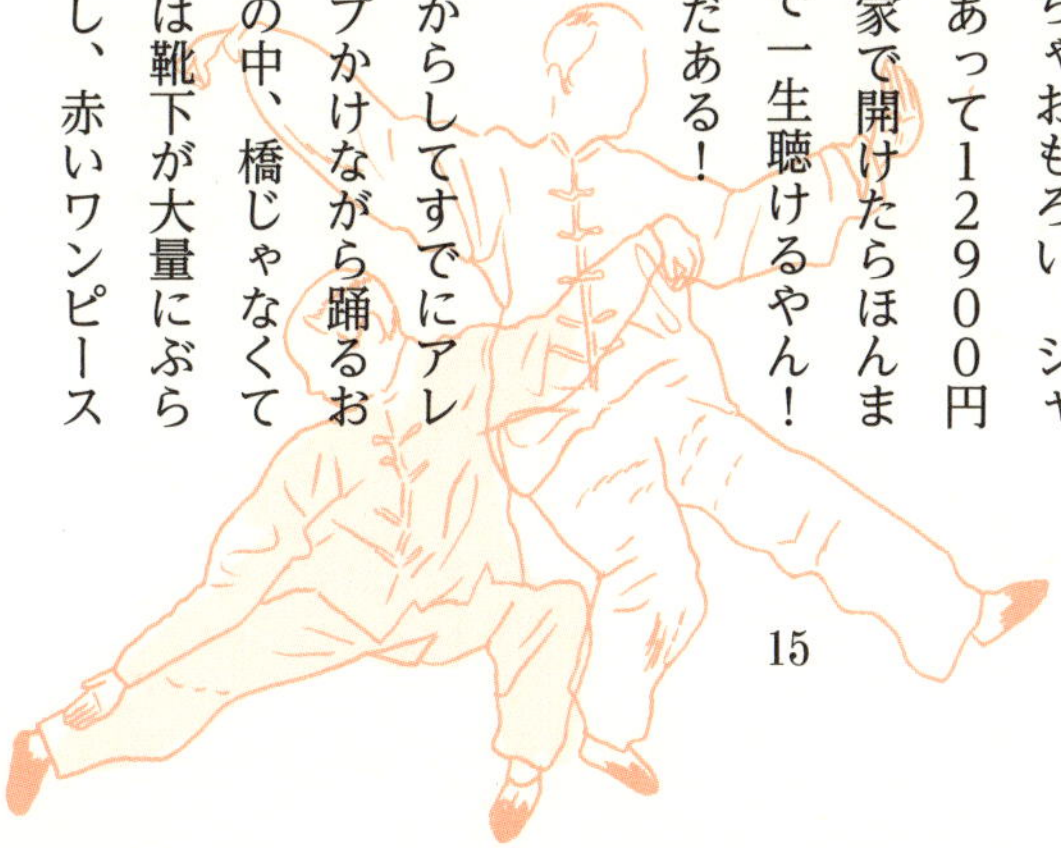

の女の子が犬2匹（シーズー系）つれて飛び石渡ってるし、道はヒヨコの群れがうろうろしてるし、大きい橋はアーケードみたいになってんねんけど（ベネチアかどっかにもある感じの）そこの古本屋の窓からモップをロープでぶら下げて川で洗ってるし、なんかもうすべてが幻覚症状。『世界ふれあい街歩き』、有名どころは行き尽くしてだんだん奥地に踏み入れて最近謎の街が増えてておもろい。

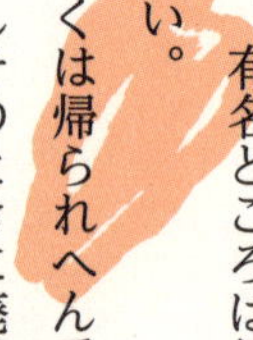

鳳凰はたぶん1回行ったら二度と見つからん、もしくは帰られへん系の街やな。文化大革命時代に破壊された城門が残ってたけど、たぶんそのときに廃墟になったのに生き霊が今もさまよっててたまに入れるんやな、と思うような街やった。ナレーションの吉田日出子が「川で洗剤で洗濯してるすぐ下流で野菜洗ってるうー。どうでもいいんだねえー」って言うてて笑いました。さすが日出子。

2月☆日

寒いの終わったんやな。

2月☆日

何年かぶりに白い毛が首に生えた。大事にしよう。なんのことかわからない人は「白い毛」って入力して検索したらいろいろ出てきます。中学のとき、猫飼ってる友達に

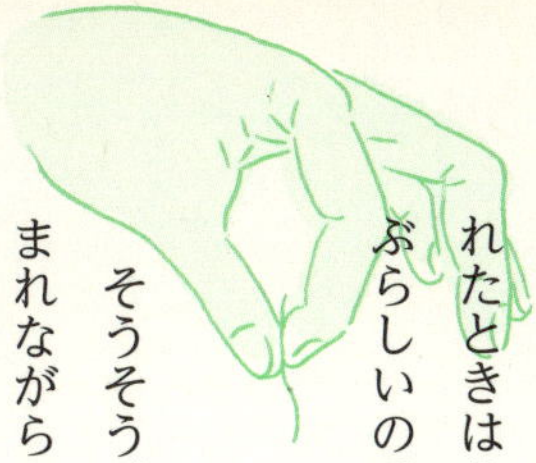

白い毛が生えてて「あんた、猫の毛ついてるで」って引っ張ったら「痛い！」と言われたときはこの子だいじょうぶか？　と思いましたが、自分にも生えました。福を呼ぶらしいので、大事に育てます。

2月☆日

そうそう、こないだ書いた『デクスター　警察官は殺人鬼』、ちょっと見てみた。生まれながらのシリアルキラーが、警官やったおじさんの手ほどきでその能力（？）を凶悪犯を殺すことだけに使う、ということらしい。普段は鑑識官してはるねんて。まあ…なんと言うたらええのか……やっぱりアメリカは大変ですな。たまたま見た場面がデクスターが少年たちとキャンプファイヤー囲んで怖い話してるとこで、みんな串に刺して焼いてるあれはなんやろ？　と思ったらマシュマロやった。ほんまに焼いて食べるんやな、キャンプで。

2月☆日

忙しくなったり気がかりなことがあったり疲れてきたりすると、ケガする。今日はいっこ前の駅で降りてまうし（しかもしばらく気づかんと、あれ、こんな店あったんや、とか思っていた）、包丁で指切るし菜箸燃えるし。ひどいときはあやうく万引きしかけたり（カゴ持ったまま外に出ようとした）、車に接触したりするので、こういうときはおとなしくしとかんと。寒いの終わったけど、やっぱり寒いな。

3月☆日

寒いの終わった、が、また寒なった。朝起きてカーテン開けたらいきなり雪景色で絶句。

　大阪と東京は、緯度経度も違うけど、それよりも天気は「瀬戸内海に面した本州の真ん中」と「本州から東南に張り出した太平洋側」の違いに左右される、ということが住んで3年ぐらいでわかった。雪の降り方も全然違う。大阪の雪は日本海側からの寒気に伴う雪雲が南下したときに降る。朝は晴れてても昼にはどんより灰色の厚い雪雲が出てきて、というのが大阪の冬の印象。これは「時雨雲《しぐれぐも》」と同じタイプで、大学のとき地理の先生に教えてもらった「京都に行くときは弁当忘れても傘忘れるな」というのとも通じる。雪が降るのは12月の終わりから1月が多い。

　対して東京の冬は、青青と晴れている。今年は特に雨が降らない日が1カ月以上続いてんけど、これは日本海側での大雪で空気中の水分のほとんどを落としてきた風がたくさんの山を越えてきた結果。関東平野の冬はとにかく風が強い。東京で雪が多いのは、北の寒気＋南の低気圧の形になるとき、つまり冬型が崩れて春になり始める1

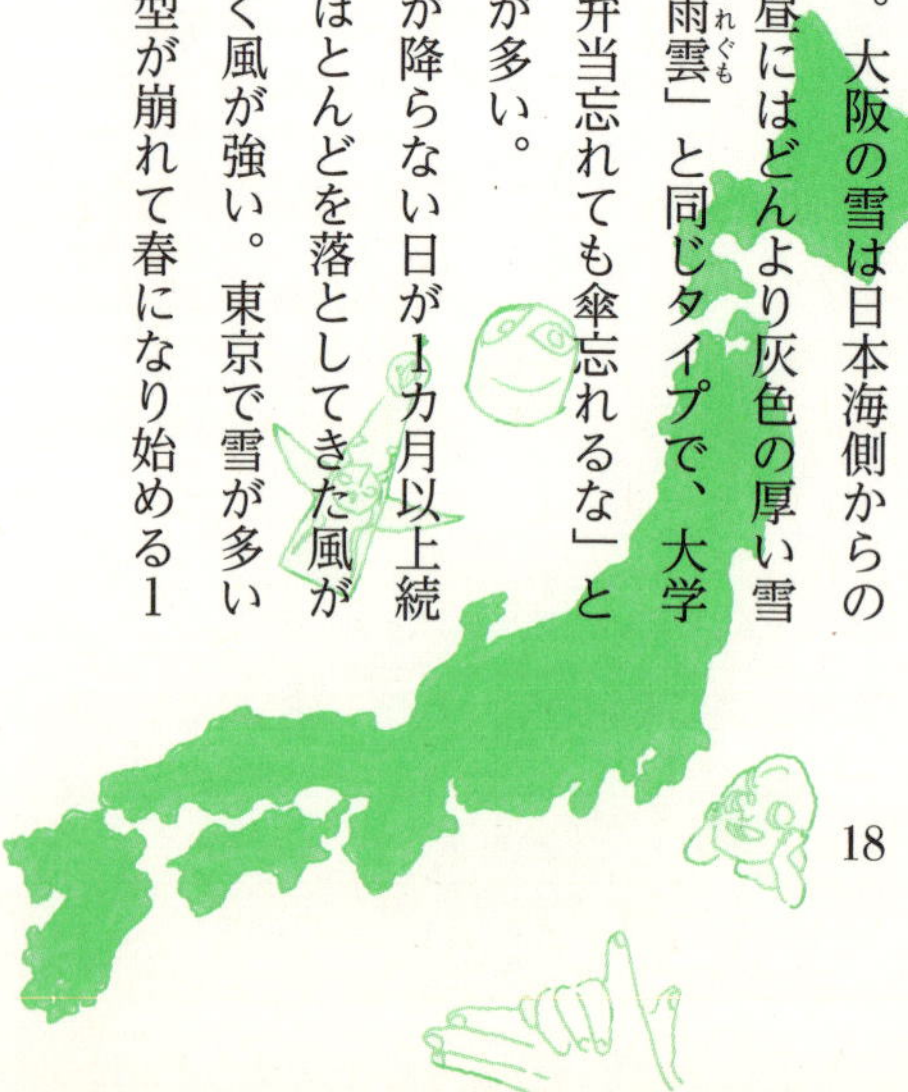

月末から3月。二・二六事件や桜田門外の変など雪が印象的な歴史的事件の日付をみるとなるほどなーと思う。今朝も、最初は低気圧らしい大雨が途中から雪に変わった。だから東京で雪が降るときもあのどんより暗い雪雲を見ることはあんまりない。全体的にぺたっとした雨の雲、という感じ。そのかわり、京都のついでという感じでちらほら降る大阪の雪に比べると、ぼたぼたどかっと降ってきて結構積もる。三日間残るくらい降る。証拠に、東京の屋根には雪止めのトゲトゲを見かける。

3月☆日

こないだ、大阪モノレールの万博記念公園駅改札付近で制服姿の女子高生らしき四人組が「ニャホ・ニャホ＝タマクロー」の歌を何回も歌っていた。「ニャホ・ニャホ＝タマクロー」って『トリビアの泉』（フジテレビ）で取り上げたガーナのサッカー協会元会長かなんかで歌までできてしまったわけですが、あれはもう7、8年前のような……。女子高生がなぜ今ごろ？

3月☆日

万博公園に行ったのは、国立民族学博物館の「ウメサオタダオ展」の取材のためやったのですが、見せていただいた資料がとにかく膨大かつ正確詳細で圧倒された。亡く

なる直前のインタビュー『梅棹忠夫 語る』（日経プレミアシリーズ）の第1章のタイトルが「君、それ自分で確かめたか？」やねんけど、その言葉通り、モンゴル探検などだけではなく子供のときから身の回りのものをとにかく詳細に観察してる。わたしはとにかく「みんぱく」が世界一好きな場所と言っても過言ではなく、行く度に世界の、人間のおもしろさに興味が湧いて湧いて、って感じだったのですが、それは梅棹先生のこういう態度に支えられてたからなんやなあ、と実感。賢くなりたい。勉強しよう。４月には常設展も大幅に展示替えがあるようなので、また通わなー。せっかく日本に住んでるのにみんぱくに行かないなんて人生の損やとわたしは思います。

3月☆日

近所の本屋で。男子高校生二人がファッション誌の読者モデル（男）のグラビアを見ながら「〇〇くん超かっこいいよねー、△△くん最近オーラなくない？」と……。うーん、もし今自分が高校生で彼らが同級生だとちょっと厳しいっす。近頃は男子のほうも読者モデル花盛りなんやなあ。わたしはかわいい女の子大好きやけど「読者モデル」というものには興味が持てない。でも今もてはやされる理由を考えてみて、「必死なのがイヤ」かな、と思った。プロ的ながんばりみたいなものが、かっこわるいと映るのかもなー。

3月☆日

地震があった。

3月☆日

地震があった。おとといと同じかと座っていたらどんどん揺れが大きくなり、棚に横積みしていた本が落ち始める。さらに揺れが大きくなる。棚を押さえる。どんどん揺れる。出口を確保しなければと思い、ドアを開けてアパートの廊下へ。向かいの家で玄関を押さえているおばちゃんと目が合う。隣の古い建物が明らかにがくがく揺れている。がしゃんがしゃんとあちこちから音がする（阪神大震災のときのように地鳴りはしなかった。揺れは大きいけど激しくはなかったから「関東大震災」ではないとは思った）。ようやく揺れがおさまって、テレビを見に戻ると、三陸沖が震源だったので、今までに何度かあった東北の地震を連想する。明らかに異常な事態だとは感じていたけど事態を受け止めるには感覚が麻痺していた。外を見に行くと、人が道に出てざわついてるものの、意外なほどお店の商品は落ちたり壊れたりはしていなかった（スーパーは酒瓶が割れて閉めていた）。小学生が防災ずきんをかぶって集団下校していた。大きな余震があって電線と街灯が揺れた。家に戻ってテレビをつけると、炎が燃えさかる津波が畑をさかのぼっていて、なにが起きているかを知った。

3月☆日

地震から三日目。土日はそうでもなかったのに、計画停電地域に入ったこともあって朝から商店街のスーパーとドラッグストアに長蛇の列。重度のいらちで並ぶのが嫌い、「行列ができる店」も極力避けて暮らしてきたので、行儀よく並んでる姿をすごいなーと思う。夕方落ち着いてから、みんな何を買うたんか興味があって店を見回りに。納豆がなくなってるのはさすが関東やなーと。関西でも最近はけっこう食べるけど「明日の納豆がない！」って感じはあんまりなさそう。なくなってていちばん謎やったのが小麦粉。天ぷらぐらいしか使い道が思いつかへんけど……。小麦粉……。そういえば「メリケン粉」って言わへんようになった。

　そう言いながらわたしも、自転車屋さんに並んで自転車買いました。前々からほしかった自転車が近所の自転車屋さんにあって、「電車運休」→自転車売り切れるから買いに行っとかな、と思いましたので、「買い占めや！」とか偉そうなことは申せません。夕方取りに行ったときもまだ黙々と整備してた自転車屋のおっちゃん、ありがとう。久々に自転車乗ったけど、快適。

3月☆日

　打ち合わせのため、地震後初めて電車に乗る。あちこち薄暗い。違う街に旅行に来た気分。表参道、人全然おらん。外資系のブランドはみんな閉まってる。ファストファッションも。元日みたいに静か。国内ブランドのお店は開いてて、店員さんが親切にしてくれる。服買う。「行列のできる店」は今が行きどきかも、とお店を検索してみたり。行かへんかったけど。

3月☆日

地震後初めて友達と渋谷に。人少ない。交差点の街頭ビジョン消えてて静か。これぐらいのほうがええやん、と思ってる人多数。あの大型ビジョンって、そんなに見てる人おらんよね。ランチに入った店では、昼からワインをボトルで飲んでる人多し。久々だからか、夜は早じまいの店が多いからか。人通りもちょっと戻ってきた。明治通りのDIESELのギャラリーでスパイク・ジョーンズ展を見る。プロフィールのパネルに「90年代から音楽ビデオの制作にも手を染め……」と書いてある。「手を染め」って、なんか麻薬の密売とかそういうのでは？　「手を広げ」か「手を伸ばし」とか？　気になって帰って辞書引いたけど、特にマイナスの意味があるわけではないらしい。いや、でも、「わたしも今度、制作のほうにも手を染めようと思ってましてね」って言うかな？　あんまり言わんよね。

3月☆日

外国人が続々出国のニュース。そら、外国におったらわたしも不安やもんな、と思いつつ、事務所などが関西に移転と聞くと、これを機に「あら、ここ、ごはん安くておいしいし、人はフレンドリーやし、街はコンパクトで生活しやすいし、ええとこやないの」て思う人が増えたらええのにな、と思ったりもして。関西びいきでなく、地方中核都市ぐらいがいちばん暮らしやすいと思うねんなー。

ところでわたし、今年に入ってから英会話習いに行ってまして、今日はオーストラリア出身の女子が先生やってんけど、「去年大阪に行った、USJ行こうと思って天王寺で電車がわからんと困ってたら、おばちゃんが駅員さんに聞いてくれたうえ、途中までついてきてくれた、別の友達も道を聞いたらその人からごはんに呼ばれて次の日食べに行ってた、大阪の人超フレンドリーでびっくり」と言うてました。そう、それが大阪。道を聞いたら、わからなくてもほかのわかりそうな人に聞いてくれます。時間があったら一緒に行ってくれることもようあります。これ、ほかの街の人はけっこうびっくりするらしい。

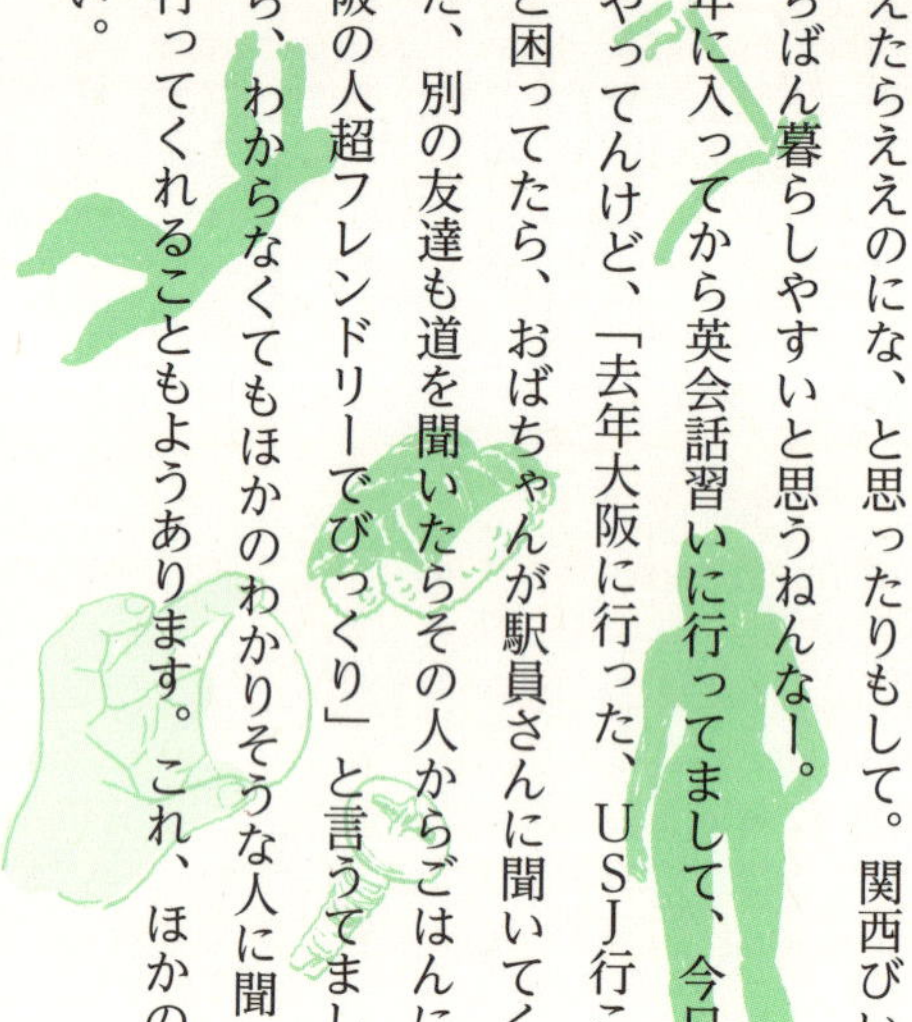

3月☆日

停電にならんまま、いつのまにか計画停電の範囲じゃなくなってた。なると決まったときも今回も、どっからもなんの知らせもなし。人のツイッターで知って（自分はやってないけど人のはちょっと見る）、東京電力のホームページでごっつい見にくいPDF探して確認しただけ。パソコン使わへん人にはどうやって伝わってるのかめっちゃ謎。何回も停電したとこと一回もなれへんとこがあるのも、釈然とせえへんし。

3月☆日

ちょっと前、近所の団地の植え込みに「ふきのとう」が生えてるのを発見。どうなったかなと見に行ったらもうだいぶ伸びて食べられへん大きさになってた。周りにふきの葉っぱが生えてて、「ふきのとう」って「ふき」の芽なんや、って気づいた。

4月☆日

上野動物園でニューパンダ公開のニュース。小学1年生ぐらいの男の子がマイクを向けられて「パンダに勇気をもらいました！」。別のチャンネルでも10歳ぐらいの女子が「パンダに元気をもらいました！」。うーん、悪いとか間違うてるとかでは全然ないねんけど、この言い方、テレビ見てると芸能人やスポーツ選手のニュースとかでたびたび遭遇するんで気になる。いつ頃から増えたんかわからんけど、子供ってほんま大人が言うたとおりを学習するからなー。この「元気・勇気・夢を、与える・もら

う」という言い方への違和感を4年前にすでに『夢を与える』というタイトルに表していた綿矢りささんは鋭いなあ。

4月☆日

この『よう知らんけど日記』を読んだ友人に、「ぼやき芸が身についてきたね」と言われました。

4月☆日

桜咲いてます。東京の桜は早くて、ここ数年3月末には満開やったけど、今年は大阪ぐらいの「入学式に桜」なペースで、落ち着いて見られる。平日昼間でも公園にはけっこうな人出。小学6年くらいの女子たちが、カラスの一団と、「花いちもんめ」状態でずっとやりあっている。楽しいのか!?　……楽しそうや。

4月☆日

幼少の頃は常に男の子と間違われ、小学4年のときに「ぼく、幼稚園かな?」と聞かれたり、中学のときには公園で爆竹に明け暮れ、すれ違ったヤンキー女子に「なんや、女か」と言われたり、20歳ぐらいのときに電車の中で自分以外の女の人が全員眉毛を剃ってる（整えてる、の意）とはたと気づいて愕然としたもののその後も化粧っけなくきたのですが、10年に1回ぐらい女子っぽいことも一応しとこうかというマイブームが来る。30歳超えて今のうちに女子っぽい服着とかなと思って人生で初めてワンピースなど買ってましたが、ここ2年ぐらいで急速に地に戻りました。ごついブーツとかカーゴパンツとか、やっぱこっちのほうがしっくりくるな。

たとえばそういう人物のことを文字で書くのって難しいなと思う今日この頃。「女」っていう文字だけで、イメージ的にスカートとハイヒールがセットでついてきてしまう。特に書いてなくても、読み手の想像では女子アイテム5割増しぐらいになる気がする。かといって「スカートははかない」などと強調するとそれはそれで偏《かたよ》ったキャラと受けとられがち。そもそも、電車乗って周りを見ても制服以外でスカートはいてる女の人って3割以下じゃない？　百貨店の化粧品カウンターに行ったことない女子も、ヒールのある靴は結婚式ぐらいしかはかへん女子も、いっぱいおるけど、そういうのを「ふつうに」書くのって難しい。「女」「男」ということに限らず、言葉って本来はもや～っとしたとこにくっきりした線をとりあえず引いてしまうものやなと、つくづく思う。新作の『ビリジアン』もあらすじ紹介で主人公が「少女」と書いてあると、そうかー、「少女」っていうことになるのか、と思ったり。子供で性別は女やけど、「少女」ってちょっと別の響きがある。気になった人は読んでね（宣伝）。

4月☆日

『ひるおび！』（TBS）に視聴者が家計をチェックしてもらうコーナーがあるのですが、節約術を学ぼうかしらという期待を持って見るとまったく役に立たん。スーパーに行く度に肉を大量かつ適当に買って食費が月10万近いとか、家を建ててる途中で資金がなくなって壁がない部屋から入ってくる虫の対策に虫よけを月2万円ぐらい買ってるとか、考えたらわかるやん……っていうか、「仕込み」なのか？　と疑ってしまう。

今週も、ガス代月2万3千円、水道代1万8千円、引っ越したいのに貯金がなくて困ってるという家族が出てて、水漏れを調べる専門家まで呼んでてんけど、原因は夫婦ともに風呂の30分間常にシャワー出しっぱなし（&湯船にもお湯はってる）、食器洗うときもずーっと出っぱなし。専門家呼ぶ意味ねーよ。このコーナーは、見てる人が「この人に比べたらわたしは優秀、がんばってる」と安心するためにあるんやろうか。

……というか、お昼のワイドショーとか見てるんですね、なんか仕事が忙しいようなこと言ってましたけど、と各方面からつっこまれそうなのでほどほどにしときます。

4月☆日

ときどき、人から「柴崎さんが見てるテレビはほかの人が見てるのと違うものが映ってるのでは」と言われるくらい、世間の人と見る番組がずれてるっぽい。こないだ「好きな旅行番組」ってアンケートの記事があって絶対『世界ふれあい街歩き』が1位と思ってんけど、ベスト5に入ってなくて驚愕しました。自分の周りではみんな見てるけどなー。

で、この数年のテレビの傾向から、自分なりのおもしろい番組の一つの基準→「出てる芸能人の数と番組のおもしろさは反比例する」。「俳優」や「歌手」でもなく「芸能人」（自称俳優などは含む）ね。3人ぐらいまでかなー、おもしろいのは。春と秋にやってる芸能人が何百人も出てるアレとか、10年以上やってるけど、どこで盛り上がってるのかすごい謎です。

4月☆日

幕張メッセに初めて行く。東京西側からだとけっこう遠い。そして幕張は液状化してました。歩道あちこちひびいってるし、建物と地面の間がはがれて水たまりもできてた。あらためて地震は怖い。

で、幕張メッセでカイリー・ミノーグ。いやぁ、ほんとうにほんとうにすばらしかった！　2時間めいっぱい幸福な時間を過ごしました。地震以来こんなに楽しい気持ちになったのは初めてかも。前に見たドキュメンタリーで難病の子たちを訪問したカイリーが「スターは人の1日を明るくする存在なの」と言っていたけど、まさにそのと

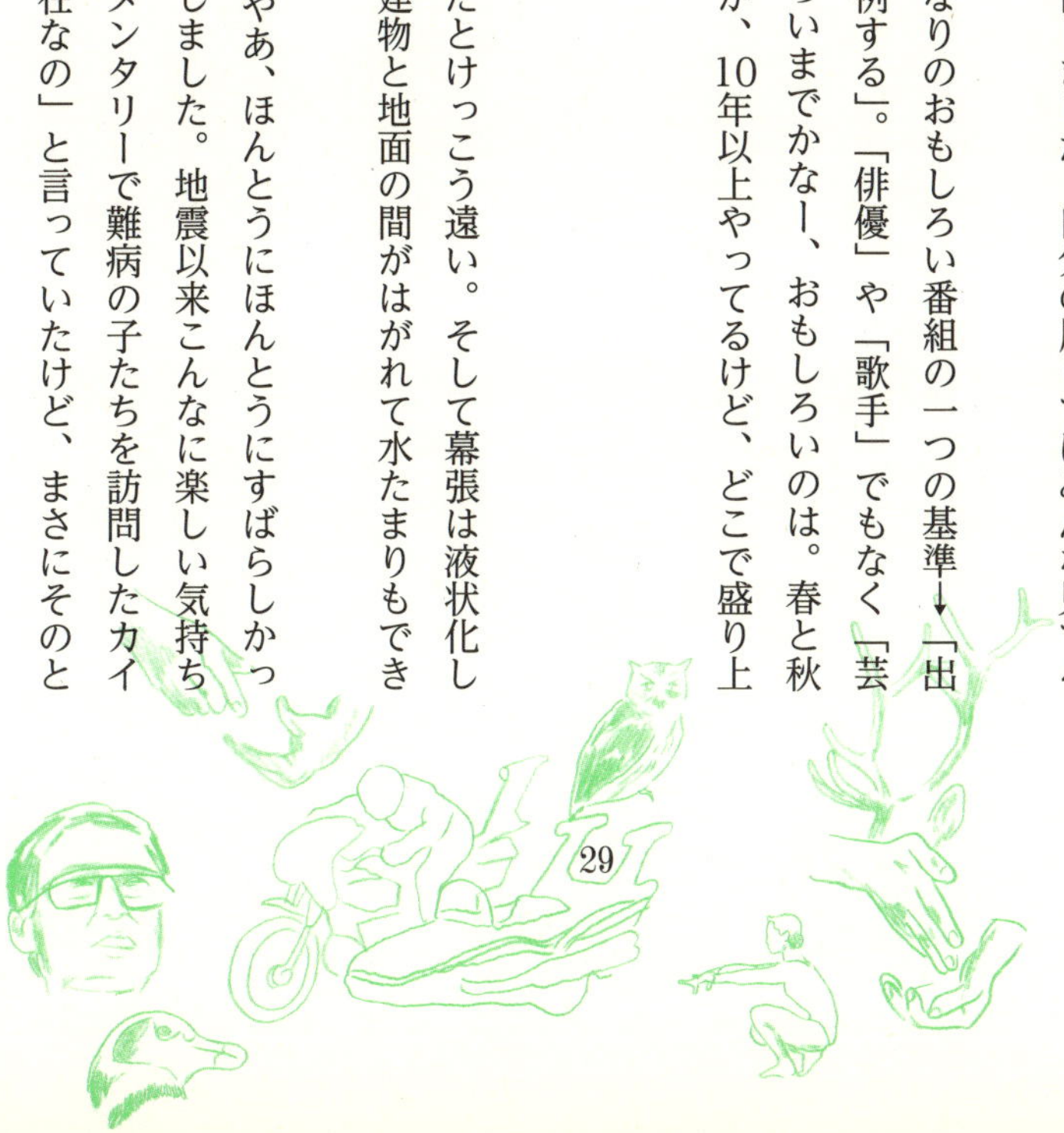

おりの、光輝く存在でした。衣装やダンスもかわいいのはもちろんのこと、ステージの映像がほんまようできてておもしろかった。今回は『アフロディーテ』というアルバムタイトルにあわせて古代ギリシャ・ローマと海がモチーフ。カイリーが蛸の女神みたいになってたのは日本人からは不思議なセンスやけど。映像は半分以上男の裸体、途中で登場した天使も男性ダンサーで「イカロス」のような出で立ち。全体にセクシャルなイメージが強いのですが（カイリーはゲイのみなさんのアイドルで、わたしのすぐ前でも国際カップルが盛り上がってました）、その分、男とか女とか超越したみんなでラブ&ピースな世界観があふれてて、幸せな気持ちになりました。泣きました。Tシャツもパーカも写真集も買いました。ありがとうカイリー。ちっちゃい体のカイリー、元気でいてね、また日本に来てね。

4月☆日

「被災地の小学校で始業式」のニュースを見ていたら、3年生ぐらいの男の子が自己紹介で「好きな動物はサルです」と言っていた。だいぶ、かなり、ほっとした。

4月☆日

ＡＫＢ48のおおかたの女子の髪型でですね、ぱっつり前髪と耳のあいだにちょっと

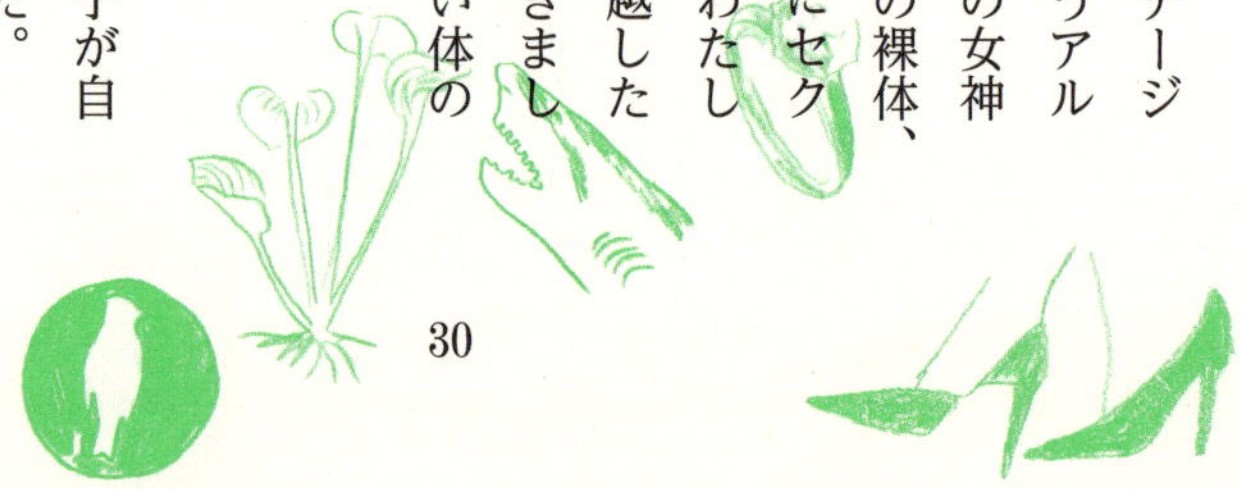

出てる束部分、あれがAKB的ななにかなんかな、と思う。黒髪ストレートでぱっつり前髪、ちょろっと束、サイドで留めた髪、の3段階ライン。

（5人ぐらいしか名前がわからない素人目で言いますが）上位メンバーになると自由な髪型が選べるのだろうか。

4月☆日

前にうちのテレビはほかと違うものが映ってるのかもと書いたけど、実際、実家におったときはケーブル、東京に引っ越して4カ月のテレビなし、4年間の地上波のみ、「フレッツ・テレビ」でBSデジタル、と変遷してきて、現在は「ひかりTV」でNHK BSと専門チャンネル、ビデオ・オン・デマンド、NHKオンデマンドを見てます。地上波で見るのはほぼニュース系だけ（『ワールドビジネスサテライト』（テレビ東京）が好き）。

で、実家にいる頃は音楽チャンネルと映画チャンネル中心やったけど、現在NHK以外でよく見てるのは「ナショナル ジオグラフィック チャンネル」と「ヒストリーチャンネル」。

略して「ナショジオ」のある日の番組表。8：00 バー教授の最も危険な調査隊5「素早い一撃」「クマと対決」「アメリカを行く」「電気ウナギに挑む」 13：00 新・衝撃

の瞬間　14：00 潜入！ 大麻　15：00 合成麻薬LSD　16：00 世界の麻薬産業「コカイン」　17：00 潜入！ アフガン・ヘロイン　18：00 世界の麻薬産業「覚醒剤」19：00 人間VS巨大魚「素手キャッチ！」　20：00 新・都市伝説「聖痕」「スマトラの猿人」……。

5月☆日

ローソンの食べ物にはまっておりまして、毎日のようにお昼ごはんを買いに行く。近所にあるコンビニ4軒の中でいちばん遠いねんけども（といっても徒歩7分）、親子丼がかなりおいしいっす。ピビンバも。あと、からあげクンが無性に食べたくなるときがある（でもあの大ヒットのロールケーキは苦手。ロールはのの字に巻いてあるやつがいい。砂糖もクリームも得意じゃないので）。

関西人のせいもあってかやっぱりコンビニというとローソン、水色。小学生のとき、近所で初めてコンビニというものができたのもローソンで、当初はまだ7時から23時営業で、早起きして登校前に買った薄紫色のシャーペンが自分のコンビニでの最初の買い物であった。薄紫色に銀の星柄。

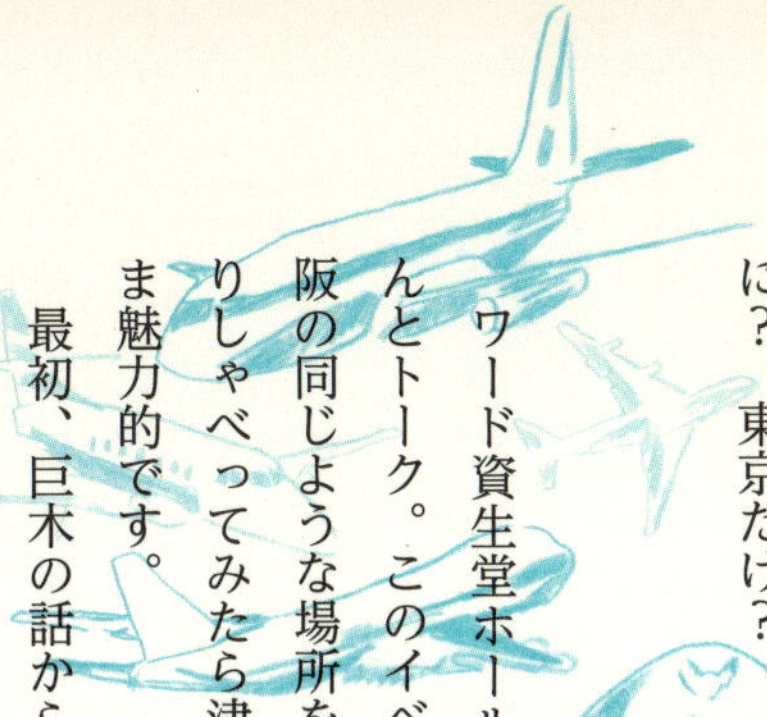

5月☆日

何年か前から、5月は天気悪いような気がする。さわやかな晴れが少ない。全国的に？　東京だけ？

5月☆日

ワード資生堂ホールで「『花椿』戦後復刊60周年」のイベントで写真家の津田直さんとトーク。このイベントの打ち合わせで初めて会った津田さん、実は同じ時期に大阪の同じような場所をうろうろしてて共通の知り合いもちょいちょいおるし、なによりしゃべってみたら津田さんのあちこちに飛びつつもぐいぐい進んでいく感じがほんま魅力的です。

最初、巨木の話から入ったらニッチすぎたのかお客さんがついてこられず(笑)、お互いどこに向かうんやろうかと焦りましたが、中盤、地図の話から写真や小説につながったところは自分でも新しい発見があって脳が開いた感じがしました。最後、お互いの作品に対しての詩を作って朗読しあうという、作家生活12年で初めての経験があったのですが、結婚式で両親への手紙読むみたいな気恥ずかしさがありました……。津田さんの詩、よかったです。ありがとうございます。

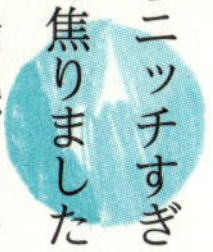

帰りに資生堂パーラーのプリンもらいました。プリンの絵が描いてあるパッケージ

がかわいすぎ。イベント会場のある資生堂パーラーのビルは夢の国のようです。１階で売ってるお菓子の箱を全部集めたい。

5月☆日

ナショジオ『デンジャーゾーン』世界の危険な街に潜入。リオデジャネイロ→治安悪い、ベイルート→内戦、カイロ→格差とスラム、と来て第４回は「東京」。テーマは何かと思ったら「少子化・高齢化」!!　そうかー、そんなデンジャラスなのか。まあ、人類の未体験ゾーンやもんな。

ほんで、取材先がキッザニアと諏訪の御柱祭とノギャル、そして川崎かどこかの〝ご神体〟な祭り。そうです例の、「とんまつり」系と言うと失礼かもなんですが〝ご神体〟がどーんと練り歩く感じの。日本のテレビでは放送自粛な場面もくっきり映っておりましたが、外国の人がこの番組見たら日本は相当にみょうちくりんなところに見えるやろな。ということは、自分が知ってる外国情報も偏ってるんやろな、とも思う。あれ？　ていうか、キッザニア以外「東京」ちゃうやん！　確かキッザニアもメキシコの企業発案やし……。

5月☆日

天気悪い。晴れてほしい。
なか卯の「豚カルビとんこつうどん」がおいしすぎて2日連続で食べてしまった。もう一杯おかわりしたい。食べたことのない新しい味。

5月☆日

今住んでるとこの裏が、結構広い敷地で草木が生え放題なので自然が豊かなのはいいのですが、暖かくなってきたと同時に虫が激増。蚊柱が天の川状態です。そしてクマバチがたくさん。クマバチって初めて見た（都市育ちなもので……。都会、じゃなくて、都市です）。最初カナブンかと思った。大きいのでびびりましたが、調べると刺さないおとなしい蜂だそうで、しかも胴体のところが黄色でもこもこしてて、くまのプーさんのチョッキみたいでかわいいです。

5月☆日

最近、「がっかりした」って言葉の中でいやな使い方になってるのがときどきあるな、と思う。がっかりした、っていうのは一見自分の気分を表す言葉のように見えて、相手なり物事なりが思うようにならなかったときにその対象に向かって言う使い方のときがあって（直接言わなくても、心の中で投げかけるというか）、「がっかり」の前提にある相手なり物事なりに対する気持ちは、「信じる」や「信頼」ではなくて、「期待」とか「あてにする」なんじゃないかと思う。自分の期待を負わせて、結果が予想と違ったら「がっかり」と言う。勝手な使い方やなと。ま、こういうのはだいたい、自分にも覚えがあるから気になるんやけど。

5月☆日

『グローバル・ビジョン』（ヒストリーチャンネルで）。毎週「世界の○○」を紹介してる好きな番組、今回は「世界のタクシー」。タイのトゥクトゥク、ニューヨークのイエローキャブ、ロンドンのタクシーのノリッジという上級ドライバー。この「ノリッジ」、ロンドンの道を知り尽くしてなければ受からない、かなり難関の試験があるそうやけど、是非東京にも導入してほしい。東京は範囲が広いうえに道がややこしいのはわかるけど、道を知らん確率高すぎる（拾うときにナンバーの地域を確認するようにするとちょっとまし）。「リストラされたから東京に来てタクシー運転手になってまだ3日目なんですよー」と言う人にも3、4人遭遇したし、さらには地図を見せたら「老眼だから見えねえよ」と開き直られたことも。逆に道を知ってる運転手には、わたしがいかにもわからなさそうなので、油断すると遠回りされたりするし……。もち

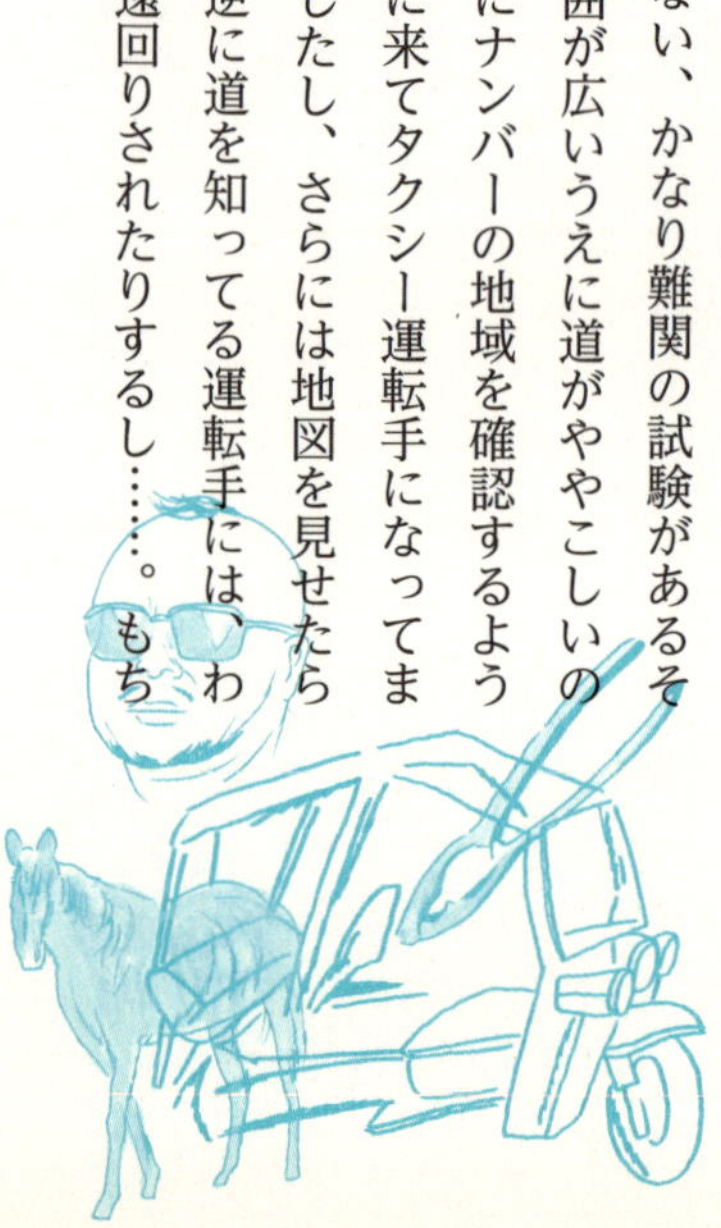

ろん親切・道熟知の運転手さんで助かったー！　なことも度々あるけど、乗ってみるまで当たり外れがわからんのをどないかしてほしいので、「上級」設置はいいなと思って。大阪では道は知ってはるけど、近距離とわかった途端にひどい扱いを受けることがあるのを勘弁してほしいのですが、それは東京ではほとんどないです。東京はすぐ次の客に出会えるから余裕あるんやろうけど。あ、ロンドンにはタクシー運転手さんたちが休憩&食事できるスポットが公設されてました。プロの職業として扱われてるんやなと思った。

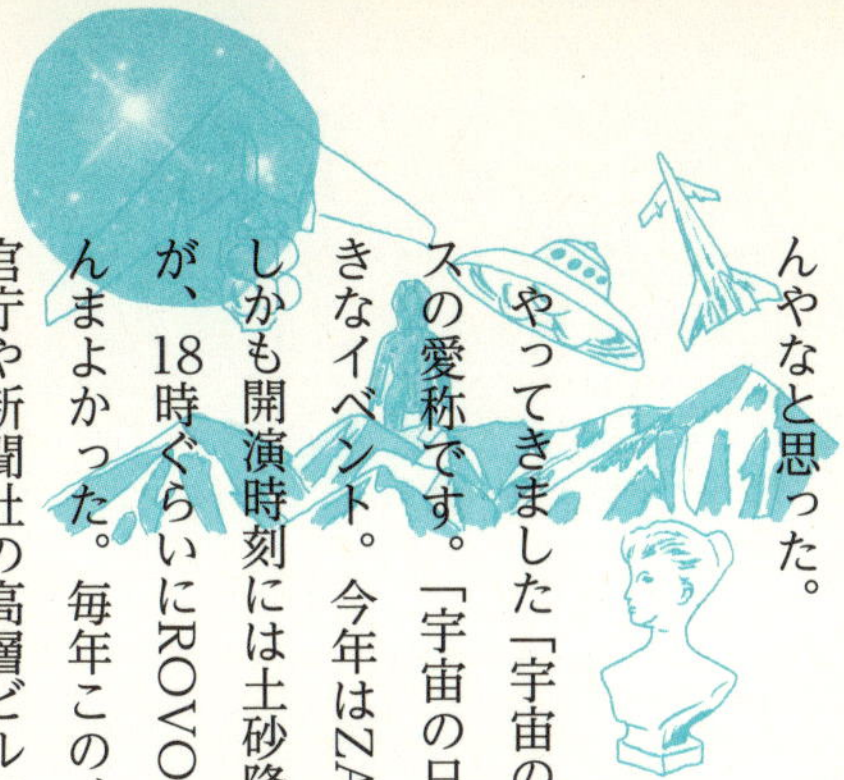

5月☆日

やってきました「宇宙の日」。毎年5月に日比谷野外音楽堂で行われるROVOのフェスの愛称です。「宇宙の日」というタイトルでこのライブ礼賛の短編も書いたほど好きなイベント。今年はZAZEN BOYSに七尾旅人という組み合わせやってんけど、雨、しかも開演時刻には土砂降りで装備は万全にしてたものの寒さで途中不安になりましたが、18時ぐらいにROVOが出てきたときにはなんとか止んで、雨上がりのROVO、ほんまよかった。毎年このイベントが好きなのは、ROVOが最高なんはもちろんのこと、官庁や新聞社の高層ビルに囲まれた日比谷公園の緑生い茂るところにぽかんとあいた夕暮れの空の下で、ステージと野音の建物全体に映し出される映像が美しすぎて、なんかもうほんま別の時空が開いたみたいになるのがええのです。ROVOの方々、毎年ありがとうございます！　来年も行きます！

5月☆日

5月なのに梅雨入り。『報道ステーション』（テレビ朝日）の天気予報で「気持ちのいい季節はほんの短い間しかありませんでしたね」とさらっと言われ、え―――――!!　さわやか季節もう終わりぃぃぃぃぃ!?　まじで―――!!　と驚愕。いや、それ、トップニュースで30分ぐらい説明してくださいよ。ほんま、ショックです。5月、ちょびっとしかなかった……。しかも台風来た……。

5月☆日

毎日新聞の読書欄の「好きなもの」というコラムを書いた。好きなものを3つ挙げるという欄で、桃、文庫本、睡眠、について書いてんけど、さすが読書欄の読者さん、次の記述に反応が結構あり。「ちなみに読みかけの文庫本は栞は使わず、カバーの折り返し部分を挟んでいます」。たぶん、うんうんという人、へーという人、カバー（表紙）折れるのいやーという人、様々だと思うのですが、文字数の限られた欄だったのでちょっと補足を。栞紐（スピン）がある本は栞紐使います。文庫で栞紐付いてるの

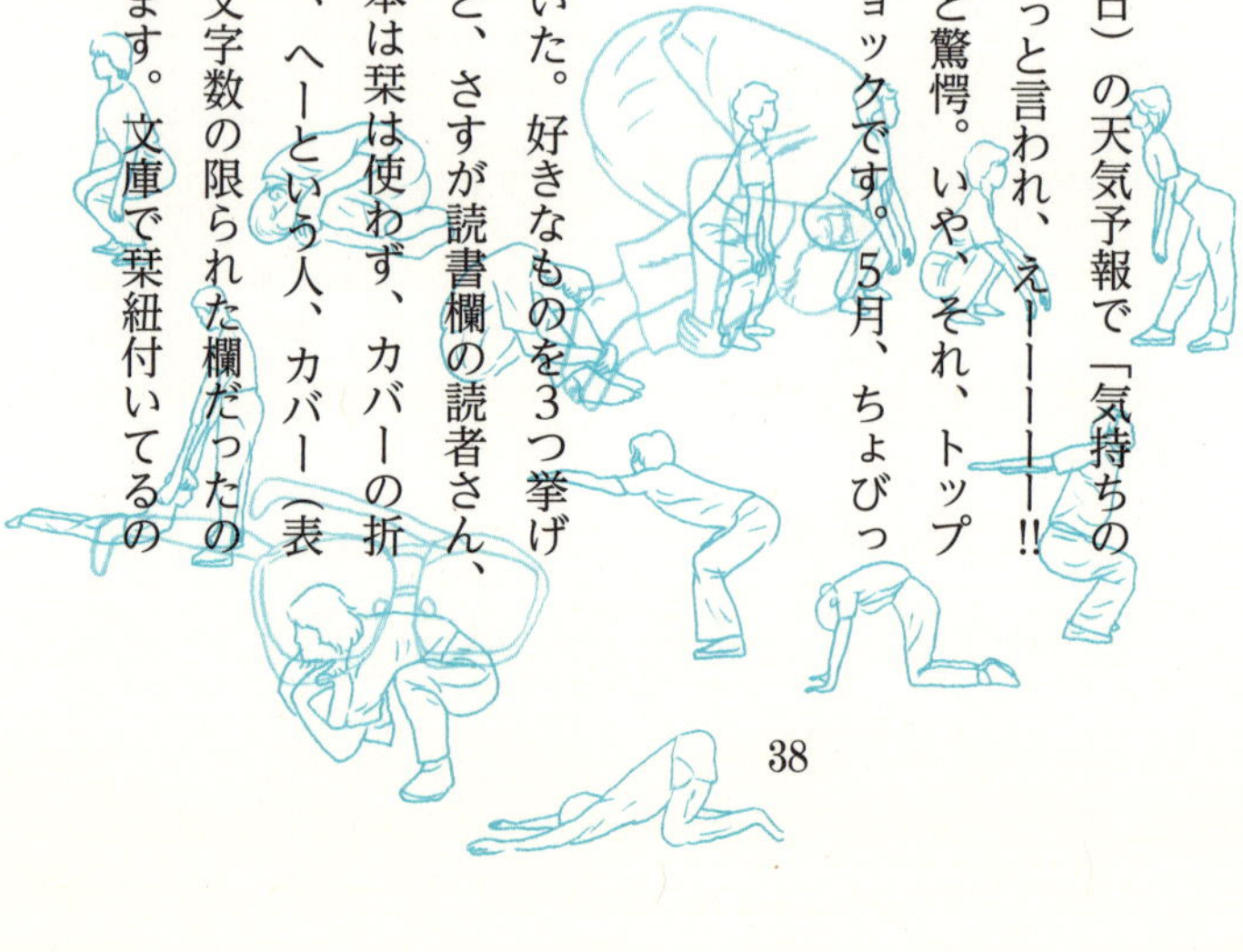

は新潮文庫だけなので、それ以外の場合、あの紙の栞が苦手なんです。読んでるときほかのページに挟むとごわっとするというか違和感あって気になる。市販のブックカバーで栞紐付きのもあるけど、とにかくごわっとがさっとするのが苦手で、読んでる間は帯も取ってなるべく身軽にしたいので、この読み方に落ち着いてます。次回あたり、今これなしでは本を読めない、という「付箋」について書こうかな。

6月☆日

『サキどり↑』（ＮＨＫ総合）。大阪で中小企業のモニタリングの仲介をする事業が紹介されてて、大阪の主婦は忌憚《きたん》なく言いたい放題言ってくれるので商品開発に非常に役に立ってる、という話。報酬はナシなのに、人のために何かしたい気持ちが強いのか、応募者は常に順番待ちぐらいいる。しかも、化粧品のモニターに参加した人が、ドラッグストアに行ってその商品をよう見えるように並べ直したり店員さんに「売れてます？」って聞いたり（もちろん自主的に）。うまいこと考えた制度や。

わたしも早く立派な大阪のおばちゃんになりたいと思う今日この頃。

6月☆日

岩合《いわごう》光昭《みつあき》さんの猫写真カレンダー『日本の猫』（平凡社）を使ってるのですが、日

ごとに季節の変化ポイントみたいなのが書いてある。「こたつしまう」みたいなのもあるし（寒くて全然しまわれへんかった）、二十四節気もあるし、今週は「○○咲く」がずらり。花の季節なんやなあ。それで散歩しに行くと花が咲いてて、あれなんやったっけ、と思って帰ってカレンダー見ると見事に「蛍袋《ほたるぶくろ》咲く」「たちあおい咲く」と書いてる。花って、毎年同じ頃にちゃんと咲くんや、ととてもとても感心。

6月☆日

テレビの話ばっかり書いてるけど、本も読んでます、よ。『どこ行くの、パパ？』ジャン＝ルイ・フルニエ（白水社）。フランスのテレビコメディやコントの脚本家として活躍しユーモア作家としても知られる著者が、身体的にも知的にも重い障害を持って生まれた二人の息子のことをつづった本。タイトルの「どこ行くの、パパ？」は1分前のことも忘れてしまう次男のトマが車に乗っている間に何度も聞く言葉に、自分自身の思いもよらなかった人生の道行きを重ねてる。引用したいけど一部分だけやと相当に不謹慎と思われるかもしれへんブラックすぎる語り口。でも、障害児と生きることのかなしみもつらさも運命を呪いたくなる気持ちも正直に書かれてるし、子供をネタにして恥ずかしくないのかという自問に「恥ずかしくない、そんなことで、愛情は減ったりしない」と自答しているように、トマと長男マチューに対するかけがえのな

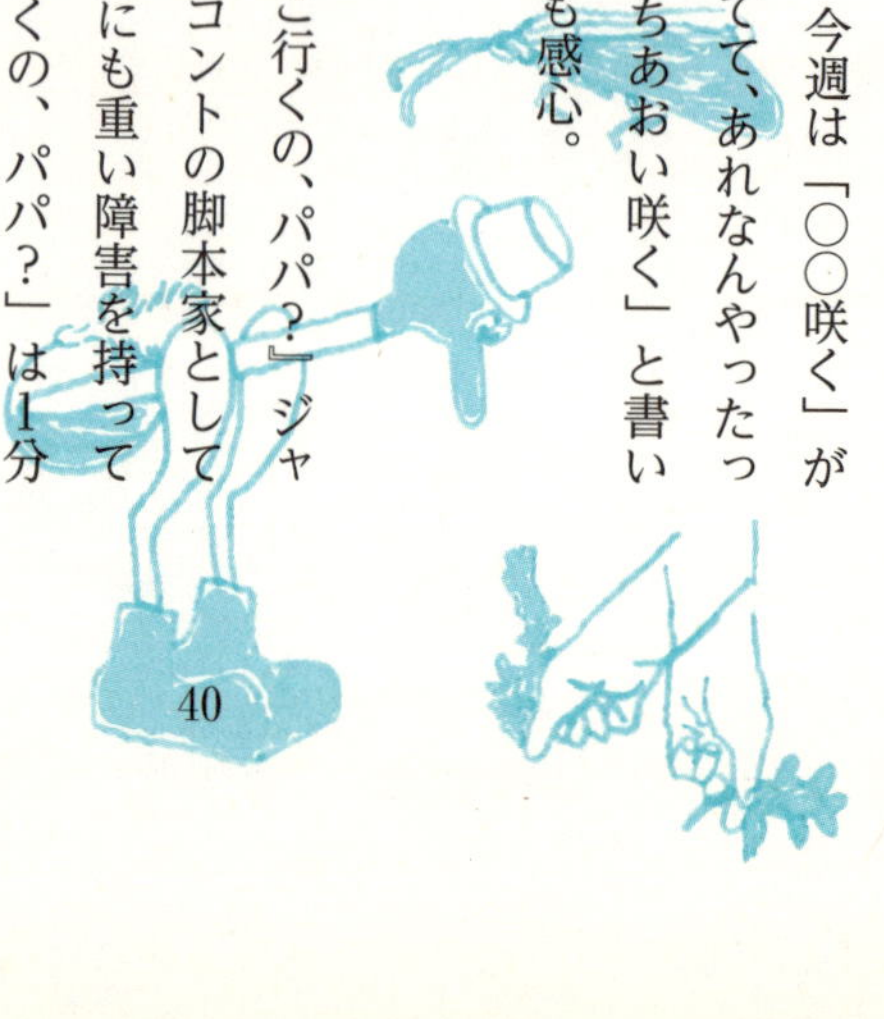

い愛で貫かれている。ユーモア、という言葉も空々しくなるくらいに痛切な、でも生きていくうえで重要なことが、短いエピソードの中にぎっちり詰まった本で、読むことができてよかった。

6月☆日

眼科の待合いで。秀才風の制服の男子高生と、超ミニスカ、ふさふさブーツ（イエティみたいなやつ）のギャル風、でもお母さんやんな？　という女性。ずっとAKB48総選挙の話。息子が同級生の○○の推しメンは誰で……、と言っていくと母親が「ほんとぉ～、ママと同じじゃ～ん、○○くん趣味いいね」みたいな感じで。ともちん、とかも言ってたけど、息子や同級生の推しメンはわたしにはわからない30位あたりの子らしい。なんや盛り上がってましたが、わたしが今女子高生で同級生男子のこのような姿を目撃したら「げっ」って思うやろな。厳しいっす……って同じようなことを3月頃にも書いたような……。

6月☆日

一日のうち座ってる時間が長い人は早死にする、という記事を読み、もちろん一日中座りっぱなしの生活をしてますので恐ろしくなり、近所へ歩きに。ちょっと歩くと高級住宅地で、長屋&公営団地な区画で育った自分には物珍しい邸宅がずらっと。停まってる車も7割以上外国からいらした車種で、ここどこの国やねん、何の商売したらこういう家買えんのか教えて、と心の中で下世話なつっこみ入れつつ散歩。大きい家に住んでる人は、木をたくさん植えてほしいなー。固定資産税みたいな感じで評価額1000万円ごとに1本とか。そのぐらい貢献してくれたら、ヒートアイランド現象もましになると思うし。

家ってある程度公共のもんやと思うねんけど、お金払ったから個人の領域と考える人も多いのか、敷地いっぱいまで要塞みたいに囲って緑もなければ中もまったくうかがいしれへん家やマンションが増えてるのはあんまり好きじゃない。と、ぐだぐだ考えつつ、帰りに万歩計買う。消費カロリーとかも計算してくれる機種。たくさん歩いても消費される脂肪は数十グラム。はい、もうその何倍も食べました。

6月☆日

防災の備えでよく「お風呂に水をためておく」という項目がありますが、実家では風呂の水は次に入るとき（翌日の晩）に抜いて掃除する方式で常に浴槽に水がある状態だったので、「?　ためてないときってあるの?!」と不思議に思ってました。昔読んだ漫画で、お風呂に入ったあとに「掃除しといたよ」と言ってる場面があって、そ

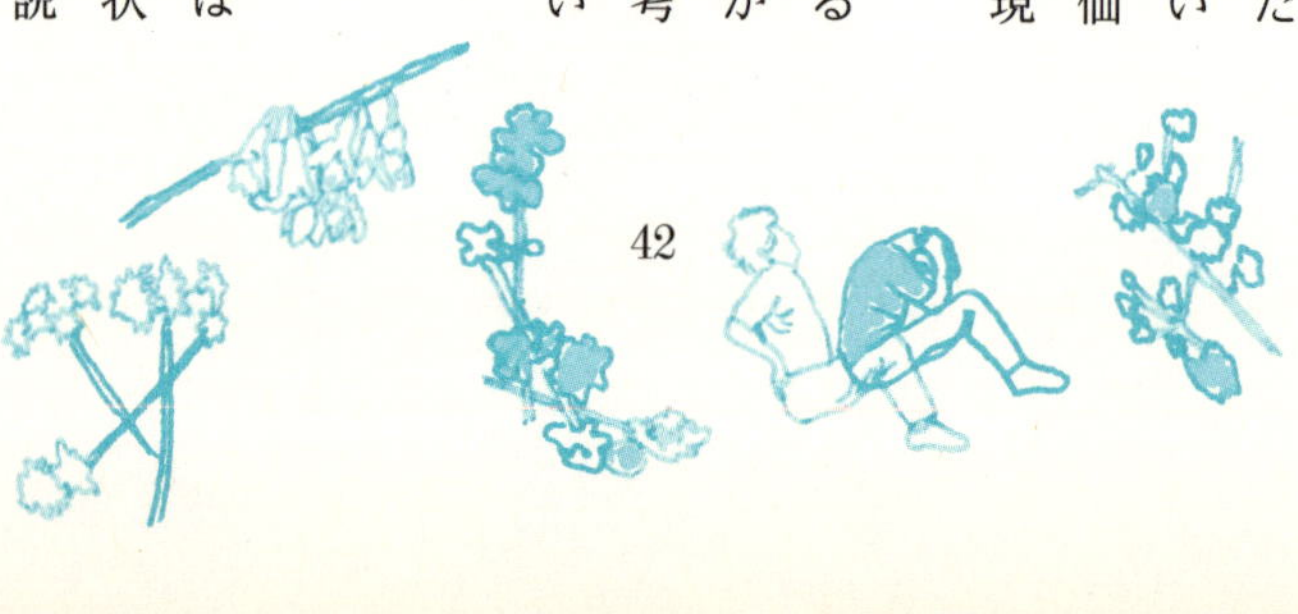

のときも「あれ？　一般にはそうなの？」と思った。一方、残り湯を洗濯や打ち水に使うのもよく聞くから、うちと同じ方式の家もあるはず。

そんなこんなで、わざわざ「ためておく」と書くより「抜かんとく」と書いたほうが実行しやすいのでは。それとも、最近読んだ記事では聞き手の人が「がんばってやります」と答えていたので、きれいな水を入れ直すってこと？　さら（大阪弁で新しいの意）の水やと飲めんこともないけど、風呂にためとく水は主にトイレ流すとかに使うのでは？　それにさらの水を入れ直すにしても、お風呂のときにはそれを沸かすわけやから、単に水を張るタイミングをずらすだけで「がんばる」ほどではないのでは？

……などとちょっとした疑問が次々浮かんでしまうのは、各家庭の習慣て実はかなり違うのにたいてい「うちはふつう」と思ってて、お互い前提がずれたまま話を進めてしまうからなんかもなー、と。人と話をするときに「あれ？」と思ったら確認したり説明するのってだいじやね。

あ、風呂の水、子供やペットのいる家はためとくと危険というのは、今回読んだ記事にも書いてましたので気をつけて。ちなみに実家が「水抜かんとく」方式なんは「備え」「節約」ではなくて単なる「不精」です……。

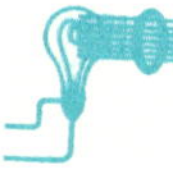

6月☆日

んー、やっぱり天気悪いと低調。眠たいし。いろいろすみません。

6月☆日

雨やし薄暗いしかなしい。

6月☆日

普段の会話も入り方が基本ぼやき、と指摘を受ける。どこが？　と聞き返すと、「最近こういうのがあるけど、あれってどうなんやろか、みたいな」と。えー、じゃあ〝ぼやき〟じゃない入りってどんなん？　「最近こういうの流行ってるんだってー、わたしも行ってみたいなー、とか」。……あー、確かに、ないかもな、そういう回路。

自分の性格が、相当な天の邪鬼、かつ、負けてるほうを応援してしまう、ということをつくづく実感しております。

6月☆日

付箋の話書くって前に書いたよね。連載で今度書くって言うてそのまま放置のことが多々ある適当人生です。

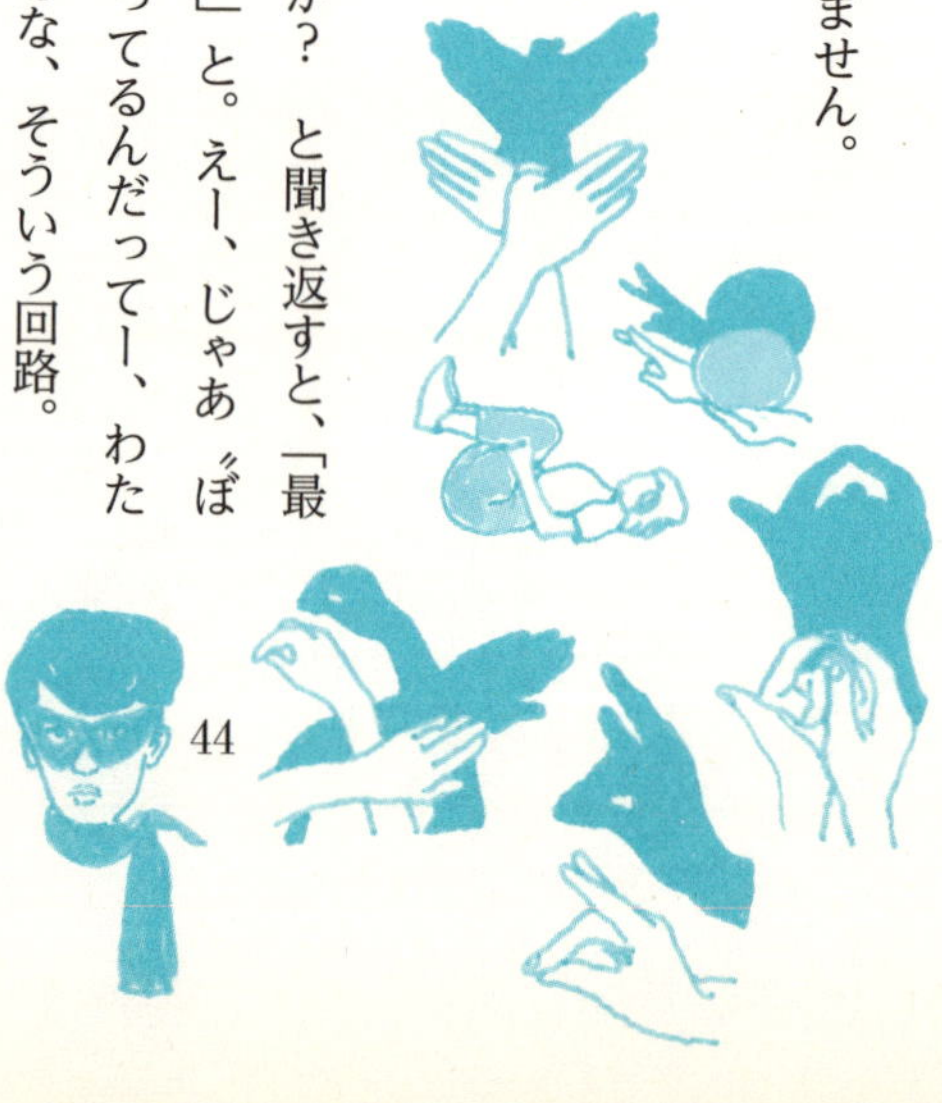

で、付箋。本読むとき、今これがないと困るもの、3Mの「ポスト・イット　ジョーブ　透明スリム見出し」。紙じゃなくてフィルムタイプで9色入り、幅は6ミリ。幅が本の1行にちょうどいいし、下半分は透明なので貼っても字が読める。あとこれ実物見てもらわな説明しにくいねんけど、交互に重なった状態でプラスチックケースに挟まってて、引っ張ると次のが自動的に出てくるねん。最初に買ったときは感動しました。このサイズは売ってるとこが少ないので、もっと売れるように、みなさまにおすすめします。リコメンド。パワープッシュ。ヘビーローテーション。

前にした栞の話、やっぱり本読みの方には反響があり、人によってこだわりというか癖みたいなのがいろいろあんねんなと実感。わたしは本文に線を引くことがどうしてもできません。書き込みできない性格もあって、この付箋が非常に重宝なのです。

6月☆日

ヤクザやヤンキーの抗争モノの映画・ドラマを見ていると、一見、暴力の応酬やけど、実は延々「根回し」の話やなと。どこの誰が誰に密告した、誰それにわび入れろ、誰と誰がつるんでた、あいつは何人集めたからこっちは向こうに話つけろ、と思ってたらボス同士が裏で手を組んで形勢逆転、みたいな（こないだ国会でそういうの見たような……）。

あと、ヤクザやヤンキーを演じるのって初心者にもやりやすい。もちろん、その中でうまかったり突出して印象が強い人は出てくるけど、下手でもそれなりにできる。だってふつうに中学生がやることやしな、流行り言葉ですごむのって。だから、若い役者の登竜門的というか活躍の場としても昨今ヤンキーものが多いんかなと。初歩の演技としては、喜怒哀楽のうち、怒が簡単で楽が難しい気がする。

……そんなことを『マジすか学園2』（テレビ東京）を初めて見てみて思いました。女子やから逆に成り立ってるスケバン物語、けっこうようできてる。そして無性に『花のあすか組！』が読みたい。

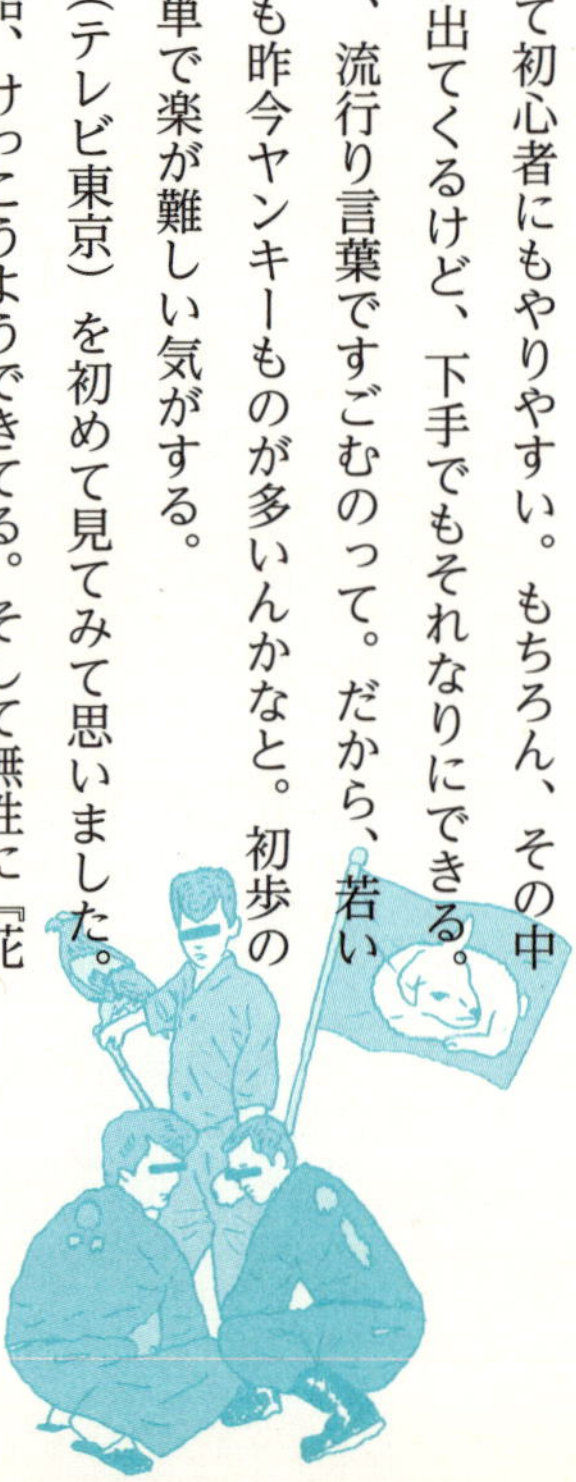

6月☆日

いきなり快晴、そして暑い。冬の間は夏の暑さが信じられへんくなってるけど、やっぱり来たね、この季節。

で、冷房入れた人も多いようですが、もともと冷え性&大阪育ちのため、今日（32度）くらいではぜーんぜん平気です。節電でいろいろ苦労されてる方には申し訳ないですが、電車も弱冷で快適……と思ってる冷え性仲間はたくさんいるはず。ちなみに部屋のエアコンの設定温度は30度。暖房やん！て言われそうやけどそれでも冷えすぎるとつけたり消したり（注・後で知ったのですが、つけたり消したりのほうが電力

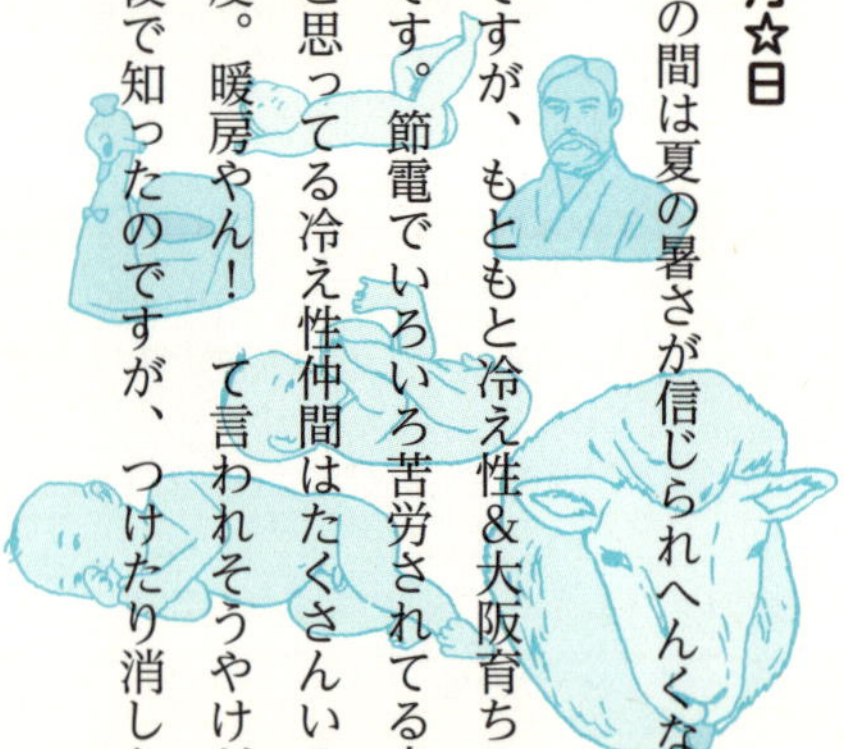

使うそうです。すみません……）。熱中症には気をつけなあかんのですが。

何回も言うてるけど、大阪は暑いです。これだけは自信持って言えます。熊谷《くまがや》とかのほうが最高気温高いと言われるなら、「不快」は勝ってると胸張って断言します。最低気温も湿度も高いし、暑い期間が長いです。「負けた」と思うのは京都だけ。東京ってお盆ぐらいまでしか暑くないねんもん。去年の死にそうに暑かった夏、東京では連続熱帯夜の記録更新で29日でしたが、大阪ではだいぶ前から40日が基本仕様です。ずっと自分は夏の暑さに弱いと思ってたけど、大阪が暑いだけやった……。

6月☆日

ちょっと前に、羊のシュレックが死んだというニュースを見た。6年ぐらい毛を刈られずにもこもこのかたまりになってた姿が衝撃やったニュージーランドの羊。当時はそのすごい毛の量（約27キロ）にびっくりしただけやったけど、今回のニュースを聞いてふと思った。人間に毛を刈られへんとあんな姿になるということは、羊は人間に毛を刈られるの込みの動物ってこと？　野生の羊っておらんの？　羊は人間のセーターのためにどこまでも毛が伸びるように改良された生き物なのか？　調べてみようっと。

6月☆日

ひかりTVのチャンネルやらNHKオンデマンドやらで昔のドラマを見る機会が増えたんですが、東京の場所がわかるのがおもしろい。リアルタイムで見たことあるドラマでも、今見ると、あ！　あの交差点や、っていうのが続出。渋谷とか新宿とか銀座とか、前は記号的イメージやったのが、今は具体的にあの道、あの建物って具体的な場所。で、ドラマを作ってる人は、ある程度はイメージもあるやろけど具体的な場所を想定してて、でも、ドラマを見るほうの、東京の都心にしょっちゅう行く人以外の大多数の人にとっては、地名はイメージで実際の場所の感じは知らなくて、両者のギャップってけっこう大きい気がする。今更ながらに「そういう話やったんか！」って感想が変わるくらいに。二度楽しめてお得、という気もする。

わたしは23歳のときに初めて東京に遊びに行ったのですが、原宿と渋谷が隣（大阪で言うと難波と心斎橋くらいの感じ）やとわかったときは妙な心地がした。

7月☆日

4カ月ぶりの大阪。福永信《ふくながしん》さんが京都新聞で連載している『現地集合』のゲストのため、国立国際美術館の「オン・ザ・ロード　森山大道《だいどう》写真展」へ。

やっぱり森山大道はかっこええなあ。今までの代表作的な写真がごっそり見られた

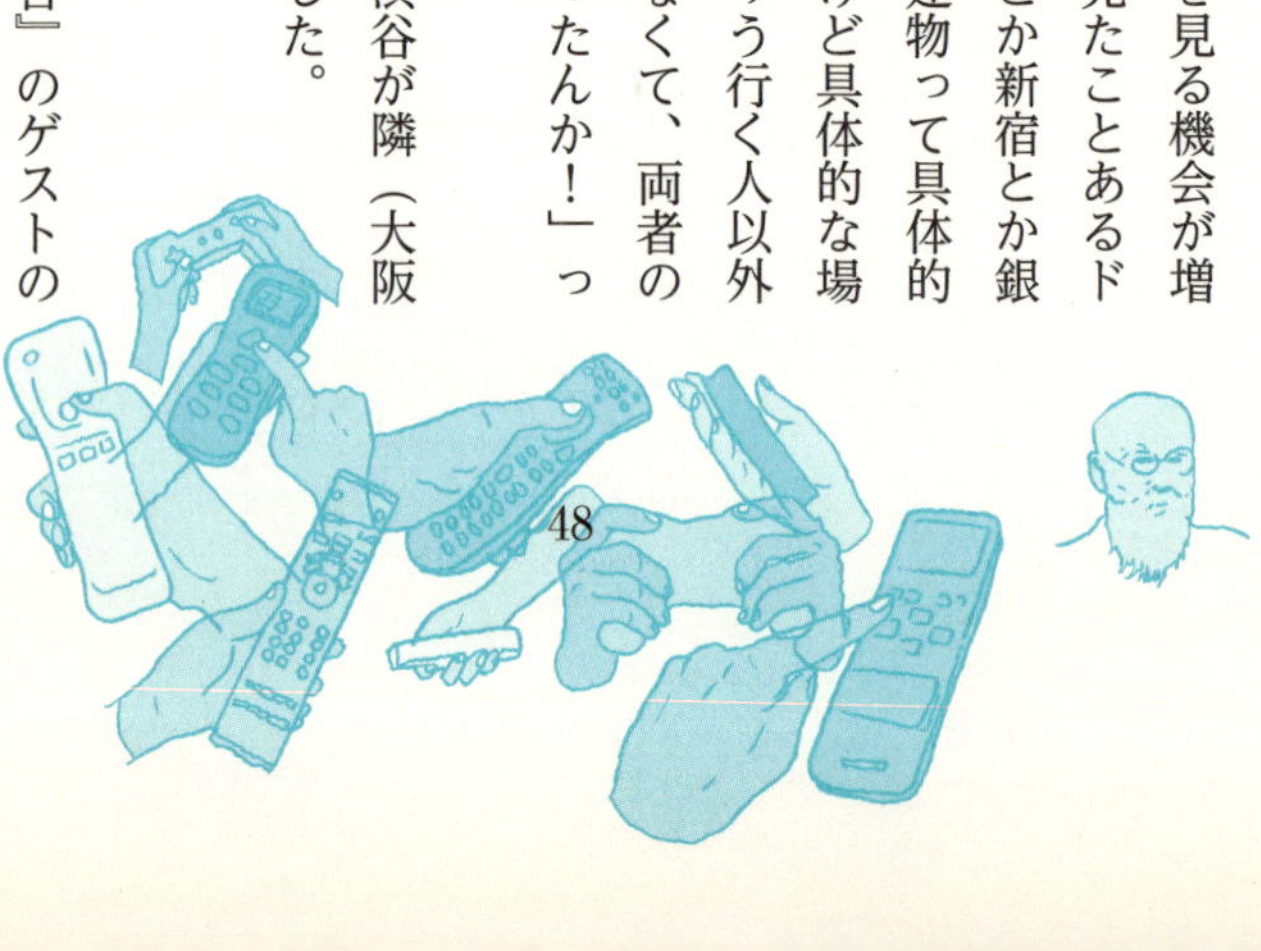

んも感動したけど、最新作のデジカメのカラーのシリーズがかなり好き。どうやったらこんなに写真を撮る楽しさを維持できるんやろうか。

この何年か、どのジャンルでも、やり続ける、ってことについて考えてる。

7月☆日

ほんで初めて大阪の新しくなった大阪駅に行ってみた。どこ!? ここどこ!? あまりに様子が違うので呆然としました。とにかくでかいっす。文字で説明するのは難しいですが、大きく層になった広場を長いエスカレーターがつないでて、上から何層も下まで見えるので高さの感覚がわからんというか、ありんこの巣を観察する道具の中身になった気分が。大阪駅のいっぱいあるプラットフォームを上から横からいろんな角度で見られるので、電車が好きな方は相当楽しいのでは。とりあえずお店なども一通りチェックしましたが、昔のように梅田なら地下街も百貨店の中もビルの隙間も把握してどこでも最短距離で行ける、というようになるにはかなりがんばらなあかんなあ。

7月☆日

雑誌『Re:S』のトークショーのため三宮へ。京都には友達も多くてよく行くのですが、神戸方面にはあまり縁がなく、三宮はたぶん8年ぶり（!）ぐらい。どこが

どこかさっぱりわからん、と戸惑いながら、ジュンク堂で本買おうと思って駅前のダイエーに入ったら「あー、神戸やなあ」と。なぜ自分の中で神戸とダイエーがそんなに結びついてるかわからないけど、なんかほっとしました。

トークイベントでは、ゲストで来てもらった尼崎の貴布禰《きぶね》神社の宮司さんと、タイガー魔法瓶の商品開発してはる方がとってもおもしろかったです。宮司さんはコミュニティFMで番組してはるそうで、鉄板ネタ多数。番組名からして『8時だヨ！ 神さま仏さま』やもんなあ。神社、お寺のことも「なるほどー」ということをいろいろ聞かせていただきました。

魔法瓶の話のとき、わたしがガラスの魔法瓶の底には必ず3カ所接着点があって子どもの頃よく覗いてた、という話をしたら、タイガーの方に「よう知ってますねえ！ それは日本製なんです」と褒められてうれしかった。他界した父親が雑学詳しかったので、そういうのはいろいろ知ってる。クイズ番組出てもけっこうがんばれると思う。ちなみに、3カ所なのはそれが最小でいちばん安定がいいからです。

7月☆日

足の先を椅子の足にぶつけて人差し指の爪が折れるまではいかんけど山折り状態というか白い線が入ってます。そういや暑いので2、3日前から裸足、今の部屋は畳部

分が多いのでスリッパも履かず。靴下というのは保温だけやなくて保護の目的もあるんやな、と考えてふと思った。ということは、家の中でもずーっと靴を履いてる国の人は、足の指ぶつけて痛ーっっ！　っていうことがないのだろうか。風呂場ぐらい？

わたしはどこに行ってもすぐ靴も靴下も脱ぎたいタイプなので、足の指ぶつけへんとしても家の中でも靴な暮らしは難しい。

7月☆日

今年初めて蚊に刺された。しかもわずかな時間に6カ所。しとめたけど。子どもの頃から蚊には好かれてます。で、前に書いた季節の変化が書いてあるカレンダー（『日本の猫』）見たら前の日に「蚊《か》遣《や》り焚《た》く」。そうか〜、焚いとかなあかんかったんか〜。

季節の変化はぴったりのこのカレンダーやけど、晴れや雨の特異日（統計上特定の天気が多い日。東京オリンピック開会式でこないだまで体育の日やった10月10日は晴れの特異日）は外れてばっかりなので、気候が変わってきてるんやなと実感する。

7月☆日

近所のスーパーに行くと入り口付近にお盆用の砂糖菓子やら果物野菜のセットやらが並んでる。東京に来た当初は、えらい気ぃ早いなあ、と思ってたけど、クリスマス

商品も11月入ったとたんに売ってるのでそんなもんかと流していた。が！　しかし！東京はお盆7月やねんて！　「家の前でなんか燃やしてた」という友達の目撃証言も。一地方としての東京の文化って注目されてないねんけど（『秘密のケンミンSHOW』（日本テレビ）にも「東京」の席はない）、掘ったらいろいろ出てくるはず。新暦に合わせて7月にお盆というのは納得やけど、8月のお盆は「旧暦」なのですが全国的に休みやもんね。

7月☆日

暑い。暑すぎておかしいと思います。

冷房入れてない時間は汗がどうにもこうにも。なので、手ぬぐいを首のうしろから耳、でこにかけて巻いてみた。鏡を見たら、あ、アフリカのおばちゃんやん。そうかー、実用的なんやな、あのスタイル。

7月☆日

近所で盆踊り大会。風に乗って聞こえてくるのは、当たり前やけど『東京音頭』。大阪の盆踊りでも『東京音頭』も流れるけど、ときどきやし。で、わたしのいちばん馴染みの「音頭」は『河内音頭』かというと、これが、『アラレちゃん音頭』やねん

なー。盆踊り行ってた小学校低学年の頃流行ってたんで。ペンギン村に日が昇ってますわ。……これ、何歳ぐらいの人まで通じるんかな。テレビのCMでナツメロのパロディみたいなんけっこうあるけど、どこからどこまで通じてるんやろか、と気になる。

7月☆日

新刊出ました！『虹色と幸運』といいます。よろしくです。

7月☆日

サッカーの長友の顔って、パペットっぽい。もう一人、ウエイトリフティングの三宅宏実もパペットぽくてかわいいなあ、と思ってて、二人で『セサミストリート』か『ハッチポッチステーション』に出てくれへんかなあ。ついでに、三宅選手の漢字を確かめようとWikipedia見たら、元レスリング選手のお父さんが「三冠」の意を込めて「宅」「宏」「実」と、うかんむり3つにしたそうです。にゃるほどー。

7月☆日

[digmeout ART & DINER] の古谷高治さんの結婚パーティーのため大阪へ。さ

すがにすごい人数（あとで聞いたら280人！）。とっても久しぶりに会う人が多くてとても楽しかったです。おめでとう！

それにしても大阪の人は濃い、というか、輪郭がくっきりはっきりしてるな。外見も中身も。

5年ぶりぐらいに会ったJさんに、『よう知らんけど日記』読んでるで、おもろい、と言われてとてもうれしかった。見てるー？

7月☆日

意地で梅田でセールに行ってから、新幹線で東京に着いて乗り換えた山手線車内で、見上げると『全開ガール』（フジテレビ）の吊り広告。「好きな言葉は勝ち組、キャリア。男の価値は、お金と地位。」というコピーを読んで、誇張されたキャラとはわかりつつ、さっきまでおった場所とのギャップというか断絶を急に感じる。東京にこのコピーに書いてあるようなキャラなんてほんまにおるのかわからへんけど、なんていうか抽象的な「東京」っていうところ、テレビの中にしか存在しない場所に対して、今までになく距離を感じたり。あ、ドラマ自体がおもしろいかどうかはまた別です。

で、さらに乗り換えの改札の手前で、いちゃつく男女（男がうしろから抱きついている状態）に遭遇。男が「とりあえずおれ、まじだから」と言う声が耳に入り、「ま

じかよ!?」と言いそうになった。「とりあえず」はもちろん平坦アクセントで。

7月☆日

大阪には結婚パーティーのため帰ってたわけやけど、山手線の『全開ガール』の広告の真下にも結婚式帰りと思われる男女のグループが。たぶん会社の同僚っぽい。女子の一人が携帯見て「うわー、また別の結婚式のメールが2つも」。

20代前半の頃、周りの人から「何年かしたら結婚式ラッシュでご祝儀貧乏を体験するよ」と言われたが、そんなんなかった。3年に1回くらい披露宴ではなくかなりカジュアルな二次会的なものに呼ばれたけど、たいていが新郎や新婦本人がバンドとして出演。会費ではなくご祝儀を払ったのは今まで2回だけ、しかもごく最近（披露宴初参加は33歳）。・周りが結婚しない　・結婚しても式はしない　・そもそも友達の数が少ないのだろうか？　の複合かなーなどと考えつつ、披露宴でもパーティーでも楽しいから好きなので誰かやってほしいなー。

で、その結婚式帰りグループの男が二人とも、丈の短いパンツに革靴を靴下なしで履いておったが、さらに黒縁眼鏡に蝶ネクタイも装備していたが、それはおしゃれなのか!?　こんなふうに思うのはすでに自分のおばちゃん化が始まっているのか!?

7月☆日

なでしこジャパンの世代ですでに「○○子」はおらんのやなあ。

そして女子は泣かない。

ついでに、「子」に比べるとあんまり言われてないけど「美」も減ってない？　代わりに「未」とか。多いのは、菜、奈、佳、花、希あたり。男子は、人、斗《と》、哉、輝、かな。

7月☆日

『虹色と幸運』のサイン本を100冊作る。こんなにようさん読んでくれる人がおるんやなあ、としみじみ思う。ベストセラー、何十万部、みたいなのと比べたらほんのちょっとかもしらんけど、積み上がった本を見て、1冊に一人ずつ（もしかしたら貸し借りしてもっと何人か）読む人がおるってしっかり実感できるのはとてもうれしいです。

7月☆日

なでしこの神戸での練習のニュース映像で、めっちゃクマゼミの声が。大阪帰ったとき「まだなんや」と思ったけど、今年は春が寒かったので遅かったようです。世田谷で近所を散歩してたらこちらはアブラゼミの声。でもわたし、クマゼミ100％地

帯で育ったため、最初アブラゼミの声が何かわからんかった。雨降ってる音かと思ったぐらい。わたしにとって夏は、クマゼミの集団絶叫で早朝からたたき起こされる＆うんざり、というイメージやってんけど、クマゼミのいない東京の住宅街は、セミが鳴くのは7月下旬から＆昼過ぎからやし、あんなに団体さんでがんがん鳴く感じじゃなくて1匹2匹が散発的に鳴くので、とっても静か。そのせいでいつまでも夏が来た気がしない。暑いだけで「夏」じゃない。クマゼミ地帯は、クーラーつける理由が暑いだけじゃなくて「クマゼミがうるさすぎて窓開けられへん」っていうのがあると思う。関東にいると、夕方とか9月にセミが鳴いてるのも不思議な感覚。クマゼミは早朝〜昼＆お盆までやもんね。太く短く燃え尽きる。

でもとうとう、去年東京で初めてクマゼミの声を聞きました！　1匹だけやけど。10年後ぐらいには東京にもクマゼミな夏が来るかなー。毎年この時期は、テレビのニュースを見るたび、後ろで鳴くセミの声をリサーチしてます。

7月☆日

今年の夏はマリンテイストな洋服がちょっと流行ってたようで、鞄とかの小物もいろいろ。で、洋服屋さんで船長さんみたいな帽子があって一瞬かわいいなと思ったのですが、かぶってみるとどう見てもこれ、やっさん（横山やすし師匠）。かぶって出

かけたら会う人会う人に「おっ、やっさん」と言われることでしょう。ということで、棚に戻しました。

7月☆日

家の周辺がカナブンだらけ。毎日、あっちもこっちもカナブン。夜には窓、網戸に激突しまくり。全国的に大発生？　うちの周りだけ？

7月☆日

幼少の頃からテレビが空気のような存在だったため、曜日も時間もテレビで把握していたのですが、もう長らく時間的に自由すぎる生活のうえ、最近オンデマンドとかで放送時間じゃないときに番組を見てるので、本格的に曜日も時間も溶けてどろどろになってきたような……。

ちなみに、小学生の頃は、19時に鳥山明&19時半に高橋留美子だった水曜日はほかの日より輝いてた。月曜日は『北斗の拳』のイメージ。

7月☆日

『未解決事件 File.01　グリコ・森永事件』（ＮＨＫ総合）。当時は小学5、6年生で、それはもう大騒ぎやった。担任の先生が「キツネ目の男」に似てる説で盛り上がったり。でも覚えてるようでいてやっぱり子供やったんでそういう騒ぎしか印象になかった。今回当時のニュース映像見たらお菓子が大量に廃棄されてて、今更ながらに大事件でどんだけ苦しめられた人がおったかと実感。気になるのは脅迫電話の子供の声。その子はたぶんわたしよりちょっと年下で今30歳ぐらいやと思うねんけど、その録音したことを覚えているんやろうか。

直接この事件には関係ないけど、この数年、バブルの頃はこんなんやった、的な映像とか話とか目にして、どんだけ景気よかったか語られてるねんけど、自分の当時の記憶としては近所で地上げがひどすぎて（長屋の住民を追い出すために野犬を投入）ニュースになったりとか、普通の人はもう家買うことはできへんようになったなと大人の人らは言うてたなとか、そんなに楽しいきらきらした感じではないねんな。そういうマイナスのことってどんどんなかったことにされるんかなと、昭和ノスタルジー的な映画やテレビ番組を見ると思う。

それでも、中高生のとき、ちっちゃい映画館がいっぱいできて昔の映画や外国の映画をたくさん見られたりアート系のイベントなんかも結構あって、「文化にお金が回ってた」のは、自分が受けたバブルの恩恵やったんやろなとも思う。

ちなみに、地上げされた長屋があった場所には高級マンションが建ってます。値下がりしまくったやろうけど。

蛇足・グリ森事件の再現ＶＴＲで「つくんこ」が映って、あー‼ と思った。

8月☆日

忙しくなったらぼけぼけになっていろいろやらかしてしまう、という内容のエッセイを、間違えて別の原稿を送るはずの編集者に送ってしまった……。

8月☆日

領収書をもらうとき、なかなか「柴崎」とすっと書いてもらえない。「柴」って説明しにくい。「芝」なら「芝生の芝」と言えるけど、「柴犬の」と言っても「芝」を書かれたりするし、固有名詞だと「柴田勝家」「柴田錬三郎」「柴田恭兵」などやっぱりこれ！ って感じではない。「柴咲コウ」と言うと「咲」を間違われてしまう（言うのにも照れが……）。「のぎへんに希望の希です」「くさかんむりに～」みたいなんもないし、かなりの確率で「紫」と書かれたり、上のとこが「比」になってたり、毎回どうしたもんかなと。東京では「柴崎」という地名があるせいか書いてもらえる率上がりましたが、店員さんも確認するのに言いようがないらしく、「えーっと、ふつうのしばですか？」と言われる。「ふつうのしば」って、どのしば？ と思いつつ「はい」

と答えて、店員さんの手元を見つめる……。

京王線の「柴崎」駅には記念撮影に行きました。柴崎マンションとか吉野家柴崎店とか柴崎だらけでした。多摩モノレールに「柴崎体育館」駅もあるよ。

8月☆日

柴崎ついでに、「柴崎」で検索すると「柴崎コウ」が結構な確率で出てきて、その中に「柴咲コウと中谷美紀の区別がつかない」というのがちょいちょいある。？？？全然違うやん。似てるともまったく思ったことなかったので不思議。似てるかな？「向井理《おさむ》」と「田中圭」がわからん、という人も結構います。似てると思うけど、わたしは田中圭が好きなので「違う！」と反応してしまう。わたしの小説『寝ても覚めても』は、よう似た男子二人が出てくる話ですが、もし映像化するなら一人二役じゃなくて、「向井理」と「田中圭」みたいな、見る人によっては同じに見える的な俳優さんでやったらおもしろい気がする。大沢たかおと和田聰宏《そうこう》とか。普通やったら顔がかぶるからキャスティングされへん二人で。

8月☆日

半年くらい前に浜松出身の人から聞いて、まだ釈然としないことが。餃子消費額で上位を争っている浜松ですが、浜松餃子は肉が入ってないそうです。…？？？　肉が入ってないって餃子なん？　野菜が入ってるらしいけど、それは餃子の味がするの？ものすごい謎。（で、ちょいと検索してみたところ、浜松の餃子も肉入ってるような……。わたしの予想では、教えてくれた人のおうちの人が、「浜松の餃子は野菜だけなんだよ」と言って肉がないのをごまかしていたのでは。真相はどうなんでしょう。浜松の方、情報プリーズ。）

8月☆日

『世界が私を待っている　前衛芸術家草間彌生の疾走』（ＮＨＫ　ＢＳプレミアム）。草間彌生がヨーロッパを巡回する回顧展のために１００枚の絵を制作する過程を追ったドキュメンタリー。とにかく草間彌生に目が釘づけ。赤毛のかつらに水玉ドレスの正装じゃなくて、普段絵を描いてるときの割烹着みたいな姿の草間さんが気になってしゃあなくなる。「ピカソもウォーホルも超えたい」と言い、ギャラリーの人の報告に感激して泣き出したり、打ち合わせ中にいつも「お菓子食べていい？」ともぐもぐしてたり、宇宙に関する新書を熱心に読んでたり、エキセントリックなイメージとは別の、人となりが表れてておもしろかった。女学校時代の同級生たちがみんな普通のおばあちゃんなのが、不思議な感じ。後半、対談が３つあってんけど、意外だったのがトップバッターの鈴木京香。絵を2枚自宅に持っているらしく、あこがれのアイドルに会う女学生のような舞い上がりぶりで草間さんに対面。喜んだ草間さん、自作の歌まで歌ってました（この「抗鬱剤飲んで〜」っていう歌、前に展覧会でビデオを見たことがあり、今回全部聴けてうれしかった）。京香さん、心の中にいろいろお持ちなのね。そのあと、奈良美智《よしとも》、荒木経惟《のぶよし》と対談してたけど、誰と話すかで全然様子が違うので（長い知り合いなのにアラーキーの勢いに押されて固まっていた）、人と接するのが苦手なんかなと思ったり。

「もう100枚描いたらまたお菓子くれる？」とにやっとする草間さんで番組を締めくくってたのがよかったです。

8月☆日

とんぼ発見！

8月☆日

ファッション誌でよく「かばんの中身見せてください」という企画があり、モデルさんとかはあんまりかばんに本は入れてはらへんのかな？　と思うのですが、先日見たページでその中では数少ない文庫本所持者だった女性タレントさんのコメントが

「泣いてすっきりしたいので、周りの人に泣ける本教えてもらってます」。写真に写ってた文庫本は殺人事件の被害者をテーマにしたシリアスな小説で、評価はいろいろあると思うけど、「泣いてすっきりしたいので」読まれたというのは作者的にはちょっとさびしいのではないだろーか、と。もちろん、どんな感想持つのも自由やねんけども。わたしは「泣くため」に本読んだりドラマ見たりすることがないので、この感覚はよくわからないのですが、「読んだら泣いてしまった」じゃなくて「泣いてすっきりしたい」から本を読む（映画やドラマを見る）っていうのはスポーツに近いんちゃうかなと、ときどき思う。走ったらすっきりするみたいな。実際、泣くと1週間分のストレスが解消されるって実験を見たことがあるし。

わたしとしては、小説はなんかの目的を先に持って読まないほうが楽しめる。知らない町で迷子になるのが楽しいみたいな感じで。

8月☆日

ニュースなどでプールの映像をよく見ますが、夏休みにプールって小学6年間に3回ぐらいしか行ったことないような（でも宿題の日記には「プール行きました」ってよう書いてた）。中学以降はもっと少なく、海に泳ぎに行ったのは中3の夏が最後。22年前かー。あ、高校のときクロールのタイムが足りず補習で4回行かされたか。保

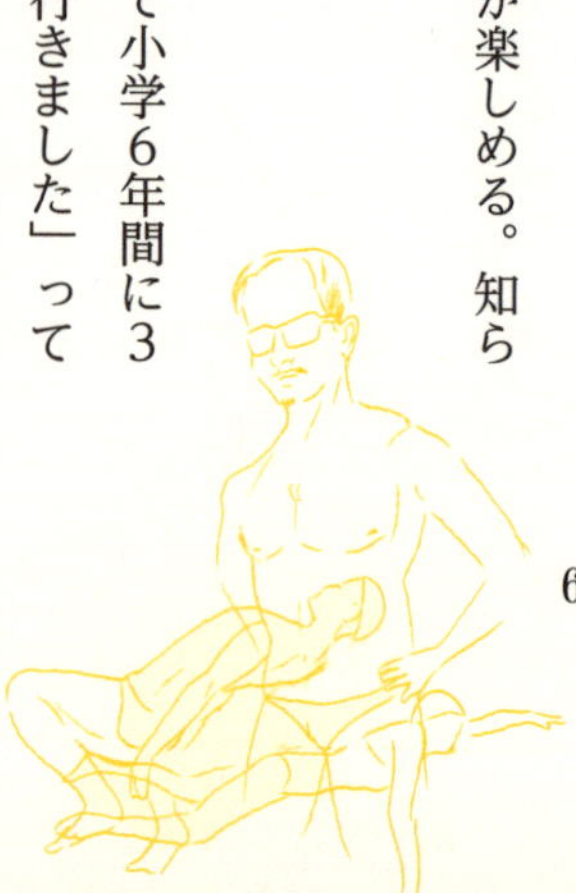

育園のときスイミングスクール通ったので泳ぐのは好きなんやけど、遅い。

8月☆日

夏が突然終わった。

子供の頃、夏休みはすることないから嫌いでした。とにかく家で一人で一日中テレビ見てて、中学高校は人に何日会わないか記録更新ばっかりしてました。高2の夏は8月25日まで友達に一度も会わずに夏休み全日達成か、と思ったのに近所でばったり同じクラスの子に会ってしまった。テレビ見てた、そうめん食べてた、という以外、あんまり記憶がない。暇すぎて勉強してたら、2学期にいきなり成績がよくなりました。

8月☆日

過去の夏休みのことをぐだぐだ書いてるのは、今小説が書き上がらないうえに胃炎になってずーっと家にいるからですね。2週間ぶりに電車乗ったらくらくらしました。暑いから昼は家から出ず、日が暮れる頃に近所の猫屋敷に猫の観察に行く、ひたすらその繰り返しの毎日です。

「作家って毎日どんな生活なんですか?」と聞かれて、(ちゃんとしてる方、ばりば

り働いてる方もたくさんいますがわたしの場合）宿題がいっぱいある受験生の夏休みが終わらない感じ、と答えてましたが、最近では3浪ぐらいしてるだめな受験生みたいになってきたなー。あれもこれもやらなあかんなーと思いつつ、ぱーっと遊びにも行けず、でもまた一日終わってしまった、みたいな。すいません。

8月☆日

飽きっぽい、と思う。運動とか日記とか1日しか続かないというのもあるし、たとえばこの日記で「最近○○にはまってます」みたいなことを書いたとして、掲載される頃（だいたい2週間後）には飽きてる。

8月☆日

家にいると聞こえてくるのは、あぶらぜみ、みんみんぜみ、つくつくぼうし、しじゅうから、すずめ、めじろ、おなが、かわらひわ（電子辞書の図鑑で調べました）の声。あと風の音。車はたまに宅配便の音ぐらい。

自然が豊かっていうのは、単に数が多いんじゃなくていろんな種類がおることやなーと、裏の家の密林状態に放置された庭を見ながら思う。

それにしても、みーんみんとか、つくつくぼーしは風情があるなあ。最後のほう「つ

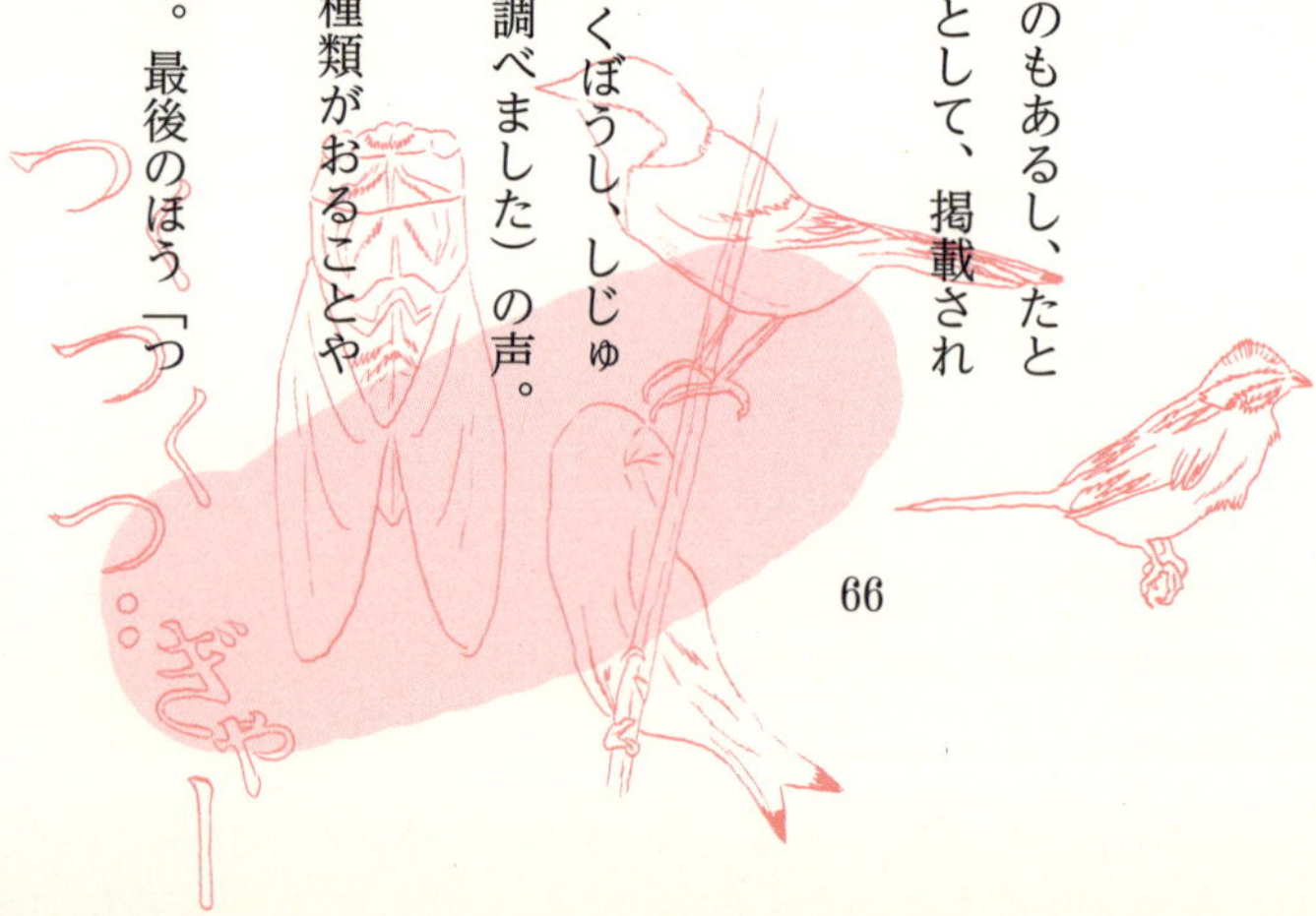

くつくつ……ぎゃー」みたいにへたるのも含めて。

8月☆日

『SHERLOCK』（BBC制作・NHK BSプレミアム）。2010年のロンドンに舞台を置き換えた現代版シャーロック・ホームズ&ワトソン。今では「古典」なイメージやけど発表された当時はセンセーショナルだったはず、ということでスマートフォンを駆使し画面に文字が出てくるポップな演出もさることながら、ドS&超インテリのシャーロックのキャラクターが最高。シャーロックに気がある監察部の女子に「口紅塗ってるほうがいいよ」（女子「えっ♥」）「顔が地味だから」みたいなね。は虫類っぽい変わった顔の俳優さんやけど、1話目が終わる頃にはかっこよく見えてくるからマジックにかかったということか。さらにワトソンとの関係が、ちょっとBLっぽいというか、日本の少女マンガ読んでんのか!?（たとえば『BANANA FISH』とか）と思うほど、絶妙。

ワトソンがアフガンでトラウマを負って帰ってきた軍医という設定やねんけど、これ実は原作通り。百年前もイギリスはアフガンに派兵してたんですな。

続編早よ作ってくれー。

9月☆日

台風の中、高校の同窓会。といっても、8人。わたしの出身は市岡高校という大阪で3番目にできた公立高校で、特に先輩方は高校に愛を感じている人が多く、東京でも東京市岡会が毎年ありまして、去年初めて参加したのですが、90歳代の大先輩もいらっしゃるし、吹奏楽部の演奏で校歌歌いました。で、それをきっかけに同期に声をかけてみたらつながりができまして、集まることになったのですが（学年単位の同窓会は今まで1回もナシ）、今回は女子はわたし一人、そのうえ半数の4人が初対面状態。1学年550人ぐらいいたので、そら知らん人ようさんおるよなー。共通の話題もあり、出身中学まで聞いたらだいぶイメージがわきました。37歳になって「何中？」って聞いてる図もアレやけど。男子目線の女子話が聞けておもしろかったです。

市岡高校44期のみなさん、読んではる人いたら、来ませんかー？

9月☆日

『ルパン三世　ルパンVS複製人間』（日本テレビで）。ルパンの映画・スペシャルシリーズではこれがいちばん好き。30回ぐらい見た。台詞がいちいちかっこいいし（ラストの「感謝しな、マモー。やっと死ねたんだ」とか倒れるわー）、クローンで作られた自分が殺されて自分が本体かどうか不安になるとか、クローンを続けたマモーの

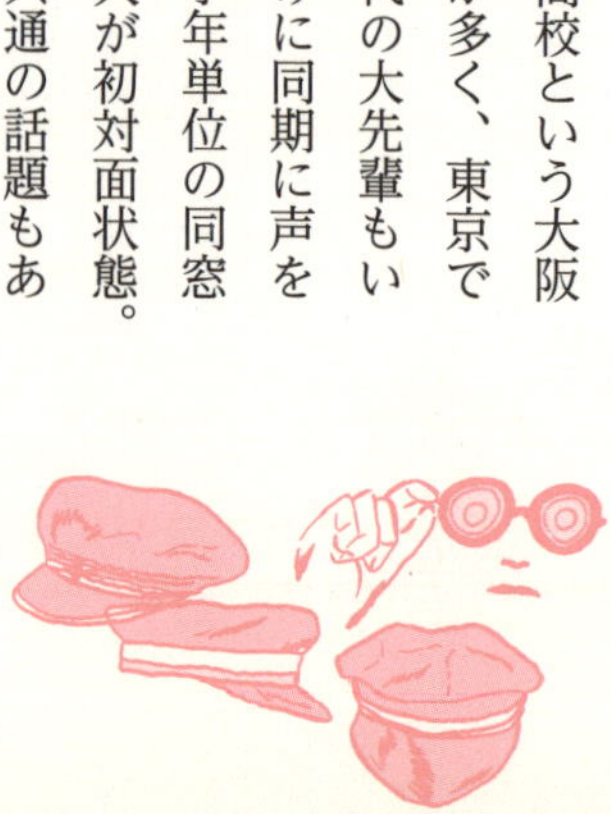

本体が脳味噌だけになってるとか、四半世紀前のアニメやけど非常に示唆的。エンディングの三波春夫『ルパン音頭』もめっちゃ好き。「カリオストロ」ファンの人多いけど、わたしとしては、あれは宮崎アニメであって「ルパン三世」じゃないと思う。

テレビシリーズはそれぞれ良さがありますが、滅多に再放送されない「パート3」が妙に好き。ジャケットがピンクのやつ。モンキーパンチの絵に近いし、ポップでキャッチーなんで。渋くて話がようできてるのは緑ジャケットのファーストシリーズ、日曜日のお昼といえばの「パート2」はいちばんなじみ深いかな（注・日曜の昼に東京ムービーの再放送枠って関西ローカルかな？『コブラ』『キャッツ・アイ』もやってた）。

こないだ近所のリサイクルショップで「マモー」のコップを百円で見つけ、愛用してます。

9月☆日

『刺青一代』鈴木清順《せいじゅん》監督（チャンネルNECOで）。高橋英樹が二十歳ぐらい。最近はこんな濃い顔の二十歳おらんよなー。清順&木村威夫《たけお》美学が全開の殴り込み場面、青色と黄色のふすまが開けても開けても続いてたり、床が透明になってて下から見たアングルやったり、っていう名場面が最高なのはもちろんですが、和泉雅子（「冒険家のおばさん」というイメージやけど昔はかわいかった。……と言うても若い人にはな

んのこっちゃ？　でしょうが）が、おっちゃんたちに冷やかされながら高橋英樹に「あたしのこと嫌いなの!?」と迫ってる、と思ったら次のカットではいきなり、河原にうつ伏せに寝る英樹の足の裏を踏み踏みしながら「すきになっちゃった～、なんだかわっかんないけど涙が出っちゃう～」と歌ってました。こういう本編に関係ないようななんじゃそら？　ってシーンがすばらしいのはいい映画。

9月☆日

『怪奇大作戦』（チャンネルNECOで）。「ひかりTV」に加入してしまった理由の一つがオンデマンドサービスで『ウルトラセブン』見放題やってんけど、その『セブン』の後番組として1968～1969年に放送されていた円谷《つぶらや》プロ制作の、怪奇事件を科学捜査班が解決するドラマ。『セブン』のダークなところをクローズアップしたようなこの『怪奇大作戦』、よう夜7時に放送してたな、という結構おどろおどろしい場面多数。第11話「ジャガーの眼は赤い」を見てたら、子供を誘拐する犯人がウルトラセブンの格好をしてる！　いいんですか、その設定。昔のテレビって今より断然やりたい放題やな。

9月☆日

大阪と東京の違いで、大阪のタクシーは黒で東京は緑とか黄色、っていうのがあるけど、最近東京のタクシーの黒率が上がってる。15年前に初めて東京に来た頃は、緑に黄色ラインや、黄色にオレンジラインがほとんどで、タクシーに限っては東京のほうが派手やなと思ってたんけど、近頃は黒いタクシーが2、3割くらい。大阪のタクシーが黒いのはハイヤーっぽく高級感出してるからやったと思うけど、東京でもそうなんかな。しかしときどき遭遇する「コンドルタクシー」っていう銀の車体にコンドルと虹の絵がどーんと描いてあるタクシーが妙に好き。

9月☆日

「おしゃれアレルギー」てあるよなーと思う。たとえばうちの父は「イタリアン」という名がつくだけで「そんな気取った店に食べに行くのはいやだ」と断固拒否してた。特別こじゃれたもんでもなかってんけど、そういう気配がするもんは受け付けへんかったんやろなあ。「カフェ」や洋服のブランド名が出てきただけで、「ちゃらちゃらしたもん」とひとくくりになってしまうこともある。

ちょっと前には「そんな言葉も知らない&行ったことないなんて」という圧力もあったけど、その反動というか、逆偏見みたいな。「カフェ」いうてもただコーヒー出て

くるとこで、店も客もいろいろなんやけどなー（だからといって、今時カフェにも行かへんなんて、ともまったく思わない）、と思いつつ、この「逆アレルギー」的なもんはいろんなジャンルにあるのかもな、と。「勉強できる人は世間知らず」みたいなのもその一種かも。自分にもあるけど、表面を見ただけで「○○系ね」って分けてしまうことがある。「イタリアン拒否のお父さん」も愛すべき存在ではありますが、いつも心がけていたいと思うのは、十把一絡げ、ラベルを貼ってひとくくりにしないように、ニュートラルに、フラットに、そのものに接することができますように、ということ。

だって、内装がいかにもパリを気取った壁にフランス語いっぱいって店でも、コンクリむき出しの床にたばこ捨て放題の注文書くのは勝ち馬投票券な店でも、おいしいもん食べられるんやったら行かなもったいない、と思ってしまう。

9月☆日

電車内にて、熱心にアイメイク中の女子。それだけならよく見かけるが、隣に座る彼氏がずっと鏡を持ってあげていた。20年前のバブル期、女子の鞄持ってあげて歩く男子が話題になってたなー、と思ったり……。

電車でアイメイクする女子を見るたび、器用やなーと思う。わたしは先端恐怖症の

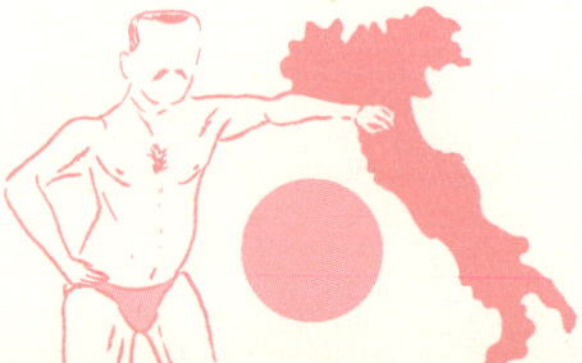

ため、尖ってるもんを目に近づけるだけで怖いので、揺れてる車内でアイメイクなんか絶対無理。あと、まつげの内側にインサイドラインを引くというのも、考えただけでぞわーっとします。

9月☆日

関西以外の人が、大阪を訪れたときに子供が大阪弁をしゃべってるのが（当たり前とはわかっていても）衝撃&不思議な感じ、というのをよく聞きますが、東京に暮らして6年、近所で見かける子供が標準語しゃべってるのにいまだに慣れません。「あいつ、セミが怖いんだぜ！」とか「それならキミの負けだよ」とか。

あと、じいさんが標準語なのも妙な感じ。15年前、初めて東京に遊びに来たときに乗ったバスの中で、孫を連れたじいさんが「坊や、見てごらん」と言ってるのを聞いたときは「うわー、テレビドラマやん」と凝視してしまいました。2年前、自分のことを「あたし」って言うじいさんに道聞かれたときも「おおっ、江戸っ子や！　アラーキーみたいや！」と感動しました。

ついでに「ひじ（肘）」を「しじ」って言うおっちゃんに遭遇したときもうれしかったです。NHK Eテレでアナウンサーが出身地の言葉を解説してくれる番組で、東京は「まっすぐ」を「まっつぐ」って言うてたのもかわいくてよかった。「まっつぐ行っ

ちくれ」って、時代劇か落語でしか今は聞かれへんなあ。

9月☆日

台風。お昼過ぎから雨と風が激しくなり、家も揺れるし、落ち着かずニュースをつけっぱなし。関東方面は台風があんまり来ないらしく、引っ越して以来最強の暴風雨体験。といっても、ひたすら家に閉じこもっていい仕事、こんなときは助かります。テレビのニュースでは、その暴風雨の中、タクシーやバスを待つ長蛇の列が映ってて、あの状態でも帰ろうとする気力ってどこから来るのだろうかと感心してしまう。それでも都会では、マックスになったと思ったら終わりが近く、3時間もしたらもう雨もやんですっかり静か。近所の猫もみんな無事でした。

9月☆日

東京に引っ越してから自然がいっぱいでおもしろい、という話をたびたびしてるけど、一つだけ困ったことがあります。それは、スズメバチ。今の部屋は裏の家に木が多いせいか、ときどき来はるんですよ、スズメバチが。今の季節、洗濯物干す度にびびりまくりです。大量におったら駆除もできるかもやけど、1、2匹で離れたとこから偵察に来るみたいなんよねー。どうしたもんか。

ところでワイドショーとかでしょっちゅう「スズメバチ退治密着」みたいな企画をやってるが、あれはそんなにおもしろいのだろーか。「盗聴バスターズ」「コインパーキング踏み倒し」とかはまだ人間模様が垣間見えるけど、スズメバチ退治ってそんな変わり映えせんし。なぜあんなに何回も放送してるのか、謎。そしてこういう話を書くたび「そんなんばっかり見てるあんたがいちばん暇！」というつっこみを自分に入れてしまう。

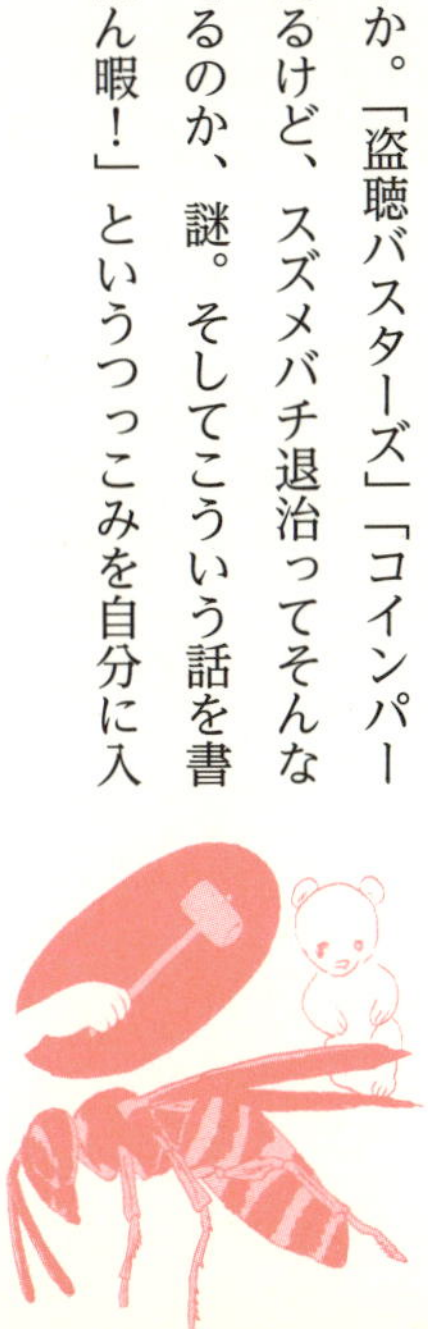

9月☆日

涼しくなってきたので洋服の整理。ときどき、長年仲のいい友達二人に洋服をもらってもらってる。それぞれ子供が小さいので買い物に行く暇がない、そしてわたしは今では洋服買うのが唯一の趣味&衝動買い多し（依存症っぽい時期も……）、ということでもろてもらうようになったのですが、おかげでモノ地獄の部屋から助けていただいてます。「片づけ」ブームの昨今ですし。買ったけどほぼ着てない服をもらってもらってるのですが、理由はだいたい「サイズ（おもに丈）が合わへんから似合わんかった」。わたし、身長が約１５０センチと小学5年生並みのため、基本的に洋服を作った人が考えてた感じには着られへん。それでも「なんとかいけるかも」という願望で押し切って買ってしまうのですが、やっぱり無理でした……となること度々。

で、その服を人に着てもらって思うことは、洋服が似合うかどうかって体型が左右するなあ。友達の一人は、身長160センチで細めの、たぶんアパレル会社が標準として想定しているであろう、ほどよい体型。わたしが惨敗した服を彼女に着てもらうと、「あーっ、そうやねん！　そういう感じになると思って買うてん！」と感動に近い気持ちになる。もう一人は、身長は低めやけど、とにかく華奢。わたしは小さいわりに骨格はしっかりしてるほうなので肩にデザインがあるもの、パフスリーブとかラグラン袖はあかんねんけど、彼女は似合う。「そうそう、写真で見たときはそんな感じやった……」とこれまた納得。

着たい服と似合う服のギャップ、難しい問題ですな。

それにしても春と秋の季節の変わり目、毎年毎年「ちょうどいい服がない……」と悩む現象はどうしていつまでも解消されないのでしょうか。

9月☆日

近所のスーパーの入り口の自動ドアで、足になんか当たって無意識に「あれ？　ゴミかな？　自動ドアに引っかかったらあかんから、よけとこ」と足でちょいちょいっと隅に寄せつつ、よう見たら、入り口前に置いてあった案内札やって、「あ、拾って置いたほうがええんかな」と、思う間に、通りかかったおっちゃんがささっと拾って

置き直した。その姿を見た瞬間、しまったー！　今の自分は落とした案内札を蹴って知らん顔したあかん人やん！　と後悔いたしました。しゅっとした感じのあのおっちゃん、「今どきの女は……」と思てはるやろなあ。足癖悪いことに言い訳はしませんが、拾おうと思ったのよ……、すんません……。

9月☆日

話す機会があったアメリカ人男子が、わたしのシャツについていたワッペンの英文を見て爆笑。「Everybody must get stoned」。stonedが「マリファナでほけーっとする」って意味らしい。そうなのか。今、英語勉強中なので辞書で調べたところ、stoneという動詞には「桃などの種を抜く」という意味がある。脳みそ抜けてるってことかしら。

　Tシャツに書いてる英語がびっくりするような意味のことがある、というネタはちょいちょいありますが、最近そういうのを「外国の人が入れてる漢字の入れ墨」で体感できるようになった。でもTシャツは着替えたらええけど、入れ墨は……。

　英語ネイティブの人にとってTシャツに限らず英語が書いてあるグッズの意味が全部一瞬で意味を持って目に入ってくるのってどんな感じやろう。「意味」「メッセージ」がTシャツ売場も街じゅうもうろうろしまくってるってうるさい感じにならへんのや

ろか。

鈴木砂羽《さわ》結婚、のスポーツ新聞の配信記事で、たいていは「11歳年下の俳優と」と書いてあるのに一紙だけ「学年で言うと10歳下」になってるのがあった。「学年」とかもうええやん。同年生まれの早生まれとかで「学年は違うけど」と説明するならまだわかるけど、いや、でもべつに同じ学校ちゃうし。

10月☆日

と思ってたらスティーブ・ジョブズ追悼エッセイ記事で、「学年は2つ上」と書いてる人を発見（ちょっと「(笑)」気味にやけど）。アメリカの学年て何月で分かれてるの？　そしてジョブズさんは飛び級で大学入学してるのでは？

10月☆日

この数カ月で気になった、ニュースに書かれてた事件の動機。

羽田空港行きのリムジンバスの架空予約を繰り返していた男「飛行機を見に行くのに、ゆったりしたバスで行きたかった」（飛行機に乗るんじゃなくて見に行くのか。そしてそのために30件も架空予約で貸し切り状態……）

静岡から風俗に行こうと池袋まで来て電車で痴漢して逮捕された警察官の男「風俗

に行く金が惜しくなった」

交際相手を包丁で刺して重傷を負わせた女「ケガをさせれば本気度をわかってもらえると思った」

………。

10月☆日

近所の神社でお祭り。御神輿《おみこし》かついでる人がごっつしんどそう。重いんやろなあ。

東京に来てお祭りの屋台でびっくりしたこと。大阪では「ミルクせんべい」としておなじみのあのパステルカラーの薄い物体が、こちらでは「ソースせんべい」という名前で茶色！　袋のパンダの絵までいっしょやのに。そして「ミルクせんべい」はその名の通り練乳塗ってもらいますが、「ソースせんべい」に塗るものでいちばん人気は「うめジャム」。うめジャム？　見た目は梅肉、味は甘酸っぱい。

10月☆日

『シャネル&ストラヴィンスキー』（ヤン・クーネン監督／シネフィル・イマジカで）。最初の見せ場がストラヴィンスキー『春の祭典』のパリでの初演の再現シーン。ＮＨＫ『クラシック　ミステリー　名曲探偵アマデウス』という探偵もの仕立てでクラシックの名曲を解説する番組で紹介されてた中でいちばん好きと思った曲がこの『春の祭典』やってんけど、パリ初演時は特にニジンスキー振り付けのバレエが斬新すぎて大騒動になったらしい。

で、そのバレエも再現されてるねんけど、めっちゃかわいいやん！　北方民族の精霊とか生《い》け贄《にえ》の儀式とかをテーマにしてるので、民族衣装が「みんぱく」っぽいし、小刻みにふるえてるホラーっぽいダンスもかわいい。熊かぶってるダンサーとか出てくるし。

しかし客席は、ブーイングと罵声、一方で「黙って聴け！」と怒鳴り返す人あり、無理矢理照明をつけようとする人あり、ほとんど乱闘、けが人まで出たようです。これ実話。

最初は受け入れられへんかってんな、と思うと同時に、そこまで真剣な観客もすごいなと。賛にしろ否にしろ、みんな本気で向き合ってる。クラシックでは初演時の大騒動というのは何度かあったらしい。

ある映画監督さんが、外国の映画祭に行くとおもしろいと思った人は駆け寄ってきて感想を伝えてくれるしブーイングもあるけど、日本の観客は映画が終わるとまず左右の人の顔を見る、と言ってた。

10月☆日

半年以上かかって書いていた小説が、やっと最後までたどり着く。まだ第一稿やけど。今回はほんとうに書いているあいだ全然先が見えなくて、どうなるのか、終わるのかと思ったけど、なんとかここまで来た。

書いてるときは、まったく一人で、正解も、それでいいと言ってくれる人もいないし、どうするか決められるのは自分だけ。前に書いた小説を思い出してあのときはあしたら書けたと思っても役に立たない。またゼロに戻ってしまう。でも書かないと、その先の文章も出てこない。

この数カ月、前にNHK BSプレミアムでやってた、数学の最大の難問の一つ・ポアンカレ予想を証明してフィールズ賞を受賞したのに100万ドルの賞金も含めて受け取りを拒否して失踪したキノコ好きの数学者グリゴリ・ペレリマンについてのドキュメンタリー『数学者はキノコ狩りの夢を見る～ポアンカレ予想』の中で、フランス高等科学研究所の博士が言っていた言葉を何度も思い出しました。

「百年に一度の奇跡を説明することは実に困難です。しかしペレリマンが孤独に耐えたことが成功の理由かもしれません。孤独の中の研究とは日常の世界で生きると同時にめくるめく数学の世界に没入するということです。人間性を真っ二つに引き裂かれるような厳しい闘いだったに違いありません。ペレリマンはそれに最後まで耐えたのです」

小説完成してないしこんなこと言う状態ではまだ全然ないですが、志は高く持とう。

このポアンカレ予想、宇宙が丸いということを証明する、という命題で、宇宙にぐるーっとロープを回して、それを引っ張って引っかからずに回収できたら宇宙は丸い、ということらしいのですが、もちろんわたしにはその証明はまったく、どっこも理解できません。でも、数学者の中でもペレリマンさんの証明がわからなくてショックを受けた人もいるそうなので。１００年にわたって挑んだ数学者たちの人生を狂わせたりしてきたポアンカレ予想は解かれたけど、「リーマン予想」という難問はまだ解かれてないらしい。素数の現れ方の法則を証明するこの「予想」、挑んだ人は変死、発狂など、まるで「神の領域」に踏み込んでしまったみたいな逸話が数々あり。ラッセル・クロウ主演の『ビューティフル・マインド』は、リーマン予想に挑戦中に統合失調症になった数学者をモデルにした話です。

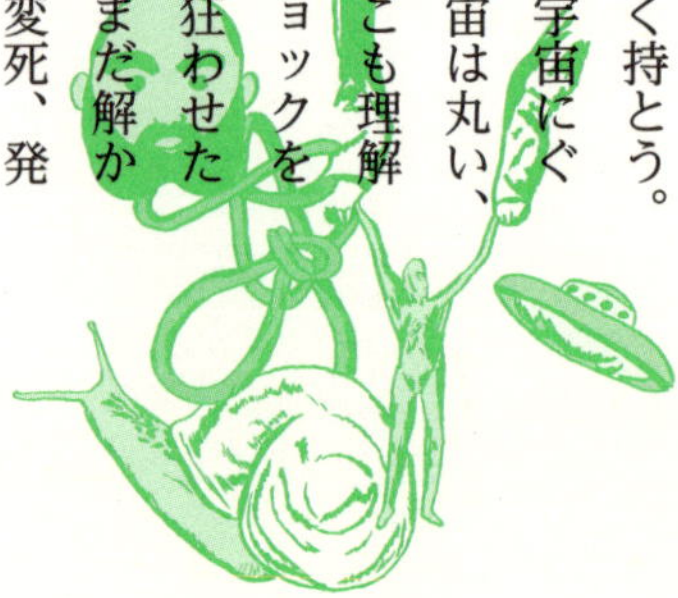

10月☆日

友人に誘われて、「ナチュラルぅ」な感じのイベントへ。手作り雑貨や体に優しい的な食べ物の屋台が出てたのですが、どこも長蛇の列。東京はどこ行っても人だらけ。確かにおいしそうやねんけど、関西人ですのでとにかく並びたくない、ということで空いてるところを探してパンとかスープとか食べたり、ボーダー&生成率の高い服装のにこやかファミリーたちを眺めつつ、100人以上並んでるパンケーキの屋台の前で「う〜、もうええから並んで食うたろかな」「あかんあかん、並んじゃおっかな、食べちゃおっかな、って言わないと」みたいな会話を……。で、ろくに食べられないまま会場を後にしてちょっと離れた駅の近くで中華のチェーン店に入り食べ直しました。「並びすぎ！　ほんで高いわ!!　あんなぺらぺらのパンで800円て」「なんであんなに待ってる人おんのに飲み物のコップ先に並べとくとかせえへんの？　3人おるのに分担せえっちゅうねん」……と散々ぐちってやっとすっきりしました（注・関東出身の友人もいました。決して関西人目線だけではないです）。そしてたらふく食べた代金が、さっき屋台で使ったより安かった!!

それにしてもあんな割高で並ばなあかんもんばっかりやのに売り切れ続出。ナチュラルぅな暮らしをしてはる人は、心に余裕ができはるのかしら……。パンケーキ、食べたかったな。いらちじゃなければ……。

10月☆日

連日、タイの洪水のニュース。画面に映るタイの風景は雨はもう降っていないし穏やかな晴天に見えるのに、水がどんどん下流に広がっていくのが不気味。日本の急峻で細い川と違って、広大な平野をゆったりと流れる幅の広い川の洪水ってこんなふう

に何日もかけて迫ってくるもんなんやな。それはそれで怖い。冷凍食品の鶏の唐揚げの産地を見ると「タイ」がほとんどやな、と最近思っててんけど、電化製品や車もタイ工場がこんなに増えてたのか。

10月☆日

カダフィが死んだ。あの殺され方も含めて、ほんま、ガルシア＝マルケスの小説みたいですなー。わたしは、初めて読んだガルシア＝マルケスの長編が『族長の秋』やったせいか、『百年の孤独』より好きなのですが、カダフィのニュース聞く度「『族長の秋』かよ！」とつっこみたくなりました。『族長の秋』は、１００年以上にわたって独裁で君臨する大統領の物語で、暗殺されそうになっても死なへんし、とにかくまあむちゃくちゃな話で「それはないで」というエピソード多数やけど、事実は小説より奇なりなのか、あ、ここにリアル族長いてはったわ、という感じ。いやしかし、リビアもカダフィも現実で、今までもこれからも困難な道のりなのですが。

『族長の秋』は、かなりおもしろいので自信を持っておすすめです。自分を暗殺しようとした部下に「死ぬまで生きていろと命令した」、というくだりがいちばん好きです。

雨

10月☆日

5月も思ってましたが、10月も、さわやかな季節のはずやのに雨ばっかり……。

10月☆日

子供が4人いる友達に半年ぶりにメールしたら、子供が一人増えてました。びっくりした。5人はさすがに珍しいけど、わたしの周りには子供3人いる人が結構おる。少子化っていうけど……と思ってから、いやいや、昔はほとんどの人が3人以上の子持ちみたいな感じやったんやよな。そこらじゅう子供だらけやったやろな。

10月☆日

外国語を勉強していると、カタカナ英語的な、もとの意味と違って日本で使われてる言葉に遭遇することも多いのですが、今日も発見。

「fancy」。ファンシーって、日本では端的に言うとサンリオ、キキララってイメージですよね。でも英語（特にアメリカ）で、「fancy shop」って高級店やねんて。fancy shopに連れてってあげるとか、fancy bag買ってあげるとか言われたら、日本語的には「え~?」って思うけど、たとえば銀座のかなりの高級店ていうことらしい。そうなのかー。「fancy goods」も「小間物」という意味だけで、キキララ的パ

ステルカラーじゃないようです。

で、教えてくれたアメリカ人の講師に日本のファンシーを説明しようとしてちょうどいい言葉が浮かばず、とりあえず「like Kittyちゃん」と言ったのですが、家帰ってきてからも考えてて、あ、メルヘンチックとか？　と思いついたそばから、ちゃうちゃう、この「メルヘン」がいかにも怪しい、ということで辞書引いたら！　「メルヘン」はドイツ語、「チック」は英語（日本語か？）という、さらに無茶なことになってました。「おとぎ話」の英語は「fairy tale」でした。やっぱり日本的ファンシーは具体例を挙げるのがいちばんなんかな。ついでに、マンションの名前でときどき見かける「ドルチェ」って、イタリア語のお菓子のドルチェなの？　カーサとかメゾンとかは家の意味やけど、ドルチェがわからない。由来を知ってる方、教えてください。

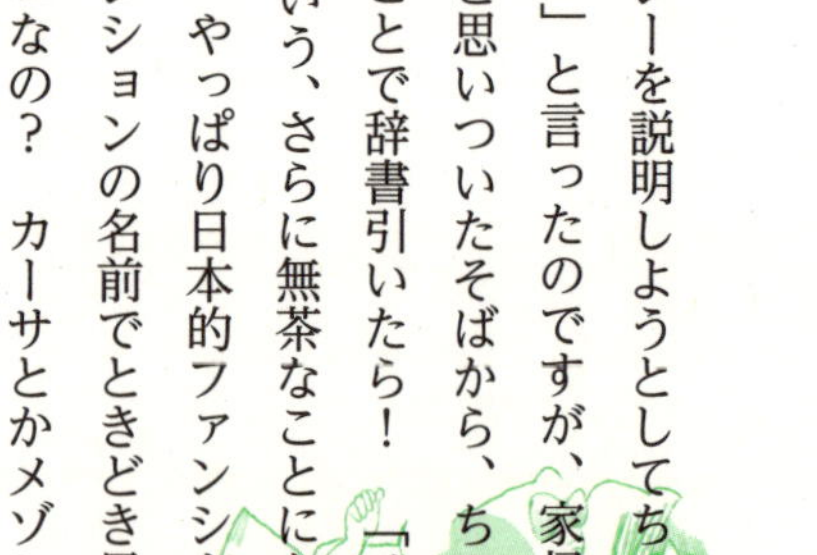

10月☆日

近所のスーパーに行ったら、かぼちゃの切った状態のものが売られていた。しかも、煮物用の四角いのと、揚げたり焼いたりする用のスライスと2タイプあった。非常に感心。かぼちゃって、切るのがほんまに大変で、切りにくい包丁で無理に力かけると間違えて指詰めるのではという不安さえ頭をよぎるので、年とったらかぼちゃ料理はできへんかも……と心配してたんですよ。でも、こうして切って、小分けにして売っ

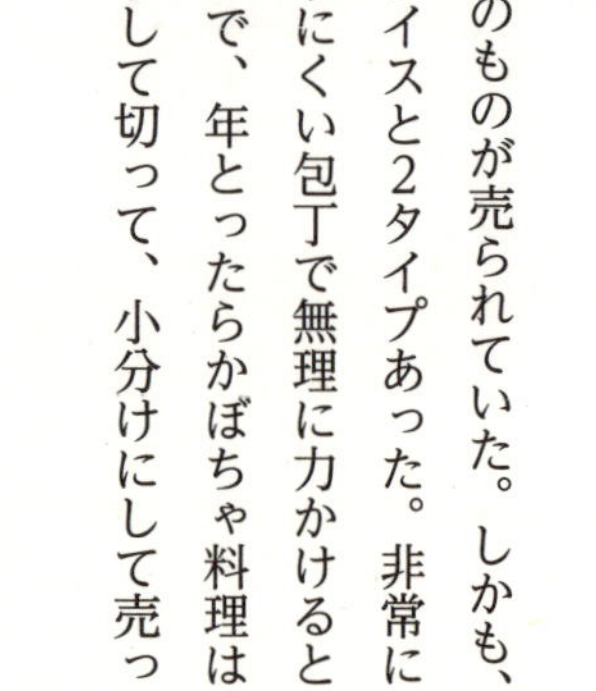

てくれたらいつでもかぼちゃ料理できるやん。

これも高齢化の一つの現象なんでしょうが、一人か二人暮らし、仕事が忙しい人も助かるはず。野菜とか絶対余るんで少量パックもありがたい。あとは値段がもうちょい手頃になって、そしてプラスチックの包装が減ったら完璧。

しばらく冷凍かぼちゃ以外使ってなかってんけど、あのスライス買ってきてなんか作りたいなあ。

10月☆日

かぼちゃつながりで、ところでハロウィンていつから年中行事になりつつあるのか。お菓子関係がやたら限定かぼちゃ味を出してるのは商売上納得として、パーティーとかどれくらいやってはるんですかね。

東京に引っ越してすぐの頃（2005年）、近所のカフェでお茶飲んでたら、いきなり子供たちが「トリック　オア　トリート！」と言いながらぞろぞろ入ってきて、当惑しました。子供はみんなロフトかトイザらスで買ってきたようなコスプレをしており、商店街のほかの店もうろうろしてた。2年後引っ越したとこでもやっぱり見かけて、これは東京だからなのか、それとも全国的に子供の行事になりつつあるのか……。ハロウィンて、関西で言うところの地蔵盆やんね？

10月☆日

松田龍平さんと太田莉奈さんのおうちは掃除のおばちゃんとか募集してないでしょうか？

もちろん給料はいりません。

10月☆日

『BS世界のドキュメンタリー』（NHK BS1）から「ダイヤモンドの運び人アンガディア」。実は世界のダイヤモンドの加工業でトップシェアのインドで100年以上前から続くダイヤの運搬業。重厚装備で厳重に警備員つけて、の真逆で、ダイヤは紙に包んだだけ、それを下着のポケットや布袋に入れただけで、素知らぬ顔して列車に乗る。周りに感づかれない冷静さと、持ち逃げしない誠実さを併せ持った運び人は、主に同郷の身元の堅い、素質を見込まれた青年からスカウトされる。高価なダイヤの原石をポケットに入れてることが道中でバレたら一巻の終わりの大変スリリングな仕事。でも、このシステムで100年以上うまく行ってるから変えるつもりはないらしい。ラフな格好で長距離列車に乗り込むアンガディアたちを見てて、ふと、アジアの雑踏の映像見てると手ぶらの人って結構おるよなあ、と。日本では手ぶら率がだんだん減って、手ぶらはちょっと怪しい人みたいになってる気がする。

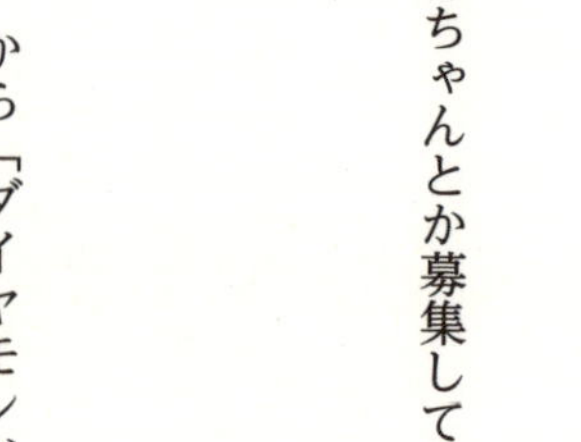

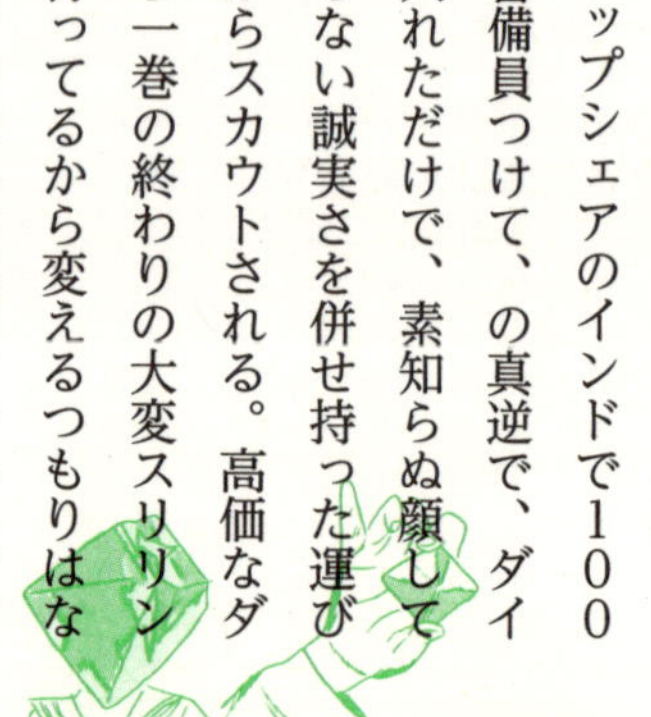

10月☆日

試写で、ヴィム・ヴェンダース監督の『Pina／ピナ・バウシュ　踊り続けるいのち』。ピナ・バウシュの急死を乗り越えて作られたヴッパタール舞踊団のドキュメンタリー。この映画、3Dなんですよ。ヴッパタール舞踊団の公演は実際に2回見たことあるねんけど、その臨場感を再現、という以上にさらに、自分も舞台の上にいるような視点もあったり、ダンサーの肉体が生々しく、怖いくらいに迫ってくる。冒頭の公演は『春の祭典』やってんけど、やっぱりこれホラーやわ、と思うほど、異様なまでの存在感が。ドイツの工業地帯の壮大な風景や、モノレールの中や、森や水辺でのダンスもまた全然違うおもしろさがあって、ああ、ピナ・バウシュさんはこういう風景を見て感じてダンスを作ってはってんな、と。3D、こういうことができるなら、どんどん新しい試みをやってほしい。

10月☆日

試写もう1本。ガス・ヴァン・サント監督『永遠の僕たち』。

孤独な少年が余命わずかな少女に出会うという、今まで100万回ぐらい語られてきたストーリーやのに、まだこんなにいい映画が作れるということに感動。まず主演の二人が美しい。デニス・ホッパーの息子のヘンリー・ホッパーはお父さんに似てる

のに夢のような男前やし、『アリス・イン・ワンダーランド』のミア・ワシコウスカは個性的な顔で（ライオンの子供系）、ダーウィンを尊敬する中性的なキャラにうまいことはまってる。日本兵の幽霊役の加瀬亮との関係もおもしろかったし、なにより感傷的にべたべたした感じがなくて、誰かが死んだ後の世界を生きていく周りの人の決心みたいなものが描かれてた。ラストシーンがほんとうにすばらしかった。わたしはもうこんな年齢は経験できへんのやなあとつくづく思って、でもそう思わせてくれたことに感謝したくなるような映画やった。

11月☆日

「Storyville, Kyoto」という京都造形芸術大学の文学イベントに参加するため京都へ。久しぶりに東山から北白川のほうを通ったら、なんだかんだいうてやっぱり京都はええ街やなと思った。

アメリカからデニス・ジョンソンさんとリン・ティルマンさんという二人の作家を招いて創作、翻訳、朗読に読書会と1週間にわたって行われるイベント。実はわたし、デニスさんの大ファンなんです。『ジーザス・サン』（白水社）という短編集が、この10年ぐらいで読んだ小説の中でいちばん好きな本かも。小説の授業というのも未経験なので、1週間生徒として参加したいぐらいでしたが、フォーラムと自分の小説の読

書会を中心に2泊3日。

あこがれのデニスさんもリンさんもめっちゃええ人でした（おばちゃんみたいな感想ですみません。書きたいことがありすぎてどこまでも長くなるので……）。小説の話の中では、「voice」というものがあって、それを聞いて小説を書くとか、文章にvoiceがあるとか言うのやけど、最初はうまくつかめなかったその概念が、3日目にはなんとなくこんな感じかなと思うようになった。自分が小説を書いているときに感じるあんなようなことが「voice」かなー、と。

11月☆日

「Storyville, Kyoto」の一環でわたしの小説『主題歌』（講談社文庫）の読書会をブックファースト京都店で。作者を囲んで読者のみなさんが感想を話し合うという、これは非常に画期的なイベントですよ！　実は小説家って感想を直接聞く機会ってほとんどない。新刊記念でトークショーはあるけど、まだ読んでない人のほうが多いので、内容について話し合うってことはあんまりない。

　書店の片隅で、膝をつきあわせるくらいの距離で、みなさんから次々発せられた感想とか疑問とか想像とか、すごーくおもしろかった。気づいてなかったところを指摘されて自分でも笑ってしまったりとか、気づいてほしいなと思ってたところがちゃん

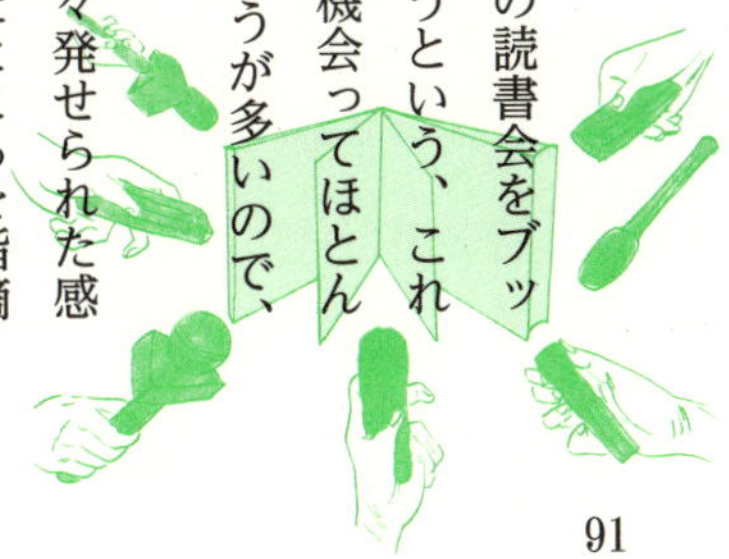

と届いてたりとか、こんなにもじっくり読んでもらえて、作者はたいへん幸せです&これから書いてみたいこともどんどん考えられました。

来てくださった皆さま、ほんとうにありがとうございました。またやりたいなあ、読書会。

11月☆日

京都から大阪へ移動して実家で2日過ごす。

帰りに新大阪駅で指定席を取ろうとして、自分が持っている切符が「京都→東京」の回数券だと気づく。これって新大阪からにしてもらえるんかな？　と若干不安になりつつ、みどりの窓口へ。対応してくれた女性職員さん、すぐに「では大阪からの乗車券を追加して、指定席を取ると割高になるので、自由席でお取りしますね」と大変わかりやすい対応。「何時の列車になさいますか？」「えーっと……」とわたしが迷っていると「今からでしたら17時7分発が新大阪始発ですよ」「じゃあそれで、あ、窓際で……」「ええ、二人席の窓際ですよね。自由席から移動していただくことになるのでなるべく近い4号車でお取りしますね。乗車券は京都市内から含まれてるので、新大阪から桂川で。領収書はご入り用ですか？」……。すばらしい!!　これこそプロ！正しいサービス業!!　気が利く対応!!

プロの仕事ってことについてときどき考える。マニュアル通り最低限の融通利かない&サービス精神のない対応と、こういう人となにが違うんやろ。それは人に教えることができるもんなんやろうか。

11月☆日

世田谷に戻って、近所のスーパーへ。「どん兵衛」の「西」「東」バージョンが特売!! 「西」味と「東」味があるのは前から知っててんけど、初めてこっちで「東」味を食べたときは驚愕。見た目は変わらんし、微妙な違いやろと思って、5分待って口に入れた瞬間、「違う……」。まずいとかそういうのではなく、とにかく食べたかったものと全然ちゃうかってがっくりきた思い出が。どん兵衛は「東」味がある分、かえって「西」味は入手困難。山手線の渋谷駅ホームにいろんな種類のどん兵衛が食べられる店があって、そこに行くと買えるねんけどね。あとネット通販か。

最近のどん兵衛はおあげさんが分厚くジューシーになっておいしいけど、ときどき無性に昔のぺらぺらのあげが食べたくなる。子供の頃、あれにしみこんだだしをちゅーちゅー吸うのが好きでした。

11月☆日

電車で、後ろに立っているカップルの会話が聞こえてきた。「わたし最近ね、カクミンに超はまってるの」「あー、かわいいよね、カクミン」「なんかねー、カクミン見てるとぎゅっときちゃうんだよね」……。カクミン？　新キャラ？　しばらく会話を聞いていて、どうも「フォント」らしいと気づきました。家で「カクミン」で検索すると、出ました、モリサワのカクミン。なるほどー。……結構ええ値段するのやな。

11月☆日

3年ぐらい前から急激に猫好きになり、しかし重度の猫アレルギーのためリアル猫は飼えず、猫グッズが部屋に急増中ですが、今年は洋服に猫モチーフが多い。ヒステリックグラマーは前からアンディ・ウォーホルの猫シリーズがあったけど新たに黒猫キャラが発生してるし、「あちゃちゅむ」の猫の顔面シリーズは脳天を突き抜ける衝撃を受けました（あちゃちゅむ、猫、バッグ、で検索してみてね）。元々猫モチーフの多いポール&ジョーはもちろんのこと、ツモリチサトは猫ライン作ってるし、アンダーカバーも、シー バイ クロエにも!?　と、やっと気づいた。今シーズンの流行なのか、猫。そういやシャネルのコレクションでも猫耳の帽子かぶってたわ!!

今まで「流行」って、何色とかチェック柄とかシルエットとか、今シーズンは「マ

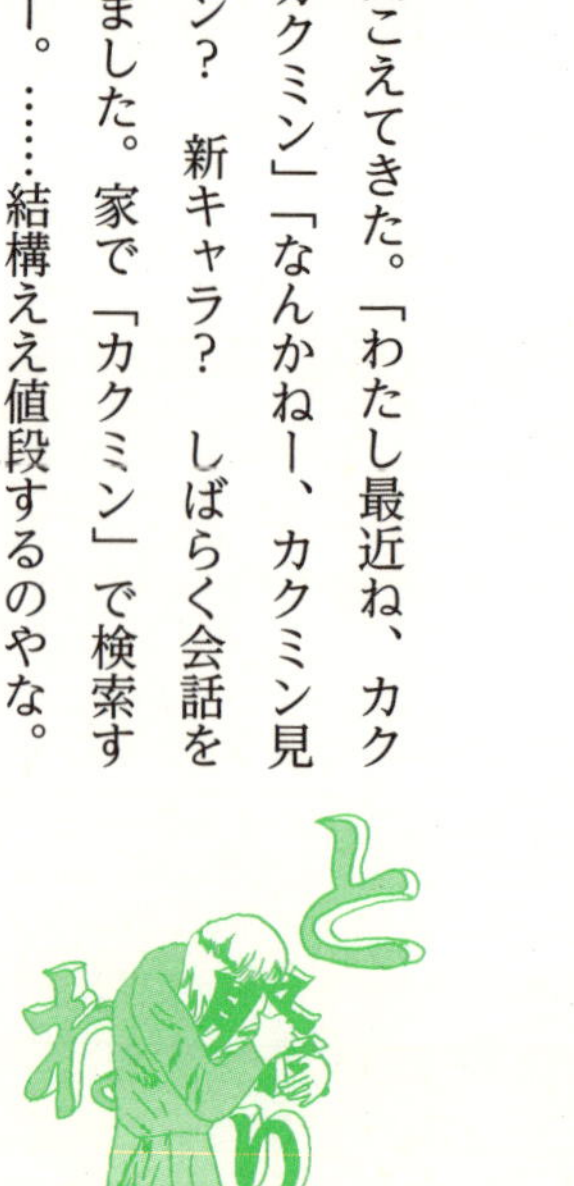

スキュリン」とかやったけど、「猫」ってそんな具体的なピンポイントモチーフが登場したのか。ファッション系の人は猫好きが多いのか、猫グッズが売れるからなのか……。犬が犬種によって形も大きさもバリエーションあるのに比べると、猫って世界中だいたい同じ大きさ同じ形やからモチーフにしやすいっていうのもあるのやろな。

しかし、この猫だらけファッションが今シーズンの流行だとすると、今のうちに買っとかなあかんやん！　セールの計画を立てなければ……（あ、シャネルとかは買えません。全然遠いです）。

11月☆日

朝の連続テレビ小説『カーネーション』（NHK総合）。おもろすぎる。尾野真千子さん、すてき。小林薫のお父ちゃんはもちろん、隅々のわき役キャラまで造形が行き届いてるわあ。こないだ、糸子が周りの人の老いを感じながら商店街を歩く場面で「あっこの店のおっちゃんももうおじいちゃんになってる、あっこのおねえちゃんはよう見たらもうおばちゃんや」っていうせりふがあって、おもろいし衝撃やししみじみするし、すごいなこれ、と思いました。よう見たらもうおばちゃん……。わたしのことやないですか！

11月☆日

『ちい散歩』（テレビ朝日）。関東ローカルです。朝10時ちょっと前からやってる、地井武男がおもに関東の街を散歩する番組。最後には地井さんが描いた絵手紙と、歩いたコースの地図と時間と歩数が表示されます。

東京に引っ越してきてからずっと見てて、てっきり昔っからやってんのかと思ったら、わたしが東京来る直前ぐらいから始まったらしい。でもかれこれもう6、7年やから長寿番組か。ローカルな街、この番組でかなり勉強になりました。30過ぎて見知らぬ街にやって来たので、路線図の駅名見てもそこがどんな感じのところなんかまったくイメージが湧かへんかったりしたのが、あ、地井さんがこないだ焼鳥買うてたとこか、と浮かぶようになりました。

地井さん、巨木、植物に社寺、路地が好きということで、ツボが似てる、というか街歩き好きの人はたいていそうやねんけど、そこが見たい！　っていうとこで立ち止まってくれるのがいいなあ。

途中で、職人さんとか町工場とかに話聞きに行ってくれるのもいいし、焼鳥、コロッケ、和菓子などを買って若いスタッフと公園で食べてる姿もほほえましい（以前見た回では、スタッフ3人の年齢を合計しても地井さんより年下やった！）。で、この買い食い時に、ちゃんとお金を払ってるのも気になるポイント。『世界ふれあい

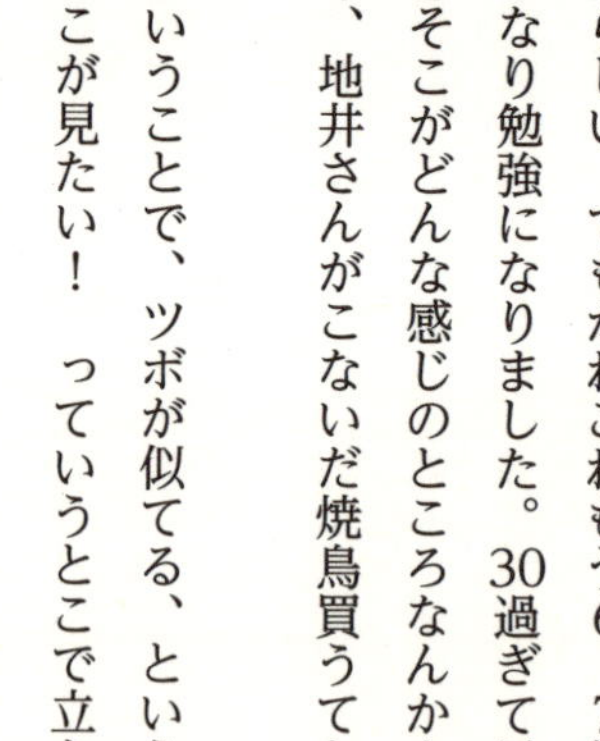

街歩き』は、店で買うことも人に食べ物をもらうこともしないようにしてると思うのですが、街歩き番組で「食べる」ことをどういうふうに扱うか、番組の方針が出るかも。

『ちい散歩』はたまに遠出して北海道や九州にも行くのですが、12月25日には初の全国放送があるらしい。

11月☆日

太ったなー。

11月☆日

今日の英語豆知識。いか、たこの「足」、英語では「arm」だそうです！　へえ〜。言われてみれば、あの動きは「手」っぽいのやけど、じゃあなんで日本語では「足」なんやろ？　と自分が普段当たり前に使ってる言葉へのブーメラン現象が、外国語を習う醍醐味ですな。

ついでに、子供の頃読んだ絵本で、海辺の村の子供が大だこを見つけて、たこが寝てる隙に1日1本ずつ足を切り取ってきてみんなで食べて、あと残り1本というときにたこが起きて捕まって、たぶん食べられた……という話があってんけど、あれ、な

んていう題やったんやろ。もう一回読みたいなあ。

11月☆日

6年ぶりに花園神社の「酉《とり》の市」。酉の市？　と関西の皆さまはお思いのことでしょう。関西で言うところのえべっさんですね、要するに。そう！　東京ではえべっさんがないんですよ!!（えべっさん、関西以外の皆さまには福男を競って早朝に走る西宮戎でもおなじみのお祭りです）この事実を知ったときにはかなりびっくりしました。神戸から引っ越してきた友達に言うたら「ええっ、ほな、うちの笹はどうしたらええの？」と慌ててました。

えべっさんは1月10日前後の3日間ですが、「酉の市」は11月の酉の日で、2回ある年と3回ある年があって、今年みたいに「三の酉」まである年は火事が多いと言われてます。えべっさんは笹に飾りがついてますが、「酉の市」では竹製の熊手に大量の飾りが盛られてます。ギャルもびっくりの盛り具合です。1メートル以上のものもあるし。そして買うと拍子木を鳴らして景気づけしてくれます。ずらーっと並ぶ熊手屋さんの法被《はっぴ》着たおっちゃん兄ちゃんが、江戸っ子っていう感じでかっこいい（えべっさんでは福娘が並んでるので、いろいろ対照的ですな）。

規模は去年行った浅草の鷲《おおとり》神社のほうが大きいねんけど、花園神社でのお楽しみは

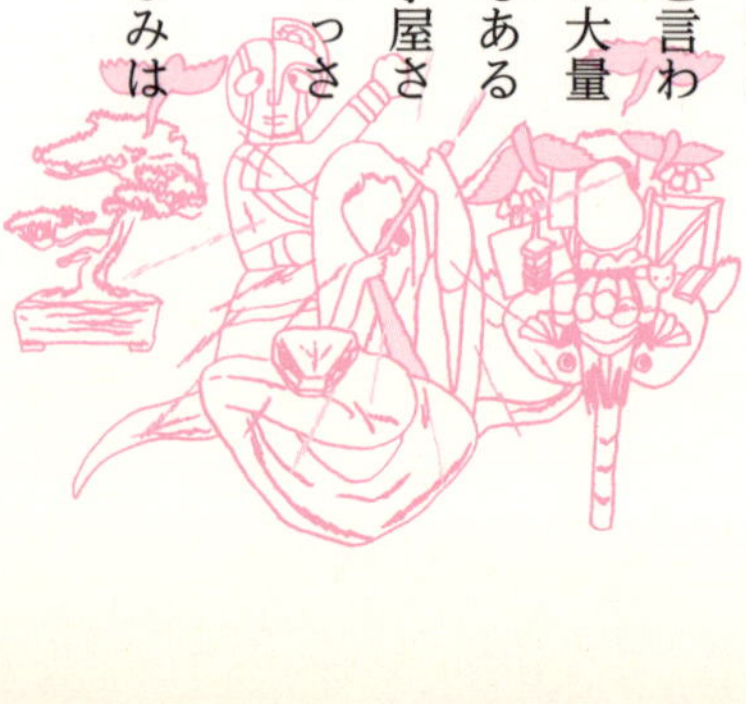

なんといっても「見世物小屋《みせものごや》」。6年ぶりに見たら、火を噴いてたお峰さんというおばあさんは引退してて（でも出演はしてはった）、ぴょんこちゃんていう子がろうそく10本を口につっこんでました。そして前回は弟子入りしたばっかりやった蛇女の小雪ちゃんも芸に磨きがかかっておりました（蛇みたいだから蛇女ではなく、蛇が大好きだから蛇女です）。今後も受け継いでいってほしいものです。

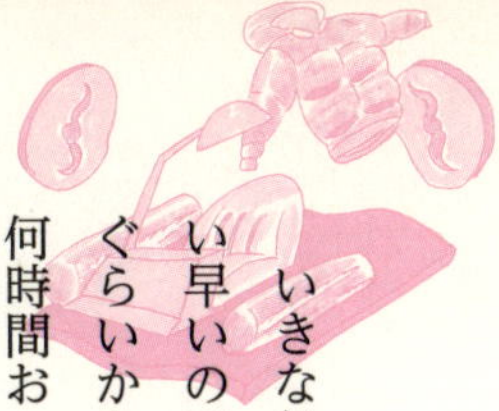

12月☆日

いきなり寒い。しかも雨で真っ暗。東京は大阪に比べると日が暮れるのが30分ぐらい早いので、12月になると17時前にもう暗い。引っ越してきて間もない年の瀬、15時ぐらいから百貨店におって16時半頃に外出たら暗くなってて、えっ、わたし百貨店に何時間おった!? とタイムスリップ感を味わったものです。特に夜型人間にとっては明るい時間が少ない。これかなり重大問題です。今年は寒い&大雪予想が出てるけど、引っ越してきた2005~2006年の冬も大雪で寒くて、大阪から持ってきた服では間に合わん! と慌ててコートを買いに行き、それでも足りずに大阪では着たことなかったダウンを買うためとりあえずユニクロ! と駆け込んだのでした。気温的には2、3度の違いやと思うねんけど、関東平野が広いせいか風がすごい。

　しかし、その初めて買うたダウンから6年、ユニクロのダウンの進化ぶりってびっくりするわ。今年の薄くて軽いやつ、えぐいな。近所歩くとおっちゃんがかなりの確率で着てる。

12月☆日

久々にやらかしました。取材の仕事があり、家を出て駅で電車を待っているとき、ふと思いました。現在16時15分。取材は18時まで、そして2時間のはず……。今から行っても1時間しかなくない？　あああああっっっ！　16時からやん！　もう過ぎてますやん!!　慌てて電話して謝り、なんとか17時には絶対着きます、と急いだものの、動揺収まらず。みなさん「日にちを間違えてなくてよかった」と慰めてくださいましたが、相当ご迷惑おかけし、かなり落ち込みました（いや、落ち込みたいのは遅れられたほうやろ、とつっこみつつ……）。

実は、スケジュール帳にもちゃんと書いてたし朝起きた時点では16時からと思ってて、電車も検索して15時15分ぐらいのに乗ったら16時に行けるから15時に家を出て……と算段してたのが、どっからか「16時に家を出て…」にすり替わってたらしい、という変な間違い方。しかも同じ間違い方を半年前にもやってるねんなあ（このときは友達とごはんの約束で、11時半着のはずが、11時半出発になっていた）。なんか自分の脳が怖い。スケジュール帳もちゃんと書いてるし、どうすれば防げるのか……。

毎日適当な時間に寝たり起きたり、曜日もわからんような生活してるから時間感覚が狂ってきたのか。

　かなり反省してます。

12月☆日

で、落ち込んだりすると回復が遅い。最近、仕事がんばっても、食べすぎても、出かけても、回復に時間がかかる。あと体重も戻らへん。これは要するに「老化」ではないでしょうか。これぐらいの時間でこんだけできる、これとこれはこんな感じでできる、みたいに把握していたことが、だんだん、できへんようになってきてる。最初はそれにあらがおうとしてたけど、いやもうこれはそういうもんやと思って、じゃあどないするかという工夫をせんならんのやなと。メモするとか、まあなんかそういう感じの。

　この2、3年、人生の半分来たんやなあ、とよく思う。会社勤めしてたら定年まであと20年ぐらいしかないやん、とか。このあと自分にどれだけのことができるか、そのためにはどうしたらええか、と考える。

12月☆日

『dancyu』1月号、「特集　鍋の感動はメにあり！」。表紙のコピーは「この玉子雑炊、泣けます。」……これはやばい。冬になったら毎日鍋でもOK、しかもあとでうどん入れるためにやってるようなわたしにとって、この特集は相当危険。鴨しゃぶにそば、和牛ちゃんこにうどん、火鍋に中華麺、雑炊も4段階楽しめる店とかあるし……。鶏鍋のあとでスープカレーとか、え、揚げうどんてなに？……と、自分を見失いそうになりました。今度から好きな食べものを聞かれたら「鍋のあとのうどん」って言おう。

12月☆日

このところ買う雑誌の食べ物率が上昇してますが、エルマガの別冊『洋食天国』もだいぶきてました。何よりうれしかったのは、浅草の「ヨシカミ」が大特集なこと。グルメサイト見てみたら「観光地」的な評価を書いてる人もおって「えー、全然おいしいやん」と思ったりしますが（指定された店の場所とか確認しようと思ってクチコミグルメサイトを見ると、「この程度なら再訪はなし」「技術は凡庸」などのコメントに「誰やねん！　普段どんだけええもん食べてんねん」とつっこんでしまう。あと全体にコメントがどんどん長く&日記状態になってきてるような……）、わたしも周りの友達もヨシカミ大好き。関西の友達が来たらヨシカミに行きます。「うますぎて申

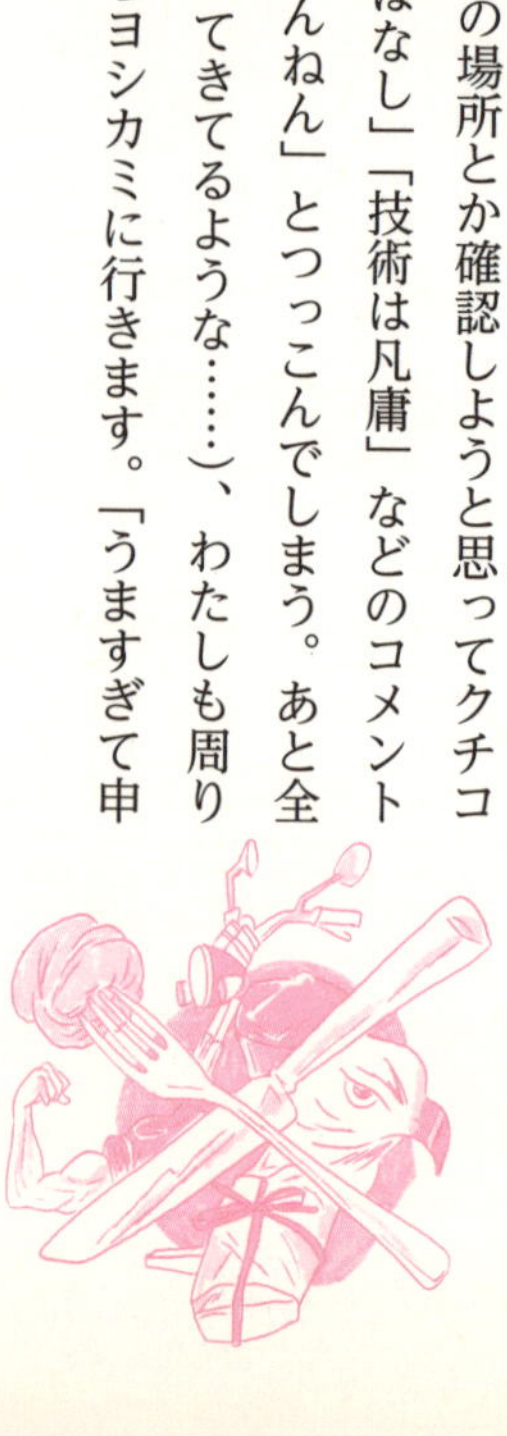

し訳けないス！」って書いてるお皿も、バラエティに富みすぎのメニュー（手書き風）も、店の大きさの割にようさんいてはる愛想のいいシェフのみなさんも、関西人好みなんかもなー。浅草ってほとんど大阪やんと思うし（道頓堀と天王寺を合わせた感じ）。行くたびに毎回メニューを見て迷ってつい定番ぽいものを頼んでもうてんけど、この特集ページを見て今度は違うもん食べよう。

ところで、ほかに載ってる洋食屋さんもめちゃめちゃおいしそうやけど、みな閉まるん早い!!　夜8時までて、そんなん今からごはんの時間ですやん（ヨシカミは夜10時まで）。洋食屋さんもうちょい遅くまで開いてたらええのになあ。いや、自分が朝型にするべきか。

12月☆日

皆既月食見た。38歳にして初めて見ました、皆既。こんなによう見えるもんなんか。

12月☆日

来年用も、季節のわかるカレンダー買いました。岩合光昭さん撮影の『日本の猫』と、『歳時記カレンダー』。これで季節のポイントはきっちりわかります。

というか、もう今年終わりやん。信じられへんなあ。

12月☆日

多摩川へ写真を撮りに（『IID PAPER』というフリーペーパーで「世田谷の公園」連載中。世田谷区の公園を紹介するパノラマ写真&エッセイです）。帰りに新しくできた［二子玉川ライズ］ってショッピングセンターをうろうろしてたら、セレクトショップの中に本棚が。近頃、洋服屋とか雑貨屋で本棚があるとこときどきあるけど、たいてい、自然系とか食べ物系のビジュアル豊富な本が多くて、小説は、あっても昭和の渋め作家中心、現代小説はほとんどないねんよなー、と思いながら見てたら、あら、自分の本があるやないですか！『次の町まで、きみはどんな歌をうたうの？』（河出文庫）が。うんうん、これええ小説なんですわ。で、洋服買ってレジで「あのー、あの本棚ってどなたがセレクトを……。自分の本があったので……」と聞いてみました。バイヤーさんが選んでくれはったらしい。うれしいので洋服多めに買いました。URBAN RESEARCH DOORS 二子玉川ライズ店のみなさん、どうもありがとうございます。

本屋さんに自分の本があるのはもちろんうれしいけど（どこでも本屋さんに入ったら自分の本あるかどうか確認します）、こういうちょこっとだけ選んだ本が置いてあるとこに自分の本があるうれしさは、また格別です。

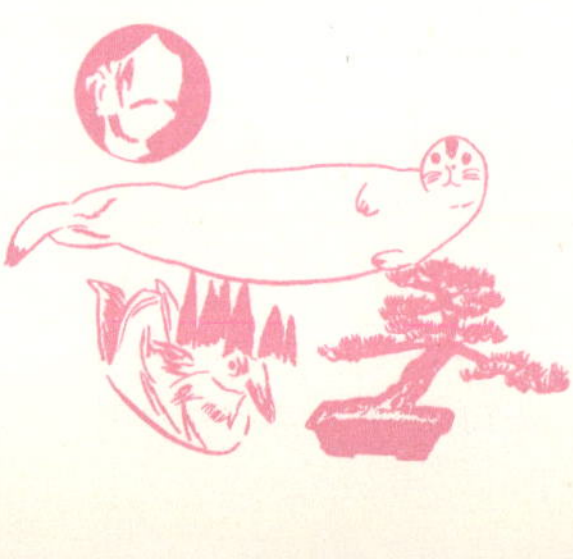

12月☆日

「コーヒーが飲めない」という話を朝日新聞土曜版の食べ物エッセイ欄に書いたら、大反響でメールがたくさん来た。味が嫌いなんじゃなくて、アルコールを受け付けない人のように、コーヒー飲むと悪酔い二日酔い状態になって、頭痛と吐き気で寝込んだことも。しかもある日突然そうなった……ということを書いたら、「わたしも同じです」という方が続出。でもこれ、お酒飲めないに比べて世間で知られてないので、訪問先で当然のようにコーヒーが出てきて困るんです、って部分にも「そうなんです！」と同意の叫びが。親切であったかい缶コーヒーとか買ってきてくれたりすると、ほんまに申し訳ないけどどうしたらいいのかと思う（コーヒー飲まれへん人には缶コーヒーがいちばんきついと思う）。

これを読まれた方、コーヒーは出す前に一言聞いてくれたらうれしいです。それでも飲めるおすすめコーヒーなどを教えてくれた人もいましたが、誰かこの現象を解明して対策とか考えてくれへんかなあ。

12月☆日

「世界最強の男選手権　2010予選」（NHK　BS1）。ときどき放送してる「世界最強の男」大会、わたしはこういう、世界のどこかで一部の人だけが熱狂してる行

事を見るのって好きなんよなー。見た目からして昔話に出てくる「力持ち」な巨体の男たち大集合。東欧と北米中米あたりの人が多いかな。おもろいのは競技が、具体的かつこの大会でしかやってなくて毎回違うオリジナルなこと。車を持ち上げるとかボートを崖に引き上げるとか、巨大タイヤを何回ひっくり返すか、生ビール樽を何個投げられるか、１００kgの重りを持って階段を何秒でかけ上がれるか、などなど。何回も優勝してる強豪やダークホース的な新星がいて、それぞれの選手のキャラがある。

オリンピックでも、あんまりようわからん競技を「あー、そういうルールなんかー」「この人がこの世界では英雄なんやな」と推測しながら見るのが好きで、そのうちにおもしろさがわかってきて気に入った人を応援する、というのが楽しいんやけど、最近のテレビは日本人が勝てそうな競技しか中継せえへんからおもんない。世界のトップレベルの人らの競技を見ないと、その競技で強い人はいつまでも出てこーへんと思う。

12月☆日

『TRANSIT』15号　特集「美しきトルコの魔法にかけられて」(講談社)。『TRANSIT』は写真がすばらしいし、ほかではあんまり取り上げてない地域を特集してくれるので前身の『NEUTRAL』のときから愛読してるのですが、トルコ特集となればもう即買い。わたしは初めて行った外国がトルコなんで思い入れがある。72ページ見開きの小さい山の斜面にびっしり家が建ってる写真を見て、ああ、これがわたしが思ってる「トルコ」の風景やなあ、ってすごく懐かしくなった。日本て「山＝緑、木、もこもこ」で平地に集落があるのが基本やけど、トルコの山は基本砂色、木なんか全然生えてない。ひたすら地平線の荒野にときどき小高い丘くらいの山があって、その斜面にびっしり家があるのが田舎の町の風景。日当たりやったり水やったりいろんな条件でそうなってるんやろうけど、15年前にトルコの何時間走っても地平線しかないような荒野をバスから眺めてて、日本みたいにそこらじゅうに木や草が生えてる場所は水にも土にも恵まれてる貴重な土地なんやとそのとき気づいた。

このトルコ特集、トルコな男前もフィーチャーしてるし（人種と文化の交差点なのでバラエティ豊富）、観光ではなかなか行きにくい東部もようさん載ってて、うれしい。トルコ、また行きたいなあ。

12月☆日

『TRANSIT』もそうやけど、雑誌って誌面のデザインで、たとえば同じ場所や物を紹介しててもまったく変わるよな、というかそれが雑誌というもんやんな、と実感してるのは『GINZA』（マガジンハウス）がリニューアルして以来『オリーブ』の進化

系みたいになってて感心してるから。1月号の、定番商品をいっぱい並べてるページなんて、中学生ぐらいのときに雑誌読み始めたわくわく感がよみがえる。情報と文化の両立。わたしは雑誌が好きなので、まだまだいろんなことできると思うし、楽しみにしてます。

あと『ベルメゾン』（千趣会）のカタログの去年ぐらいからの誌面デザインも感心してます。わかりやすい、見やすい、写真も明快。こういうお仕事してはる人ってなかなか表に出ないと思うのですが、どういうお仕事なのかのぞいてみたいです。

12月☆日

年の瀬～。会う友達ごとに「今年の仕事終わった？」と聞かれますが、終わりません！　区切りのない仕事なので、年末年始も関係なし、むしろ出版社が休みの間にやっとかな状態です。あ、泣き言すみません。

近所のスーパーでしめ縄などが売られてますが、関西のと形が違う。輪っかになってるし、飾りが派手。関西＝派手なイメージがありますが、江戸のほうが派手なものも多々あって、前にも書いた「タクシー」「酉の市の熊手」そして、お正月に食べるらしい真っ赤っかのタコ。↑これ、アメ横で初めて見たときは何かと思いました。極彩色です。

それから、餅が切り餅（四角）なのも、やっぱり不思議。小学生の頃、友達からの年賀状でときどき「餅食いすぎるなヨ！」的なやつがあって「網の上で焼かれて膨らむ四角い餅」の絵が添えられてたりして、四角い餅ってその絵でしか見たことがなかったから「なんで四角いんやろ？」とうっすら疑問に思ってたけど、関東ではそっちがふつうなんやね。東京生まれの人に聞いたら、昔は平べったい大きな餅をお米屋さんから買って、家で切り分けてたそうです。へえ〜。

あー、というか、まじで年明け締め切りの仕事が山積みでやばいです。年末かー、年越しかー、お正月かー、……。がんばろ。

12月☆日

あっというまに今年も終わり。仕事納めのあとの2、3日、年が終わったような、まだあるような時間が妙に好き。

東京に引っ越してきて以来、大晦日はほとんど友人宅におじゃま。だんなさんが札幌出身なんやけど、札幌ではおせちを食べながら紅白を見るのが大晦日の習慣だそうで。紅白歌合戦、32歳まで1回もちゃんと見たことなかってんけど、こちらにおじゃまするようになって初めて全部見た。応援とか投票とかあるって知らんかったなあ。友人手作りの豪華おせちをいただきつつ、やっぱりわたしのたのしみは、ＡＫＢ48、

ＫＡＲＡ、Perfume、少女時代などの集団女子でしょうか。あと椎名林檎ね（椎名林檎ってほんま、見れば見るほど顔がわからなくなるのはなんでなんやろ）。来年はももいろクローバーＺも出そうやな。

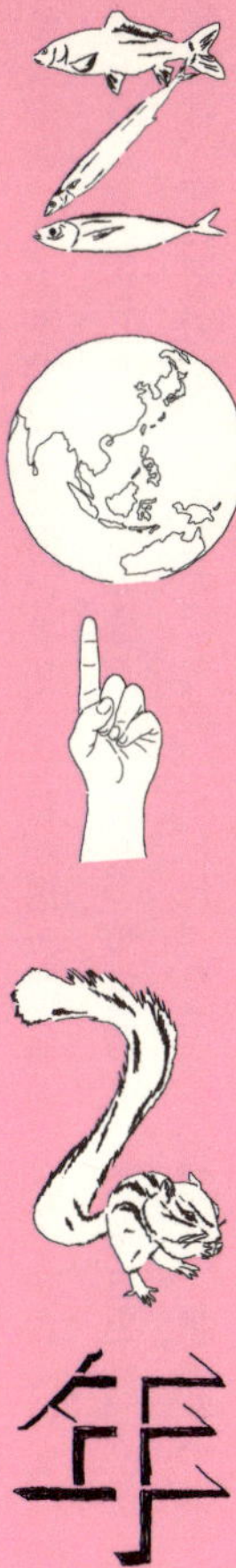
2012年

1月☆日

2年連続で東京のお正月。その前までは電車が空いてるので1日に大阪に帰っててんけど、去年は風邪ひいた&仕事、今年は仕事で帰れず。でも、静かな東京で家にこもってる感じもなんか好きやなと。夏休みとかゴールデンウィークとか、世の人が遊びに行ってるにぎやかなときに、家でじっとしてるのって楽しい。

大晦日飲みすぎたので昼過ぎに起きて、とりあえずお雑煮だけでも作ろかとにんじん切ってたら地震が。忘れた頃の大きい長い揺れ。ソフトバンクでもろたしゃべるお父さん犬ぬいぐるみを棚の上に置いてて、それが落ちたら震度4以上やねんけど、何カ月かぶりに落ちました……。年が変わったからって油断すんなってことか。

お雑煮は、関西風です。にんじん、大根、かしわ、みつばで白みそ。餅は丸、焼きません。おいしかった。

1月☆日

駅に初詣のポスター貼ってるねんけど、こっちのはどーんと威厳のある感じで神社の名前が書いてあるのが多い。

関西って、神社やお寺って「さん付け」やん？　住吉さん、天神さん、八坂さん、四天王寺さん、えべっさん……。あれって、どこの地域までなんやろ。関東ではほぼ

聞かへん。

30過ぎてから東京に来たので、行楽系がどこに行くのがポピュラーなのかぴんとこーへん。初詣もやけど、たとえば関西で海やったら須磨や二色浜、山やったら六甲、生駒、温泉は有馬、城之崎、白浜みたいな。関東のそういう地名を聞いてもあんまりイメージが湧かへん。高級そうとか、○○系の人が行きそうとかも。初詣は、どこに行くもんなんかなー。

1月☆日

ひたすら家で仕事してると、ほんまに人としゃべらない。しゃべらへんのに、文字ばっかり書いているせいか、久々に人に会うとうまいこと言葉が出てこない。どうしたものか。

小説家です、と言うと、一般の人には昔ながらの原稿用紙丸めて、編集者が横で待ってるみたいなイメージが強いようですが、わたしの場合、原稿はWordで書いてやりとりはほぼメールです。単発のエッセイぐらいだと、相手の顔も見ない、声も聞かないまま、仕事が終わることも。編集者さんが家に原稿取りに来たことはないです。ゲラの受け渡しでたまに近所の喫茶店まで来てもらうくらいかな（それも基本は宅配便）。

編集者が家で待ってる光景って、今でもほんまにあるんやろうか。

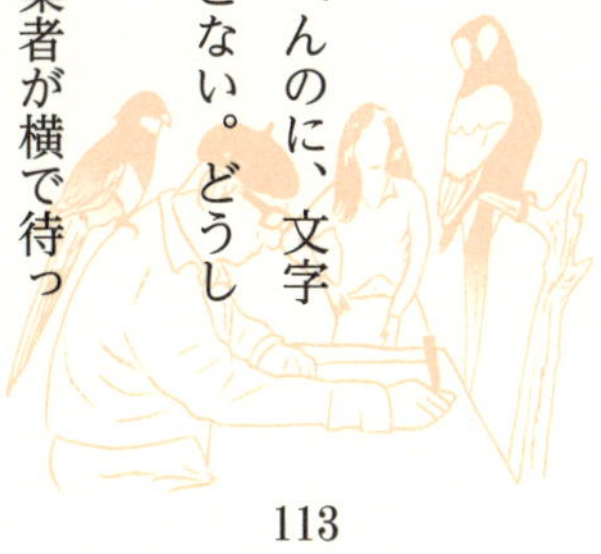

1月☆日

去年書きそびれた、積み残しシリーズその1。チャンネルNECOで、ベニチオ・デル・トロが新藤兼人監督にインタビューしてた。ベニチオさん、新藤監督の大ファンだそうで、とにかく詳しい。何回見てん！　て言うぐらい映画に関する質問も細かい。ベニチオの口から「トノヤマタイジ」なんて出てくるとは。

最後のほうで、成瀬巳喜男について質問したときの、新藤監督の答えが最高やった。「成瀬さんはねえ、86本映画撮ってるけど、そのうちおもしろいのは6本だけなんですよ！　それがすごい！　というのはね、80本をまじめに必死で作ってたから、すばらしいのが6本できたということなんですよ」（ちょっとうろ覚えやけどだいたいこんな感じのこと）。なるほど〜。しかもそれ言うたあとで、「今のとこカットね。いや、まあ、言ったことは仕方ないからいいんだけども……」ってなってたのがよかった。

そして、そんな新藤監督（インタビュー時98歳）を、自分のおじいちゃんを見守るような目で見るベニチオのやさしそーな顔。思わずときめいてしまいました。が、最近、ロッド・スチュワートの娘が出産したときに「自分の子供やけど、つきあってません」というコメントを出してたベニチオさん。悪い男ですなあ。

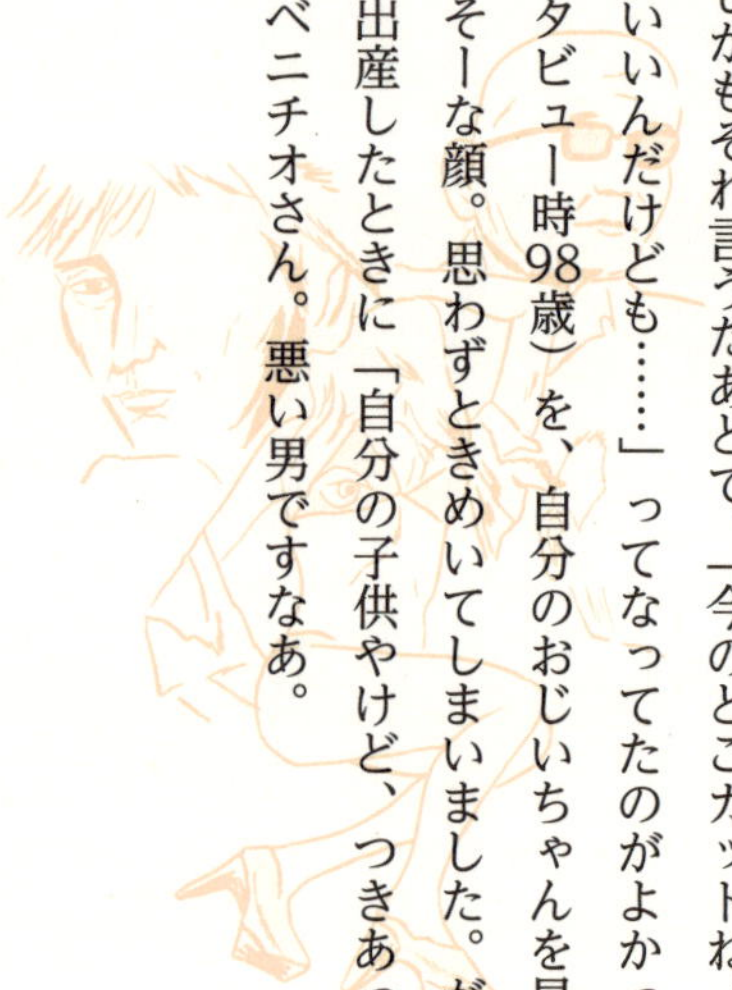

1月☆日

寒い～。そして延々晴れ。

1月☆日

積み残しシリーズその2。とあるライブハウスにて。コインロッカーのスペースがめっちゃ狭く、しかもロッカーの残り数個っていう状況で、並んでてんけど全然進まず。あと3人というところまで来たとき、順番が回ってきた子が、そこでやっと、上着脱いで～、上着畳んで～、鞄開けて～、財布出して～、そしたら「あ、小銭がない」ってなって～、後ろに並んでた人に両替してもらって～、1回ロッカー閉めかけてから思い出したように財布から千円出して～、再び閉めようと思ったらさっき閉めかけたときに小銭が吸収されてしまって閉まらない～、周りを見回して「どうしよう」……って、とりあえずそこどいてください！！！！！　ってまじで動悸が激しくなりました。しかも、そのあと閉まらんロッカーに荷物放置していったし。わたしの後ろに並んでてロッカー足らんかった人が「えーっ」てなってたよ。

なぜ、長いこと並んでる間に小銭用意して、上着畳んどかへんのやろ。切符並んでるときも自分の番が来てからやっと財布出して上の案内板見て料金探す人がいますが、いらち人種に対する殺傷能力が高いと思います（ＩＣカード導入してもらってほんま

助かった)。
　もしかして、知らんだけなんかな、先に用意しといたら後ろの人困らさんとすっとできるって。知らんだけやったら教えたほうがええんかな。……いや、たぶん、そしたら「うざいおばはんが……」ってツイートされるんやろな。ああ、いらちを直したい。
　ライブハウス、クラブのロッカーはだいたいどこでも３００円です！　会場に着く前に１００円玉３枚用意しときましょう！
　美術館の扉が透明なロッカーはだいたい１００円です！　そして開けるときに返ってきます！　取り忘れないようにしましょう！

1月☆日

　寒いと眠たい。いや、全部こたつのせいか。

1月☆日

　雪です。つめたーい、雨とみぞれと雪と混じってる感じで、ちょい積もりました。寒いし、あんなに毎日毎日晴れてたのがうそみたいにどんより。寒くてもいいから晴れてほしい。

1月☆日

続・積み残しシリーズその3。ある秋の夜、タクシーに乗ったら、めちゃめちゃ運転が荒い。スピード出しすぎ。しかも、運転手があんまり返事せえへん。あーあ、ハズレに乗ってもうたわーと思いながら、運転してるおっちゃんの顔をうかがうと、えっ……。横顔のシルエットがどう見ても入れ歯入ってない状態。ていうか、80歳超えてる!? それからはとにかく無事に帰れますように、と祈りつつ座席で硬直しておりました。でも、道は最短コースでよう知ってはった。さすが年の功?

タクシー運転手って年齢上限ないんかなあ。

1月☆日

確定申告な季節。某社から届いた支払調書が、宛先は合ってるのに「支払を受けたもの」のところに見ず知らずの社名と住所が。たぶん他からも問い合わせ来てるやろうな、と思いつつ電話してみたら、案の定、電話に出はった経理の人、声が疲れきってはりました。外側と内側の印刷がずれて、正しいものを送り直しました、返信用封筒も入れますので先に届いたのは返送してください、とたぶんもう100回ぐらい言うた棒読み状態の声を聞きながら、皆まで言わんでももうわかった、と電話を切りたくなりました。この数日、大変なんやろなあ……。大きい会社なのでたぶんすごい量なはず。

1月☆日

大雪。友達とごはん食べに行っててんけど、お店におる3時間ぐらいのあいだに外がみるみる真っ白に。帰り、駅までの道にはすでに雪だるまが作られてました。しかもマトリョーシカ状態のやつ。

こんだけ積もったら、明日の朝大変やろなー。

1月☆日

案の定、家の前の廊下も道も完全凍結。大阪市内では雪が翌日も残ることなどあり得なかったので、東京に来てやっと雪かきの意味を知りました。

真っ白い中、大阪へ出発。新幹線から雪の富士山見えるかなーと楽しみにしてたのに、熟睡してしまいました。

1月☆日

近所のバス停で、友達に4年ぶりぐらいでばったり。地元に住んでる同級生はけっこういるらしいんやけど、行動時間・範囲が違うのかめったに会うことがない。バスの中で近況報告などしつつ、小学校なんてもう30年前なんやなあとしみじみ。

梅田で急いでセール巡り。やっぱり大阪のほうが買い物しやすい。店が一つの場所に

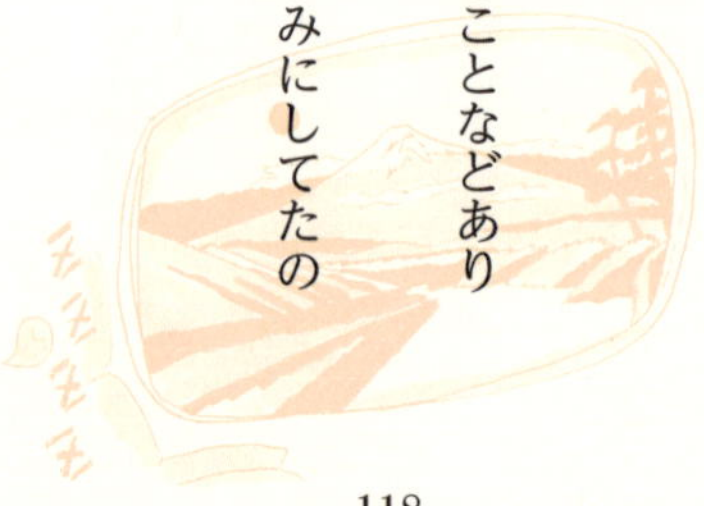

集中してるし、ほしいものが残ってる率も高い。東京にいると、あんまりほかの街のことを知る機会が少ないので、東京がいちばん便利やと思い込んでる人も多いかもしれへんけど、ふつうに生活とか買い物とかするには大阪に限らず地方中核都市ぐらいがいちばん住みやすいと思う。街の中心の近くに住めるし、行きたい場所がコンパクトにまとまってるし、店も広々してるし。今はネットでたいていのもん買えるしね。東京は確かになんでもあるし街もおもしろいけど、いちいち並ばんならんし、物も多いけど人も多いからすぐ売り切れるし、電車も店も混み混みやし、飲食店はせせこましいし、早くにできたせいで意外に駅や公共施設系がぼろいとこが多い。

東京に何がようさんあるかというと、仕事の数と、演劇と展覧会の類と、人に会いやすいこと（これは一長一短と思う）、かなあ。やっぱり「仕事」が問題なんやろな。

1月☆日

新大阪。駅構内は改装中。こないだはなかった、「道頓堀今井」「元祖 ねぎ焼 やまもと」「たこ家 道頓堀 くくる」など大阪名物のイートインコーナーができてた！気づいてたら早めに来て食べたのに、今井のうどん。

新幹線は大雪で米原から徐行。でも名古屋から先は、ぽかぽか晴天で雪の気配などいっさいなし。同じ日本の狭い範囲で、緯度はそんな変わらんのに、別の国みたいな

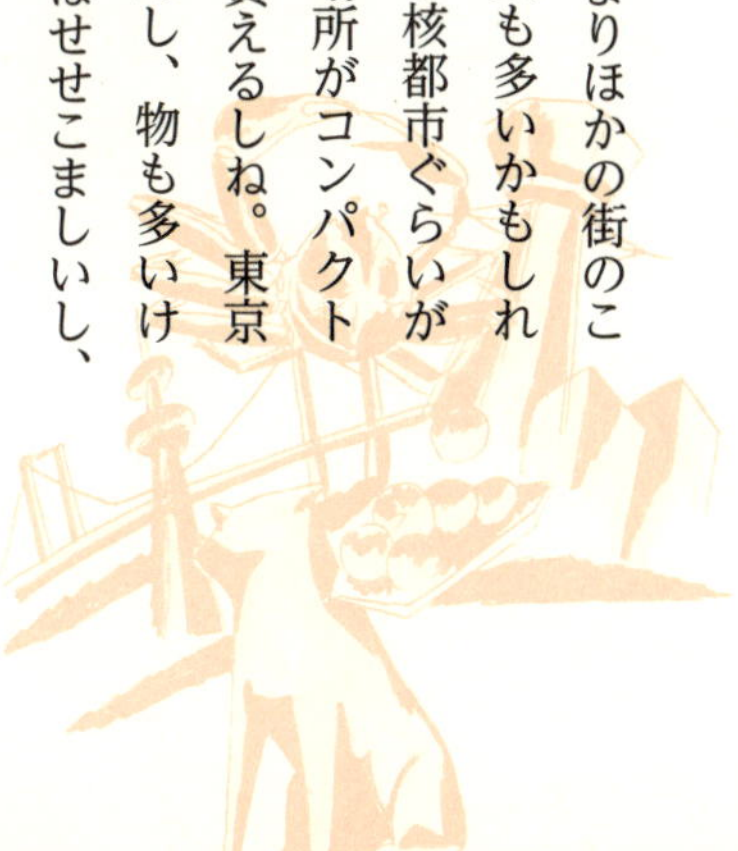

気候。日本の地形っておもしろい。今回は富士山よう見えました。雪の真っ白いところが谷づたいに伸びて、荒々しい雰囲気でした。

岐阜のあたりでは10分ぐらいの遅れやったのに、品川着は1分の遅れに挽回してた。日本の新幹線、すごいわ。アナウンスは遅れて申し訳ありませんて言わはるけど、「すごいやろ」って自慢してええと思う。そして安全優先でお願いします。

東京に戻ってきたら……雪めっちゃ残ってます。寒い。

1月☆日

『BS世界のドキュメンタリー』で料理特集。イギリスで有名シェフが、小児科病棟や機内食を改革するシリーズがおもろかった。

前に、同じくイギリスで、キャンプ場の運営をしてる会社の社長が偽名で現場で働いて改善していく番組もおもろかってんけど、最初はやる気なくしてて「そんなんどうせ無理、できるわけない」と不満ばっかりのスタッフたちが、実際やってみてお客さんや子供が喜んでる顔見たりお礼言われると、途端に生き生きがんばり出す。成果が目に見える、反応が返ってくることってだいじやんな。

それにしても、小児病棟の料理で、ドライアイスや風船でサプライズはええけど、子供の興味を引くために幼虫（本物）ピザとか鼻水に見えるドリンクとか作ってたの

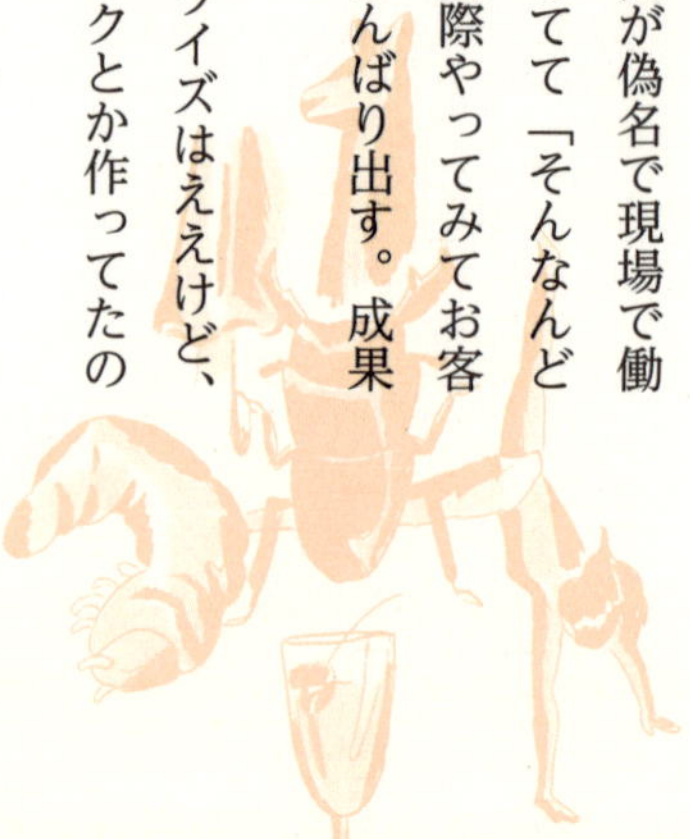

はどうなんやろうかと。イギリスはこういうブラックユーモア的なものが好みなのかしら。日本の子供はいやがりそうな気がします。

1月☆日

寒い。なんもできへん。朝、お湯で顔洗うのでさえおっくうなんですが、昔お湯が出えへんかった時代はどうしてたんやろかとよく思う。顔洗うどころか冬も川で洗濯してたんやもんなあ……。子供の頃住んでた市営住宅は、ガス釜の風呂はあったけど、シャワーもないし、お湯が出るのは台所の瞬間湯沸かし器（この名前懐かしいな）だけやった。中3まで住んでたけど、朝顔洗うのはどないしてたのか、覚えてない。当時「朝シャン」なんていう言葉が流行りつつありましたが、80年代前半に中森明菜がエッセンシャルのCMで「まだ毎日シャンプーするの怖い子がいるんだって」って言っていた記憶があり、この数十年の生活環境の変化ってすさまじいよなー。で、今は台所も風呂場も洗面台も、駅ビルのトイレでさえ蛇口からお湯が出てくるわけで、つくづく自分は弱っちい文明人やなと思うわけですが、しかしこの寒いのに水で顔洗うなど無理で、この先すぐお湯が出えへん生活になったらどないしたらええんやろかと、便利になったらなっただけ不便というか、心配ごとが増えますな。

そして降ってから1週間経ってもまだ残ってます、雪が……。

2月☆日

節分。といえば恵方巻《えほうまき》。東京に引っ越してきた6年前はまだ「関西の妙な習慣」みたいなイメージやった印象があるけど、今ではすっかり恵方巻祭り。近所のスーパーでもどんだけあんねん！　っていうくらいいろんな種類の恵方巻。大阪でも昔は普通の巻き寿司だけやったと思うけど、超豪華海鮮巻（高級スーパーでは3000円のん見た！）から、とんかつ巻、巻いてるからロールケーキとどんどん邪道に。今年は大福の恵方巻を発見。のど詰まるやろ、それは。

某コンビニの戦略で全国区になったらしいけど、日持ちするバレンタインのチョコと違って、恵方巻はなんせ食べられる時間が短い。せっかく海鮮巻もとんかつ巻も食べたいと思っても、節分の1日では無理がある。これって、食品業界的にも無駄では？　邪道ついでに、節分までの1週間に食べるとかに変えたらどやろか。

そして、一人暮らしやと「黙って食べる」という条件はあんまり意味がないね。いつものごはんやん、と思うとさびしいね。

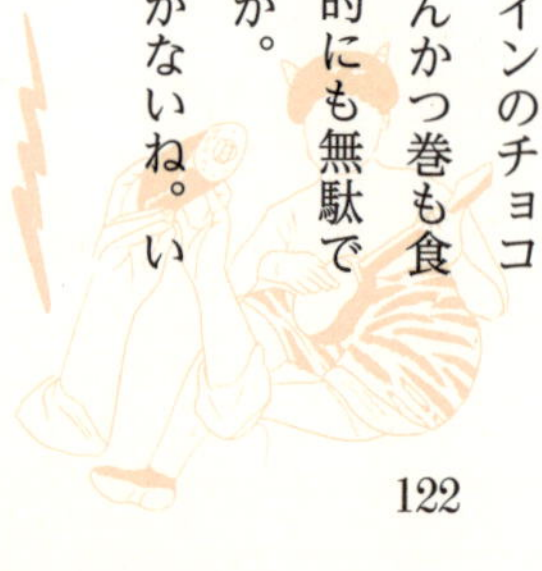

2月☆日

英会話教室に行くと、講師のアメリカ人さんが、節分の話題をふってくれた。ネットでいろいろ調べたらしい。でも、恵方巻のことを「アホマキ」と覚えてはる。ちゃうちゃう、エホウマキ、と訂正しても、「アホ」のほうが言いやすいのか、しばらくするとまた「アホマキ」に。なので、大阪に行って「アホマキ」って言うたら喜んでもらえると思うからそれでいいと思う、と、つたない英語で伝えました。

2月☆日

『極める！　とよた真帆のネコ学』（ＮＨＫ Ｅテレ）。とよた真帆がネコの生態を専門家に聞く４回シリーズ。とよたさんは６匹飼うてはるらしい。身体能力とか人間との関わりとか解説してきて、４回目は、福岡県の猫がいっぱいの島で集団の生態を観察してきた先生が登場。餌場ごとにグループが分かれてて、行動範囲も違う。おもろかったのは、発情期。メス猫の周りを同じグループのオス猫たちが取り囲んでて、いちばん強いオスがメスの横にぴったりくっついてる。ほかのオスも隙あらば……とチャンスを待ってるわけなんやけど、メスはほかのグループのオスのほうがいいらしい。血縁的に遠いほうがいいという本能で、人間で言えば、同じ学校や近所の男子より、よその街の男のほうがよく見えるという感じですね。で、身内のオスに周りを固められてるなかどうするのかと見ていると、オスたちも猫なのでじっと待ってるうちに寝てしまう。その隙に、なんとメスは猛ダッシュで逃走！　遠くのオスと交尾してそしらぬ顔で帰ってくる。猫の社会も、おもしろい、そして切ないですね。

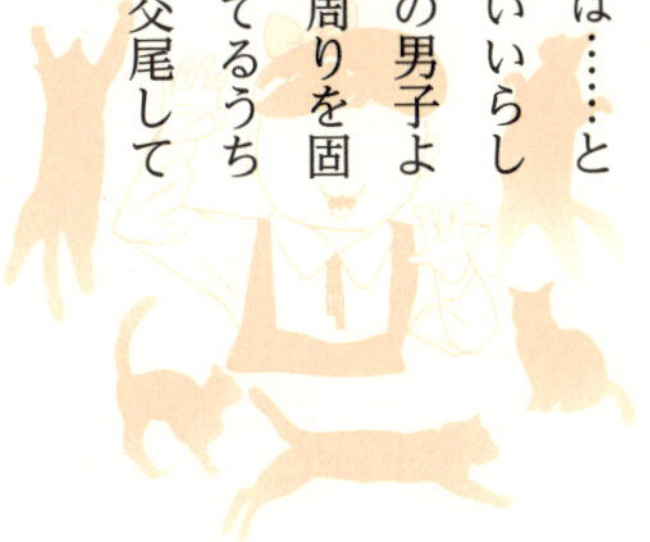

2月☆日

石巻《いしのまき》に行きました。5年前、旅行エッセイの仕事で牡鹿《おしか》半島の先端の港・鮎川から金華山ていう島に行った。金華山は、島全体が黄金山神社っていう千三百年以上の歴史がある神社の神域。金華山に黄金山で、5月にある初巳大祭は「3年続けてお参りすれば一生お金に苦労はさせますまい」と言われてて、そのお祭りに行ったんよね。3年続けては行かれへんかってんけど、地震以来どうなってるかと気になってました（東北に行ったのは、後にも先にもその一度きり。関西に住んでると、東北って接する機会が少ない。四国や九州出身の人はいるけど、東北の人って滅多に会わへんし、旅行もあんまり行く機会がない）。寒い時期やけどその寒さを体験しようとも思って、そしたらほんまに寒かった。川凍ってたし、雪も降りました。仙台から、前に乗った仙石《せんせき》線は途中が不通で代替バスで1時間半。そこから路線バスでさらに1時間半かかるのが鮎川。金華山へのフェリーは欠航中で、今回はここまで。テレビで見るだけではわからんことがいっぱいあるというのはほんまにそうで、この日記では全然書ききらへんけど、小さい入り江の集落が跡形もなくなってたり、更地に整地されたように見える地面も近づいてみるとあらゆる生活道具がこなごなになって落ちてたり。もうすぐ1年やけど解体もできず放置されてる家もまだまだあって、瓦礫《がれき》も廃車も山積みやし、岩手から福島まで海沿いはどこもこの状態なんやと思うと、何をどうしたら

ええのか、どっから手をつけたらええのかと、茫然となる。

でも、そんな中でも、仮設の商店ができてたり再開したお店があったり、鮎川ではプレハブの店舗でお鮨（鯨含む。鯨料理は5年前も食べました）やエビのみそ汁がとてもとてもおいしかって、人間の暮らしの強さを感じました。東北、行ったことないとこばっかりなので、これからあちこち旅行に行きたい。石巻も先週、牡蠣《かき》小屋がオープンしたみたいやし、定期的に行こうと思う。津波の映像では恐ろしい姿やったけど、どこの海も透明できれいで、ええとこです。

仙台で食べた黒毛和牛牛タン炭火焼きが驚愕美味でした。

2月☆日

北国は部屋の中はぬくい、というのはその通りで、石巻でも仙台でも屋内は快適やったので、東京に戻ってからうちの家は寒すぎるんかも、と思ってエアコンの温度を上げてみたら、乾燥しすぎて扁桃炎《へんとうえん》に。子供の頃から扁桃腺出っぱなし状態なので、1年に1回ぐらいは喉腫れます。3日ぐらいひたすら寝て（こういうとき出勤せんでいい仕事は助かる）、やっと回復。ところで、風邪ひくと、ジャンクっぽい食べ物が食べたくなる。ラーメンとか焼きそばとか普段は食べへんコンビニのバナナクレープとかダブルなんとかシュークリームみたいなん。そしてそのたびに、中学のとき、同級生のヤンキー女子が、学校をずる休みしてるときに担任から電話かかってきて、お母さんは？　って聞かれて、「アイスクリーム買いに行ってます」ってごまかした、風邪のときってアイスクリーム食べるやろ？　え、食べへんの？　と言っていたのを思い出す。当時のわたしは風邪で学校休んでるときにアイスクリーム食べるという発想はまったくなかったのでよけいばれるやろと思ってんけど、もしかしたらその印象が強すぎて、病気するとアイスクリーム的なものを食べたくなるようになったんかも、とさえ思う。

2月☆日

愛用している季節の変化・行事がわかるカレンダー『日本の猫』。2月22日はもちろんにゃーにゃーにゃーで「猫の日」。その前日21日には「獺祭《だっさい》」て書いてる。日本酒の銘柄にもなってるけど、カワウソがとってきた魚を川原に並べてる様子をお供えしてるみたいなので「獺祭」て言うねんて。想像するとかわいい。辞書引いてみると、詩文を書くときに参考にする本を周りにいっぱい並べることも「獺祭」とたとえて、正岡子規が自分のことを「獺祭書屋主人」と言うてたので子規の忌日を「獺祭忌」というそうです。「獺祭忌」は9月19日。

2月12日のとこに書いてある「湯沢犬っこまつり」というのも気になる。

2月☆日

えーっと、気になっている人もけっこういるのじゃないかと思うのですが、吹石一《ふきいしかず》恵《え》が「いっしょうけんめい、しらしんけん」て言うてるCM、見るたびに、なんなんやろなー、これ、と、心がもやもやします。こういうCMって、どういう企画書で、どういう打ち合わせして、そして吹石一恵にどういう説明して、できあがったのかなーといろいろ考えてしまいます。しらしんけーん♪　いや、たぶん好きなんです、このCM（「知心剣」のサイトで見られます）。

2月☆日

風邪がぶり返しました。風邪っていうか、扁桃炎ですね。あ、ちょっとやばい、と思ったら最後、何をしようが抗生物質飲まんと治らんのです。思い込みなんかもしらんけど、市販の薬とかまったく効かない。病院に行っても、お医者さんによってはなかなか抗生物質出してくれなくて、いや、そうじゃなくて、というのをなかなか言い出せないのですが、今回初めて行ったお医者さんは即「扁桃腺がこうなると抗生物質飲まないと治らない感じですか？」と聞いてくれた。そうそう、そうなんです。こういう体調面は旅行を躊躇《ちゅうちょ》する大きな要因やなー。で、またもやコンビニスイーツやらアイスクリームやら食べてます。しかし、中身が全部クリームのロールケーキはそれでも苦手。のの字に巻いてあるやつ復権してほしい。

食べて寝て食べて寝てやから、不健康やなー。

2月☆日

新宿西口地下の広場を歩いていたら、「ちょっと、すみません」と声をかけられた。振り向いたら、少々もっさりしたおばちゃんが笑顔で立っている。「すてきな方だなーと思って、声かけさせていただいたんだけどね」。わたしはしょっちゅう道聞かれるタイプなんやけど、そういう感じでもない。宗教の勧誘もよくあるけど、それも違う。一瞬浮かんだのが風俗系のスカウトやったけど、どう考えても違う。「わたし、こういう仕事してるんだけど」、おばちゃんが出した名刺は「○○生命　マネージャー」。保険外交員のスカウトか！　そうかー、平日の昼間に、どう見ても会社員じゃなさそうな格好で新宿西口なんかうろついてたら「無職」っぽいか。「今何かお仕事されてるの?」「ええ、まあ、これから打ち合わせなので……」「あら、フリーの方?　じゃあ、なにかそれでやっていける技能をお持ちなのね」「まあ、はい」「ご興味があったら、いつでも」と、名刺を渡しておばちゃんは去っていきました。うーん、無職っぽい……。たぶん近所の人にも怪しまれてるんやろなー。

2月☆日

長編の校了のため、出版社へ。簡単に説明すると、原稿を送る↓ゲラという印刷する形のものが出力されてくる↓校閲の人が表記や矛盾などをチェックする↓チェックされたところを含めて見直し、修正する↓再びゲラ↓再び校閲↓再び見直し↓再び……という過程があって、短いエッセイなどだと1回チェックするだけなんですが（編集部で再チェックする）、長編ともなると、自分が直したいところもあるし、間違い・矛盾なども増えるし、こちらを直すとこっちが、という事態も発生したりします。特に今回は1年がかりで書いた長編なんでぎりぎりまでできるだけのことをしたいので、出版社の会議室で夜中2時まで最終の校正をさせてもらうという、初めての経験をしました。夕方6時から休憩入れて8時間。完全に魂抜けました。去年の10月ぐらいにこの日記でなんとか最後までたどり着きましたと書いた小説が、その後、話し合いと書き直しを繰り返し、ようやく無事に完成。3月7日発売の『新潮』に載ります。

2月☆日

明日雪積もるかも、と天気予報で言うてたけども！　朝起きて窓開けてびっくり。真っ白。裏の家の木の枝にもびっしり積もってるうえにまだまだどんどん降ってくる。

今年は何回雪降るねんと思いながら、8時にゴミを捨てに出て、新雪に足跡がつくのをなんかもったいないなーと思ったり。11時頃再び家を出ようとしたら、え!? 玄関開けへんのんちゃうんと思うほど雪がもっさもさ。さっきつけたはずの足跡なんか影も形もない……。関東平野に降る春の雪は、大雨と同じ南からの低気圧で降るからどかっと降る（というようなことを、連載当初にも書いたなあ。この連載ももう1年）。雪が積もって静かなのって好き。

でも、2月の終わりなので、1月とは違って雪が融《と》けるのは早く、翌日道が凍ることもなかった。

3月☆日

丸の内の三菱一号館美術館の「ルドンとその周辺―夢見る世紀末」展行こう、と思ってたらちょうど京都の友達から「東京来てるねんけどお茶せえへん？」とタイミング良くメールが。丸ビルでお茶してさんざんしゃべった後、一緒にルドン展へ。ルドン、ずっと好きなんやけど実物見るのは初めて。思った以上にかわいかったです。ルドンはちょっと幻想・SF系の少女マンガっぽいというか（萩尾望都《もと》や、花とゆめ、ぶ～け系）、ゴス、耽美系にも通じるところがあり、版画の師匠ロドルフ・ブレダンの絵は水木しげる系。そんなことを、関西人同士なのでずーっとしゃべりながら見て

いたら（ちゃんとちっちゃい声でやで）、ほかのお客さんとも「これって顔に見えますよねー」と会話を交わしたり。関西で展覧会見てたら隣の知らんおばちゃんとしゃべったりすることあるけど、東京では珍しい。ほんまはみんなしゃべりたいのやな。

三菱一号館美術館は、近代建築の建物を生かしたヨーロッパの邸宅風な造りで、中庭も緑いっぱいやし、とてもいいと思います。敷地内の店舗ゾーンに「エシレバター」のお菓子屋さんがあるねんけど、そこでも二人でさんざん「高っ！　めっちゃ高っ！」と関西トークを振りまいてきました。だって、マドレーヌ1個300円、キャラメル6粒950円やねんもん！

3月☆日

テレビで東日本大震災発生当日の映像を集めた番組を見る。1年経って見る映像は、地震発生当時よりも強い恐怖を感じる。あのときは感覚が麻痺してたんかもしれへん。東京はもちろん東北ほどの激しい揺れではなかったけど、長く大きく揺れて、でもそれがどんな感じやったのか、もう正確には感覚として再現できへん。そのあと人に説明したりエッセイにも書いたりして、整理された言葉と断片になってしまってる。

これから1週間、特別番組が続くんやろうけど、ほんまは、今だけじゃなくて、今までの毎日も12日以降も、もっと地道に情報や状況を伝えるなにかしらの番組をやっ

てほしいと思う。というか、地震があったとき、これからそうなるやろうと思ったけど、夕方のニュース番組なんかも結構早くに通常モードになったのはかなり驚きやった。

　なのでＮＨＫが『お元気ですか日本列島』をずっと「震災に負けない」というタイトルにして現地の情報を伝えてて、「あの日 わたしは」という証言記録（ＮＨＫのサイト「東日本大震災アーカイブス」でも見られます）や「神戸からのメッセージ」など5分の番組を毎日放送してることは、ほんとにありがたいです。

3月☆日

『いのちドラマチック』（ＮＨＫ ＢＳプレミアム）、最終回スペシャル。ペット、家畜、野菜に鑑賞用の植物など、人間が「改良」してきた生き物の来歴を紹介する番組。解説は『生物と無生物のあいだ』（講談社新書）の福岡伸一。普段接してる動植物やけど、かなりびっくりさせられることの多い番組やった。

　アメリカンショートヘアは、「アメリカらしい猫を作ろう」と足と胴体の比率や顔の作りまで先に設計してそれに向けて交配していった、という話に驚いてたら、柴犬も、明治以降外国の犬が混じった反動で「日本らしい犬を作ろう」と昔の文献にある猟犬を再現するべく交配を繰り返し、誕生した1匹の犬（しかも近親交配）が今いっぱいいてる柴犬みんなの祖先、という……。あと、ブルドッグは頭と肩が大きくなり

すぎて、帝王切開じゃないと子犬が産まれへんとか。

で、この番組は、こういうことを否定でも肯定でもなく、人間はこういうことをやる生き物で、作り出した「いのち」に対してどう責任を取っていくのか考えないといけない、というスタンスやったのがよかった。

最終回で見た中で衝撃大きかったのは、ベルギーの肉牛。普通の牛に比べて倍のスピードで成長し、めっちゃ筋肉がつく。筋肉の成長を抑える遺伝子がないらしいねんけど（遺伝子組み替えじゃなくて、交配してそういう牛が発生した）、見た目が、「グラップラー刃牙《ばき》」……。やっぱりなあ、複雑な気持ちです、これは。

3月☆日

1年ぐらい前、この連載で、白くて長い毛が生えてるって書いたけど、実はその後、ずーっとその毛、あったんです。あごの下の、首のとこに。こんなに長いこと生えてるの初めてやなーと思って、だいじにしてて、ひっかからんようにしてたのですが、まさか1年以上抜けないとは。で、昨日、ふと触ってみたら、なかった。いつのまに……。抜けたら抜けたで、観察したかったのになあ。今度はいつ生えるやろ。

3月☆日

引っ越し先を探し中で、不動産サイトを見てるんやけど、もともと間取り図を見るのが好きなので、ついつい自分が住むんとちゃうのに「おもろい部屋」を検索してしまう。近所には風呂なし2万円台アパートもあれば、なんと家賃１２０万のマンションを発見！　散歩中にそこの前を通るたび、なんやごっついけどなんの建物やろ？と不思議に思っていたのが、やっと解明された。間取りを見るとどの部屋も10畳以上。風呂３つ。それにしてもどうしたら１２０万になるのか謎、どんな人が住むんか謎、こんな広くてどう使うんか謎、いろいろ謎が渦巻いてたら、そのマンションの別の部屋に、以前、人気俳優が住んでいたことを偶然知った。えー、そうかあ、そんなにお金持ってはるんかあ。

自分の生活感とはかけ離れすぎてて、羨ましい気持ちには全然ならず、ただただ不思議。

3月☆日

寒い。あと3週間ぐらいで花見シーズンやなんて、信じられへん。……と思いながら外を歩いてたら、桜の枝がなんやもわーっと白っぽくなってるやないですか!!　いつのまにこんなにつぼみがふくらんでたのか、油断してた。春って、いっつも闇討ち

みたいに、ひそんでたやつがいきなり現れてくる感じ。

3月☆日

関西では「おもろい」男子がいちばんモテるというのは本当か、と関西以外出身の人にときどき聞かれます。そんなときは、「友達に彼氏ができて（もしくは結婚して）、①：○○ちゃんの彼氏めっちゃかっこいいねんて、②：○○ちゃんの彼氏めっちゃ金持ちやねんて、③：○○ちゃんの彼氏めっちゃおもろいねんて、の中やったら、③：めっちゃおもろいねんて、がいちばん羨ましい&くやしいです」と答えます。顔はえけど or 金は持ってるけど、おもろないねんて、って言われたら相当いややなー。対抗できそうなのに「やさしい」ってのがあるけど、これはけっこう主観&相対的なもんのような気がする。

そしてこの「おもろい」が、決してお笑い芸人的なものだけではない、というのを説明するのがまた難しい。

3月☆日

「生誕100年　藤牧義夫展　モダン都市の光と影」を見るために、鎌倉の神奈川県立近代美術館へ。素朴やけどモダンなデザインの版画もかわいいし、なにより東京の風

景を超パノラマで絵巻物風に描いた絵がすばらしい。シンプルな描線で、描くとこと描かへんとこが絶妙。遠近感、透視図法の正確さは感心するばかり。これを端からずーっと撮った映像が会場で流れててんけど、このＤＶＤだけ一般発売しても絶対売れると思う。しかし藤牧さん、24歳で失踪して経歴が途切れているのがとても気になります。

鎌倉、ちゃんと行ったのは初めてやったのですが、予想以上の「観光地」でびっくりしました。人いっぱい。関西で言うと、奈良っぽいかなあ。京都は観光地やけど繁華街でもあるから、ちょっと雰囲気違うかな。

街のあっちこっちに「海抜○ｍ」の表示が新しく取り付けられてました。海沿いの街のイメージも暮らし方も、この1年で変わったことを実感。大阪にいるとなじみの海って瀬戸内海やけど、同じ海でも太平洋やと圧倒される感が全然違うなあ。

3月☆日

探し中の引っ越し先、内見に行ってみた。東京での家は次で4軒目、自分がこんなに引っ越しするとは予想外でした。内見楽しいので、今までも結構行ったんやけど、見てて「これがなかったらなあ」と思うことが多くて、「あれがあったら」ってことは少ない。なんでこんな邪魔なとこに棚つけるんやろとか、なんでこっちにもこっちにもドアあるんやろとか。変な柄の壁紙、スポットライトがなかったらええのに、と。

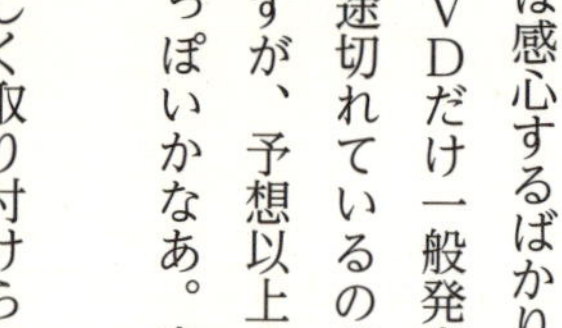

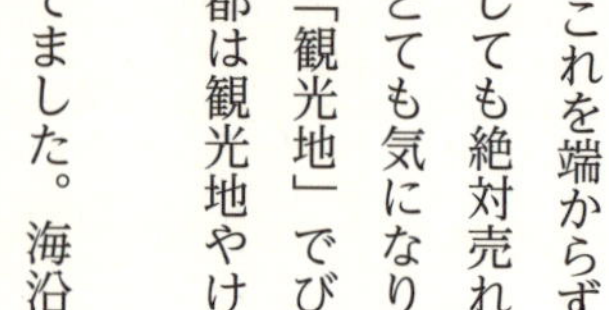

これって洋服でもよくある。たとえば高級ブランドの服を真似て作るのってそんなに難しくなさそうなんやけど、シルエットがいけてないのは仕方ないとしても、安い服はなにかしら余計なもんがくっついてることが多い。中途半端なポケットやら妙にきらきらしたファスナーやら、目立つロゴとか。高い服と差別化するためにわざと安っぽくするという業界ルールでもあるのやろうかと考えてしまう。

最近の日本の家電ガラパゴス問題もやけど、よかれと思っていらんもんをくっつけてしまう心理ってやっかいやね。

家は引き続き探し中です。

3月☆日

『NHKスペシャル 仁淀川《によどがわ》 青の神秘』（NHK総合）。愛媛県と高知県を流れる日本一きれいな川。いやー、もう、想像を絶するきれいさで、ぽかーんと口開けて画面を見てまう。見てるだけで超絶幸福。なんやこれ。録画しとけばよかったー。

こういう、自然の美しいところで育ってたら、全然違う人生やったやろなあと思う。川に囲まれた街で育ったけど、同じ「川」って名前で呼んだらあかんような川やし。未だに蛍も1回も見たことないしなあ。蛍って、電池か特撮かなんかちゃうか、とちょっと本気で思ってる。

3月☆日

高校の同級生オケタニイクロウくんと新宿トークイベント。オケタニくんとは同級生やけど、初めてしゃべったのは一昨年。東京で役者とかネットラジオとかやってはるとは聞いてたけど、こうしていっしょにイベントやることになるとは不思議なもんです。高校のときの話（お互いに共通の友達はおる）を中心に小説の話もしてんけど、普段の出版記念イベントとは違ってオールなにわやと、言いたいことが言いたいように言えておもしろい。仕事のときは基本標準語しゃべってて、支障はないけど、〝感じ〟は伝えられてない気がする。不自由な外国語で会話するときの、ぴったりの言葉が思いつかへんから別の単語で言うたけどほんまはちょっとちゃうねん、みたいな。これからトークイベントは大阪弁でやろうかなあ。たぶん人格もちょっとちゃう。この日記も、ほかのエッセイとはちょっとちゃうもんね。

3月☆日

イベントの中で「普段小説を読まない人に、実はおもしろい文豪小説」をいくつか紹介してみた。常々、小説ってわりと構えて読まれがち、というのは読書感想文やら国語のテストの影響かなと思うねんけど、作者の言いたいこととかテーマとか教訓みたいなもんを読みとらなあかんと思う人も多いみたいで、もっと気軽に読んだら

ええのになと思う。わたしはまずは「このおっさん、やばっ」「なんかわからんけどおもろいわー」「なんじゃそら」みたいな感じで読んで、それからいろいろ考える。でも、雑誌に書評となるとやっぱり構えて書いてしまうので（逆にこの日記では書きにくい）、こういう機会に、普段思ってる感じで小説のおもろさをしゃべってみたいなと。せっかくおもろいもんあるから、きっかけになったらええなというか。

たとえば、イベントで紹介した川端康成さんは、一言で言うと変態です。重度のフェチです。ノーベル賞やし、しゅっとしたはるイメージかもしれませんが、生まれは大阪天満宮の門の前（石碑があるよ）。じいさんが裸の女の子と添い寝できる秘密の旅館を描いた『眠れる美女』や美女の片腕を借りて持って帰ってかわいがる『片腕』あたりから入ってもらうと、堅いイメージじゃなく楽しめるんじゃないでしょうか。

わたしと川端さんの出会いは、高校の国語のテストの問題文。『反橋《そりはし》』という、住吉大社の太鼓橋が舞台になってる最晩年の短編。美術品に対する描写と、身内は早くにみんな死に、友人知人も死んで、自分もほとんど死の世界をさまよってるのに生きてるところに、心ひかれました。

趣味で美術品を集めてて（すばらしいコレクションです）、特にお気に入りの聖徳太子の像を「坊ちゃん」と名付けておやつあげてたり、『こまどり温泉』ていう少女小説も書いてたり、チャーミングなおじいちゃん。顔もかわいいよね。

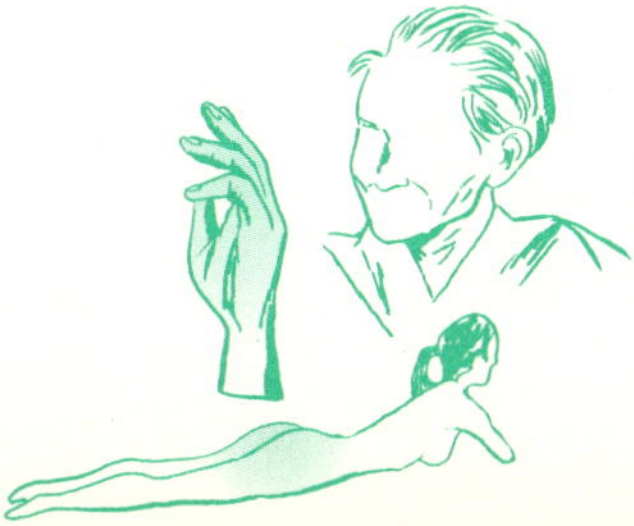

3月☆日

近くの大学で入学式らしく、駅が新入生だらけ。……やねんけど、みんなリクルートスーツと変わらん黒のスーツ。リクルートスーツでさえ、いつから全員黒になったんやろ、と気になってたのに（わたしの頃、15年ほど前は、グレーや紺、ベージュなどいろいろおった）、自由でいいはずの入学式までこうなってるとは。よう見ると、女子はシャツが襟元縦フリルになってるのまで9割がお揃い状態。うーん、ものすごく大げさに言うと、この何十年か日本ってなにやってきたんやろ、って考え込んでしまう。いや、彼らが悪い訳じゃなくて、そうせなあかん状況が。むしろ謝りたい。

わたしが就職活動してたとき、とある会社の一次面接で「みなさんの個性を見たいからスーツなんて着なくていいんですよ」って言うから二次にシャツとスカート（それなりにちゃんとしたやつやで）で行ったら、そんなんは自分だけで浮きまくったうえに当然落ちたということがありまして、「自由」「個性」とか言われながらもそんな梯子はずされた経験をしてきたんやろなと、とにかくみんなと同じにせなという強迫観念を感じる黒スーツを見ながら思いました。

しかし、通達があるわけでも連絡網があるわけでもないと思うので、黒スーツに縦フリルシャツっていうのはどうやって知るんやろ。わたしが学生やったら、そういう情報にうとくて一人で違う格好で行ってもうてた可能性大やな。

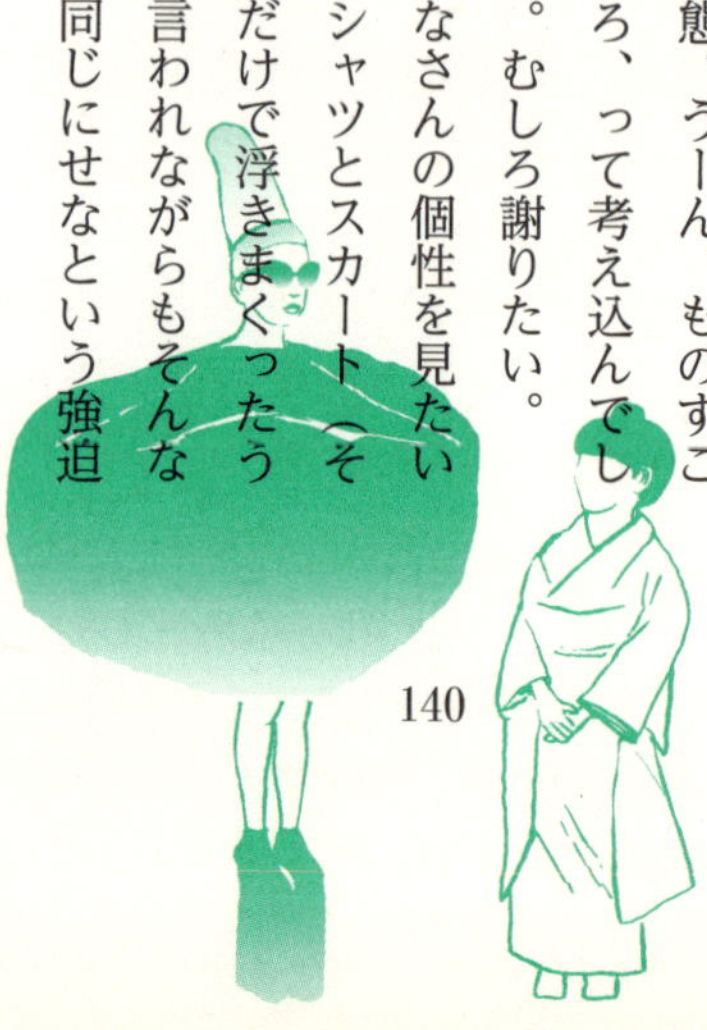

3月☆日

今年は冬が長引いたので、梅も木蓮も桜もいっぺんに咲いてる。北国の春ってこんな感じかな。ちゃうか。

春の花、どれも好きやけど、木蓮が妙に好き。ラクダの口みたい、と子供のとき思ってた。

3月☆日

誰よりも長時間テレビを見ているのですが、ますます見るチャンネルがＮＨＫ（総合、Ｅテレ、ＢＳ）かナショジオかヒストリーチャンネルばっかりになりつつあるので、最近流行っているタレントとか流行語とかちっともわからんようになりつつある。子供の話についていけないおっちゃんおばちゃん状態。ローラという人を見たことがない。ＣＭもなかなか見られない。「テレビ」と言うても、指すものはいろいろですな。

「ナショジオ ワイルド」は今月はネコ科特集で、カリフォルニアで猫７００匹を保護してるおばちゃんから、ユキヒョウ、人喰いトラまで盛りだくさん。

4月☆日

商店街で、ぴちゅぴちゅとさえずりが聞こえてきて、まさか！　と思って見上げる

と、電線にツバメ。しっぽの先が割れた黒い姿が。えー、ツバメってこんなに早くから来たっけ？ 異常気象？ 家帰ったら『歳時記カレンダー』で「玄鳥至《げんちょういたる》」（ツバメがやってくる頃）を確かめな。……と帰宅してカレンダーを見ると、なんと！ 今日（4月4日）やん、「玄鳥至」！ すごいなー、二十四節気&七十二候って（日本の気候もいろいろやから、たまたま合ってるのやろうけど）。

　それにしても、おとといものすごい嵐やったのに、あんな風の中をどうやって、というかそもそも台湾とかマレー半島のほうからこんなちっちゃい鳥がどうやって飛んでくるのか、なんぼ考えても実感できへん。

4月☆日

　東京に住んでても、慣れてしまうと普段は「東京」ってことを忘れてる。会う人も関西の友達が多いし、チェーン店多いし売ってるものもたいして変わらんし。

　居酒屋で「だし巻き」を頼んでかじったら甘いときに「あ、東京やった……」って思うくらいなんやけど（甘くてもいいから、「だし巻き」じゃなくて「卵焼き」と書いてほしい）、近所の焼鳥屋の壁にジャイアンツのポスターやらカレンダーやらが並んでるのを見て「あー、東京かー……」と久々に思った。

4月☆日

『日曜美術館』（NHK Eテレ）。クリムト特集。今年はクリムト生誕150年だそうで、オーストリアではクリムト展いっぱいやってるらしい。ええなあ、行きたい。壁画は現地じゃないと見られへんしね。最近『日曜美術館』は特集する画家を好きな有名人をゲストに招く方式になってて、荒木飛呂彦《ひろひこ》がモーリス・ドニ、板東玉三郎が酒井抱一《ほういつ》といろんなジャンルの人が出てくる（NHKは全体的にこの「文化×タレント」な番組が増えてる。『ブラタモリ』もそうやし、語学番組とか将棋番組も。一般の視聴者を導入する役割としてなんやろうけど、おもしろくなってるものもあり、余計やなと思うものもあり）。クリムトを語るゲストは横尾忠則。番組後半、司会の千《せん》住《じゅ》明が「ではここで、横尾さんのお気に入りの絵を紹介していただきましょう」ということで、貴族の婦人の肖像画が登場（当時は、クリムトに肖像画を描いてもらうのがステイタスやったらしい）。すると横尾さん、「いや、気に入ってるというわけじゃなくて、気になるんです。この婦人は洋服を着ていますけど、手が、棒状のものを握っている形になってますよね」（録画しそびれたので正確ではないです）。棒状のものを握ってる……。もう一人の司会、森田美由紀アナウンサーも「ええ……」と微妙な受け答えながら、意に介さず淡々と「棒状のものを握っている手の形」について解説していく横尾さん。さすがの存在感。クリムトはやっぱりエロスですね（あの寝間着み

たいな服の下は素っ裸やったらしい）。

こういうの、雛壇《ひなだん》芸人いっぱいのバラエティやと茶化してネタになって終わりそうやけど、あくまで評論として、しかしやっぱり「棒状のもの」として、しっかり進行できる『日曜美術館』はいい番組だと思います。

4月☆日

『タモリ倶楽部』（テレビ朝日）に高橋一生《いっせい》が登場。この数年、好きな若手男性俳優はずっと、松田龍平と高橋一生。高橋一生の二枚目なしゃべり方がたまらないです。２０１０年に放送してた『ＭＭ９』（ＢＳ ＴＢＳほか）で尾野真千子と共演してて、実はワルい男なふるまいに惚れました。

『タモリ倶楽部』は東京のここ数年の地図を見比べて激変ぶりを実感というテーマ。そうなんです、なので、わたしはちゃんと古い地図も置いてあります。小説書くときにけっこう困るんですよ。

高橋一生は赤坂生まれだそうで、ほんでしゅっとしたはるんやなー。で、わたしはいつになったら『タモリ倶楽部』に呼んでもらえるんでしょうか？　地図と巨木の話ならいつでもＯＫですよー。

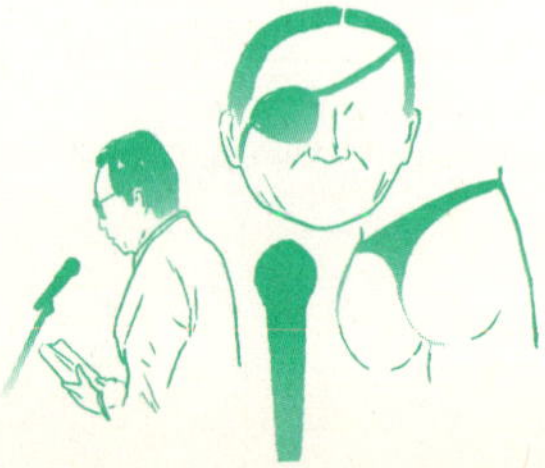

4月☆日 その2

『タモリ倶楽部』の直後、チャンネルを『マツコの知らない世界』（ＴＢＳ）へ。地上波バラエティで最近見始めた数少ない番組。今日はジオラマニアがゲスト。この番組がいいのは、マツコ・デラックスとゲストが1対1で、しっかり話を聞いてくれること。マツコは意外に地図とか模型とか好きみたいなのもあって、決して笑いに流さず、ゲストの知識や技に素直に感心し、見てて気になるところをちゃんと質問してくれる。レゴ認定プロビルダーの回もよかったなあ。あのレゴビルダーの人、大阪の人みたいやったけど、ええ感じのしゃべりやったわあ。今回の後半で、六本木ヒルズにある東京の巨大ジオラマが出てきた！　これ、六本木ヒルズがオープンした当初は51階に展示されてて感動してんけど、次に見に行ったらなかって、係員さんに「あれはどこ行ったんですか？」て聞いてもうたよ。なんで直した（大阪弁で「しまう」の意）ままにしてんねやろー。しかも、めっちゃ増殖、巨大化してるやん！　公開しろー！

4月☆日

「大友克洋GENGA展」（アーツ千代田３３３１）。『AKIRA』の原画全公開、ということで、見に行かなあかんやろ、それは。会場は元小学校で、芝生の校庭の真ん中に巨木があってええ感じ。

原画は、いや、もう言葉が出ません。もし自分が漫画家か画家を目指しててこんな人が身近におったら、筆折るしかないです。初期の短編（『ハイウェイスター』『ショート・ピース』あたり）から超絶うまいねんけど、年を追うごとに原画がめちゃめちゃきれいになって、『AKIRA』の後半なんか、なんぼ近づいて見ても、手描きに見えへんというか、あらかじめこういう線、形が完璧な状態で突然この世に現れたとしか思えへん。ネオトーキョーの破壊の絵とか、驚愕すぎてどうしたらいいかわからんぐらい。あと、ここ数年に描かれた自転車シリーズが好き。大友克洋は、目にカメラが、しかもあらゆる種類のカメラが内蔵されてるに違いない。こういうイメージが描きたい、と思ったら、その通りに描けるんやろうか。

金田バイクに乗って記念撮影もしたし、『童夢』の「ズン！の壁」も体験してきたし、グッズも大量に買いました。幸せ。でももう1回行きたい。そして帰りに秋葉原まで歩いたら（東京に引っ越してきて7年やけど行くの2回目）駅前にガンダムカフェを発見し、おみやげ買いました。大友展の紙袋提げて、ガンダムカフェでグッズあさってる38歳って……。

4月☆日

実は、最新長編の『わたしがいなかった街で』を書くに当たっては、『AKIRA』がかなり影響してる。小説の構想はもう何年も前からあって、書き始めた頃に地震が起きて、ちょっと中断した。そんな3月の下旬、用があって久々に出かけて、夕方、乗り換えの渋谷駅で井の頭線を降りたとき、計画停電も真っ盛りの時期で節電で薄暗くて、周りの人の感じも妙な緊張感で満ちてて、そのとき、あれ? なんかこの感じ、すでに知ってるような……。あ、ネオトーキョーか。そう思ったら、怖れてばっかりでいたらあかんな。と、なぜか急に感じた。それと同時に、自分は今37歳で、『AKIRA』の中やったら、金田やケイじゃなくて、やっぱり大佐の立場なんやな、って。それには理由があって、『AKIRA』の映画が公開されたとき、わたしは中学3年で、まさに鉄雄の年齢やってんけど、パンフレット見たら、設定上は鉄雄とか2000年代生まれで、いちばん近かったのが大佐、それでも1973年生まれの自分より年下やってん。そのときは「え〜、2019年には大佐よりおばちゃんなんか〜」って軽くショックやってんけど、それが2011年の東京で、若者じゃなくて大佐的な、中間の立場におるんやってことが妙に納得できて。自分は自分の信念を持ってこれからもやっていくけど、次の世代につないでいかなあかんというか、次の世代が自由にやっていくんやなって、思った。

小説まだ読んでない人には「?」やと思うし、読んだ人にこの話説明しても「?」って顔されることが多いねんけど、とにかくそれぐらい、自分は『AKIRA』とともに生きてきたという、そういうことです。

4月☆日

iPhoneが、水没。

いつも机（こたつ）の上はごちゃーっとしてるんですが、お茶入れてそのマグカップ置いて、隣に積んでた本を移動させようとしたらそのいちばん上に置いてたiPhoneがしゅーっと滑って、見事にマグカップにぽちゃん！　お茶をがぶがぶ飲むもので直径の大きいカップやったのよ。

え……、と一瞬何が起こったかわからず、さっと取り上げて台所の手拭きタオルで拭いたんやけど、このときはまだなんとなくだいじょうぶやろ、となめてました。で、前にネットで見たのを思い出してパソコンで対処法を検索。とにかく電源切って、SIMカード抜いて、ティッシュで水分取って、とやろうとしたものの、なぜか電源がうまいこと切れない。一応、画面をタップしても普通に動いてるし、けっこういけるんかな、と思い始めて、はたと気づいた。音が出てない……。そのうちにやっと電源も切れ、下のコネクタのところにティッシュをつっこんでみると、うーん、やっぱり水入ってますな、これ。乾くまで絶対電源入れたらあかんて書いてるんやけど、しばらくすると勝手に電源が入る。え～。何回か電源を切ることを繰り返し、やっとつかへ

んようにはなった。このあと、丸1日ぐらい触らんと乾かす。さあ、どうなるiPhone。

4月☆日

iPhone水没、の続き。

「ガジェット通信」を参考に、iPhoneをティッシュでくるんでシリカゲルと一緒にジップロックに入れて乾燥。

　翌日夕方、おそるおそるiPhoneの電源を入れてみる。なんとかなってるやろ、とこの時点ではまだ思ってた。電源は、入った。画面も表示された。動いてる。が、音がめっちゃちゃちっちゃい！　ボリューム最大にしても、電話かかってきたことに気づかんで、これは。わたしのiPhoneは、まだ3GS。でも全然不便なく作動してるので5が出るまで粘ろうと思ってるのにー。

　音が出えへんでも、バイブにしたら電話に気づくかな、と考える。でも相手の声が聞こえへんか。そしてホームボタン（下の丸いやつ）の反応が鈍いことに気づく。5回に1回ぐらいしか動かん。下半分がお茶に浸かったのでやっぱりそのあたりが故障してる。あー、機種変更か。データが生きてるうちに替えよか。ということで、これ以上悪くなったらこわいので電源を落とす。

4月☆日

機種変しに行こうと、iPhoneの電源を入れる。おや？　音がするよ。ホームボタンもちゃんと反応するよ。いろいろ音を出してみる。聞こえる聞こえる。動作も、問題ない。そうかー、乾いたか。全快したか。もうちょっと3GSでがんばります。

友達に前にもらったまま置いてた、ラバー素材のケースをつける。実は、最初はトラ柄のケースを使っててんけど（10人いれば10人から「阪神ファン？」とつっこまれるケースでした）、スティーブ・ジョブズが「iPhoneは完璧にデザインしてあってそのままがいちばんかっこええのに、ケースつけんのは邪道や」みたいなことを言うてはったと聞き、そのままで使てたんよね。そしたら、本の上をつーっと滑ってお茶にダイブしたわけですわ。やっぱ、いるね、ケース。いや、わたしが片づけへんのが悪いんやけど。

3Gのケースはもう売ってないので、友達に感謝やわ。

4月☆日

いつものカレンダーに「亀鳴く」って書いてある。亀って鳴くの？　鳴くとしたらそれって「春」な感じなん？

4月☆日

大阪。用事の合間の時間にちょっとだけ［なんばパークス］へ。久しぶりに来たらけっこう店が入れ替わってて、なんやええ感じのとこ増えてるやん。いやー、やっぱりなんばパークスがいちばん買い物しやすいわ。好きな店なんでもあるし、隣も隣もその隣も、見たい店やん。広いし、通路もゆったりしてるし、屋上庭園あるし、風が抜けて気持ちええし、かといって迷子になるようなわかりにくさもないし。つい、めっちゃ買い物してしまった。これからはもう、買い物は全部なんばパークスでしよっと。「大阪に帰ってなんばパークスに行く日」を作って、まとめて買い物しよ。いや、ほんま、なんで東京で買い物とかしてたんやろ（これは決して東京がいやなのではなく、地価の高さや地理的条件などからどうしても店が狭くなったりあっちこっちに分散して買い回りしにくい、という意味です）。この先、買い物はなんばパークスでしかしたらあかんていわれても別にええなあ。あ、もうちょい、なんばＣＩＴＹと高島屋（なんばパークスとつながってる）まで入れてくれたらもう完璧。

4月☆日

高校の同窓会。この日記でも東京にいる高校の同級生と集まってるって書きましたが、とうとう、大阪で大規模同窓会開催となりました。二次会含めて２００人集合（そ

れでも3分の1ぐらい）！

卒業してから20年記念。会場着いたら、男子はスーツやし女子もしゅっとした格好してはって、4月はじめに入学式の話で書いたとおりにぼけた普段着で行ってしまったわたしは一瞬たじろいだわけですが、いやー、楽しかったし、おもろかった。18歳が38歳やもんなあ。高校生の子供がいてる子もおったり、結婚、離婚、転職、転勤、みんな人生いろいろ、しっかり大人になってるんやな。

男子はスーツやと「会社の人」みたいで、特にわたしは普段東京で暮らしてるから、「大阪の会社によくおる人」になってるしゃべりの濃い男子とか見るとうれしいというかほっとするというか。変わったところもあり、でもその人はその人のままで、接した日々の10倍以上の期間会ってなかったのに、昨日会ってたみたいにしゃべれるのってすごいよなー。

わたしはほんまに高校3年間が楽しくて、そら思春期なりのあれこれはあったけど、まったく同じこと繰り返してもええなと思うくらいおもしろい3年やった。割にのんびりしたタイプの子が集まってて、それぞれやりたいと思うことを好きなようにやれてたし、自分にはほんま合ってたと思う。この高校に行ってなかったら、わたしは今みたいな小説は書いてない。自分が自由にできてると人にも寛容になる、と高校の経験から思う。

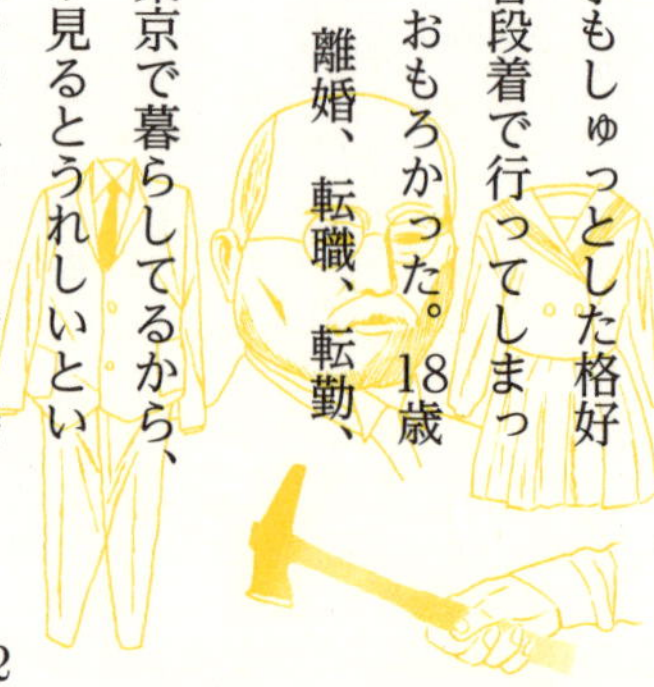

先生も8人ぐらい参加してくれはって、校長先生になってはったり、20年前と現在が同居してる不思議な空間でした。わたしらにとっては先生はちょっとしかおらんけど、毎年毎年ようさん生徒に対面する先生って生徒のことよう覚えてはるなあ。

今回来られへんかった人、連絡つかへんかった人にも、また会えたらええな。次は5年後にやりますよー。

4月☆日

『せやねん!』(MBS)を見る。この番組を見ると、ここは大阪やなーと思う。同じ土曜日午前中、東京では『王様のブランチ』(TBS)という若い女の子たちが初々しくレポートする情報番組をやっていて、『せやねん!』はトミーズがメインでなんでもお金の話にするという(それだけとちゃうけど)、この違いはとてもわかりやすい。

この日はなんばグランド花月のリニューアルの話題をやってた。そこの人形焼き屋のおっちゃんが、最初10個450円で売ってたら「1個45円か、高いな」と言うお客さんが多かったので、12個500円にしたら1個あたりを言う人がおらんようになって売り上げ増えた、って言うてて、めっちゃ感心しました。なるほどな~。ほんま、わたしもよう言うもんな、1個○円やん、高っ! って。

4月☆日

最近、情報バラエティ系のテレビ番組を見ていると、世間の人が興味あるのって食べ物のことだけなんちゃうか、と思ってしまう。

5月☆日

ニューヨークに行くのに何着て行ったらええかわからん。天気予報で気温見ても、サイトによって違うし、体感がわからん。あ、もしかしてウェブでリアルタイムのカメラがあるんちゃう？　あったあった、タイムズスクエア。やっぱり東京より寒そう。しかしこのカメラ、おもろいな。夜中はフードかぶったあやしい兄ちゃんが行ったり来たりしてやっぱりアメリカは治安悪いんかと思ったら、朝は通勤のスーツ姿の人ら、昼は着ぐるみに観光客、夜は劇場に出てはるのかドレス姿のおねえちゃん。……と入れ替わり立ち替わりする様があまりにおもしろく、出発前に仕事を終わらせないかんのに延々画像を見てしまった……。

5月☆日

無事に仕事を終わらせて成田からデルタ航空。飛行機は1年半ぶり。成田って東京からだいぶ離れてるし、出発ゲートを入ったらもう日本とちゃう雰囲気。かといって

外国でもない、妙な空間。デルタ航空は最新機種で、映像見られる機械が充実。ただし、アメリカ系の会社やから日本語字幕が少ない。いつもなら絶対窓際に座るねんけど、13時間フライトのうえ、窓際は3列なので、初めて通路側に座った。確かにすぐ動けて楽やね。しかし、なぜか読書灯がつかない。で、音楽聴いてみた。民族音楽から最新チャートまで大充実の中からリアーナを聴く。ええ声すぎて泣きそうになる。ニューヨークにはリアーナも住んでんねんなあ。リアーナの露出過多なファッションセンスが大好きなのやが、これはやっぱりアルバムも買おう。続いて映画『ヤング≒アダルト』を見る。シャーリーズ・セロンがアラサーの痛い作家役。職業が似てるだけに、美人で気取ってる、という以外の痛い点は、自分もそうなのではないかとぎくぎくしながら見る。おもろいなー、ラストがまたええわ、と思ったら監督がジェイソン・ライトマン。『サンキュー・スモーキング』の人やな。ええよ、この監督。

5月☆日

降り立ちました、JFK国際空港。飛行機の窓からマンハッタンが見えるかと想像してたら、雲の下には干潟《ひがた》の広がるリゾート地みたいなんで拍子抜け。さらに降りたターミナルは殺風景で70年代的な古くささ。廊下に置かれた巨大扇風機がえらい旧式&ほこり積もりまくりなのを見て、あー、アメリカや、日本とちゃう。と思った。アメ

リカは入国が厳しくなってて、全部の指の指紋と目の写真も撮られるので時間がかかる。並んでる間、天井からぶら下がってるテレビのニュースでスーパームーンを見てた。

5月☆日 その2

ニューヨークは曇り。殺風景なターミナルを出て、高速道路を車で。道路は端っこのほう崩れてるけどほったらかし。郊外の家がぽつぽつ見え、公園で男の子たちがバスケやってる。トンネルを抜けると、マンハッタン。摩天楼ですわ。高層ビルやねんけど、大半が茶色い煉瓦《れんが》づくりの年季の入った建物。意外に古い街なんやなという第一印象。ティファニーやらオメガやらの店舗が並ぶ道を眺めていると、うーうう－、とパトカーのサイレンの音が。これや！　これですやん、ニューヨーク！　映画と同じ音！

ホテルに着いた後、デリが充実した高級スーパーでつまみを買って、ワインを買って、リバーサイドの公園で晩ごはん。しかし、なんと、外でお酒飲んだらあかんねんて！　だから映画で酒を紙袋に入れたまま飲んでるシーンがあるんかー。というわけで、こっそり道路に背中向けて酒宴。牡蠣の燻製《くんせい》とチーズがめっちゃおいしい。ホテルがあるのは、街の中心地からは少し離れたアッパーウエストサイドという、高級住宅地。ジョン・レノンが殺されたダコタ・ハウスが近くにある。公園は変わった犬連

れてジョギングするお金ありそうな方々がひっきりなしに歩いておりました。夏時間なんで夜は8時過ぎまで明るかった。

5月☆日

さて、なんでニューヨークに来たかと言いますと、仕事なんですね。「仕事でちょっとニューヨークに」なんて、なかなか言えないので自慢してもいいですか。英文学者で翻訳家の柴田元幸《もとゆき》さんが編集長の『モンキービジネス』（ヴィレッジブックス）という雑誌がありまして、わたしもそこに寄稿してたのですが、その英語版第2号が出る記念イベントに参加させてもらったのです。早速、アジア・ソサエティというところで、同行の小野正嗣《まさつぐ》さんはスチュワート・ダイベックさん（短編集『シカゴ育ち』（白水社）は大阪の下町育ちの人にはぐっと来ますよ！）と、わたしはケリー・リンクさんと、お互いの小説について話す。なんて言うか、まず、自分の小説をめっちゃ読み込んでくれてることにもう、大感動。そ、そ、そやねん、そういうことを書きたかってん！　と胸が熱くなりました。わたしもケリーさんの『マジック・フォー・ビギナーズ』（早川書房）がめっちゃ好きです！　いつやってるか決まってないテレビドラマ「図書館」とかちょっと偏った中学生たちの友情とか最高です！

お客さんから質問などもたくさんしていただき、とても良いイベントになりました。

そこからひたすら歩いて、夜のイベントの会場へ。マンハッタンは完全な碁盤の目。しかも道に番号ついててめっちゃわかりやすい。東西が「Street」、南北が「Avenue」、大阪で言えば「通り」と「筋」。交互に逆向きの一方通行になってるとこも、大阪と似てる。ひたすら歩く。南へ行くほど「Street」の番号が若くなり、ダウンタウンはウォール街やらワールドトレードセンターがあった場所になる。途中にクライスラーのビル。かっこよろしなあ。オフィス街を抜けて、イーストヴィレッジという学生も多い街のライブハウスで、朗読しました。ウケたので、少々浮かれましたが、それもこれも、翻訳&英語朗読をしてくれたテッド・グーセンさんのおかげです。自分の小説が自分にはわからない言語になって、それを理解してくれる人が存在することは、ほんまに信じられへんぐらいの幸運と幸福です。

5月☆日

昼間時間があったので、一人で出かけてみる。海外旅行経験は4回しかなく、そのうち半分は仕事やったので、実は外国を一人で歩くのは初めて。地下鉄に乗ってみる。建物も相当ですが、地下鉄がまた古い、浅い（地上が揺れる）。駅名表示は１００年前のモザイクタイルのまんまで激シブ。東京で言えば銀座線の浅草駅をずっと改装してないみたいな感じ。切符は入るときだけ（どこまで乗っても1回2ドル）。出口は

天王寺動物園みたいな回転式のとこも。ICカードもエスカレーターもまったくない。車内の椅子はプラスチックで硬いし冷たい。時刻表もなし。聞くところによると乗ってる電車の行き先が変わったりするらしい。日本の電車も建物も超ハイテク&きれいなんやな、というか、それを維持するのにものすごい労力と資金がかかっているのでは、と今更ながらに思う。

ニューヨークまで来てなぜかユニクロに行ったり(日本で売り切れてた猫Tシャツがあった)、地下鉄を何回も乗り降りしてるとき、案内板(もちろん超シンプルで不親切)を見上げて、急に気がついた。「↑Uptown」「↓Downtown」「St.72」……。あー! The Velvet Underground の『I'm waiting for the man』に出てくる「doin' uptown」「Lexington 125」ってそういうことか~(St.125はマンハッタンでも北の端でハーレム、黒人の多い地域)、めっちゃわかったー!!

5月☆日 その2

夕方6時からコロンビア大学のドナルド・キーンセンターで、朗読&講演。コロンビア大学ですよ、まじっすか。人生何があるかわからんもんやね。朗読はわたしはぜんぜんうまくなくて申し訳ないのですが、講演はなかなかおもしろいことが言えたように思います。最近自分の小説で考えてること、時間を書くこと、場所を書くこと、遠くの出会えない人と関わること、目の前のわかり合えない人とともに生きていること。大阪という長い長い歴史のある街に生まれて、伝統文化というよりは、いろんなとこからやって来たいろんな人らを受け入れてきた「余地」みたいなものに強く影響を受けたこと、など。

試験中&卒業式間近で参加者は大学院生がほとんどやったのですが、さすがコロンビアの学生、日本語めっちゃ上手やし日本文学も詳しい。打ち上げで隣になった25歳男子が日本語を勉強したきっかけは交換留学で東大阪に住んだこと、というわけで、大阪の話ができてうれしかった。あと、彼もニューヨークに初めて来たとき、「Uptown」「Lexington125」に同じことを思った（そして125に行ってみた）そうで、国や年齢が違っても通じることがあるって無条件にぐっとくるね。

前日昼もピザでしたがこの夜もピザ屋さんで、大変おいしかったです。というか、メルボルンでも食べたものはピザとイタリアンで、東京でも大阪でもようピザ&イタリアン食べてて、もしかして、今や世界中おいしいものというと、どこ行ってもイタリアンなのでは。イタリアンおそるべしやな。

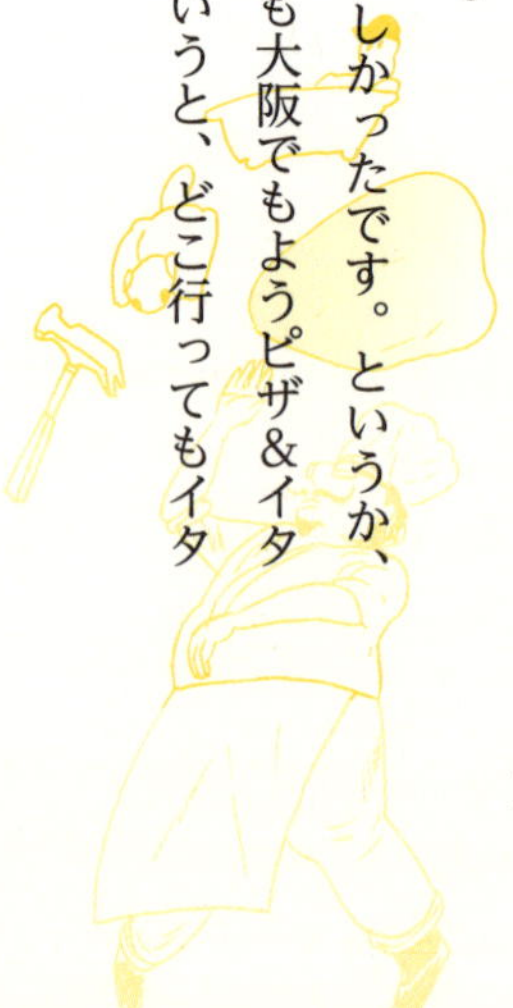

5月☆日

ケリーさんがイーストヴィレッジのレコード屋さんに連れて行ってくれた。中古も新譜もCDもDVDもレコードもある小さいけど充実したお店。おー、わかるぞー。好きなもんがいっぱい並んでるぞー。どの国でも、好きなジャンルが同じやと心が通じるよね。ケリーさん、SUPER BUTTER DOGや小島麻由美も好きだそうです。イーストヴィレッジは4階建てくらいのこぢんまりした建物が多くて、中心街やホテルがある地域とまた違う雰囲気。日本食の店も多い。どこに行っても街路樹がいっぱい茂ってて、道にテーブル出してる店が多いのがええなあ。歩道が広いせいか、地域問わず歩道に出店が多くて、果物やら土産物やらホットドッグ系（日本でも増えてるケバブ系が優勢）に古本と、いろんな商売してはる。

『わたしがいなかった街で』の中で日本は自動販売機だらけやけどたまに中には人が入ってるのがあってもええんちゃうか、って書いたけど、ニューヨークは自販機皆無、代わりに人が出店をやってる。やっぱりこっちのほうがええと思うなあ。夜中でも薄暗い中で果物売ってるのは不思議な光景やけど。たぶんバナナがめっちゃ安い。

5月☆日

ニューヨーク小ネタ集。

＊スーパーで売ってるハーゲンダッツがレディーボーデンサイズ。しかも5ドル以下。最近表参道に日本1号店ができた［ベン&ジェリーズ］も同じく。

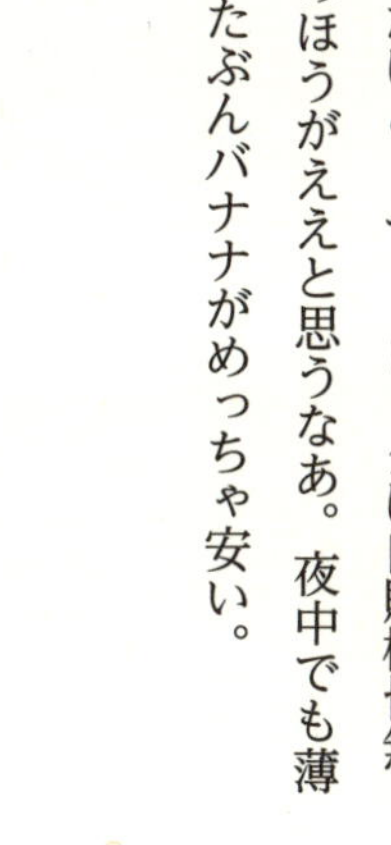

*「ほんまか?」と聞きたくなるくらいなんでもかんでも「ORGANIC」。とりあえず「ORGANIC」。

*銀行が、長時間開いてる。「遅くまでやってます」が売りの銀行に至っては、朝7時~夜10時、土日も短縮やけど営業。これはうらやましい。

*日本でも有名どころのラーメン屋がいくつもできてて、1000円以上するけど流行ってるらしい。

*天気予報が華氏。60度とか70度でよくわからん。今日の天気のとこに「Mild Mix」って書いてある。うん、そのぐらいおおらかなほうがいいかもね。

*地下鉄乗ってたら、途中の駅で止まって降ろされた。えーっと、御堂筋線でたとえたら千里中央行きに乗ってたのに、本町出発したところで突然「この電車は淀屋橋までしか行かなくなりました~」って言われた感じ。よくあるらしい。

*「SUSHI」と書いてある店の半分以上は中国系。和食は人気らしいけど、ホテルの向かいにあったおしゃれレストランは「Table Geisha 食卓芸者」って店名……。

5月☆日

毎日やたら早く目が覚める。昼食時にしゃべっていたら、みなさんが「時差ボケで早く目が覚める」と言う。あ、これって時差ボケやったのか! 眠くてしんどいことやとばっかり思ってたわ。トルコに行ったときは若かったし、ホーチミン、メルボルン、ソウルは時差ほとんどなかったもんな。通訳の方が「メラトニン飲んだらすぐ寝られますよ。必需品です」と言う。こっちではサプリメントとしてドラッグストアで売ってるとのこと。

5月☆日

スタバがやたらある。どの角にもあるんちゃうか、っていうぐらいある。

［Duane Reade］という店もよく見る。これはドラッグストア＋コンビニ、みたいな感じ。広々してて品揃えがよく、かわいい台所雑貨もある。グリーティングカードがようさん売られてて、たぶんこっちの人は、カード添えてちょっとしたプレゼントみたいなことをようしはんねんやろな。

しかし、メルボルンでもソウルでもいっぱいあったセブン-イレブンはちーっちゃくて古いのを1軒見ただけ。スタバもやけど、アメリカは独占状態になりやすいのやろうか。

それにしても、スーパーもコンビニも道ばたの出店も、単純労働はみんな移民。昼間ベビーカー押してるのもカラードなシッターさんたち。階層差があまりにも一目瞭然なのはなかなか厳しい。

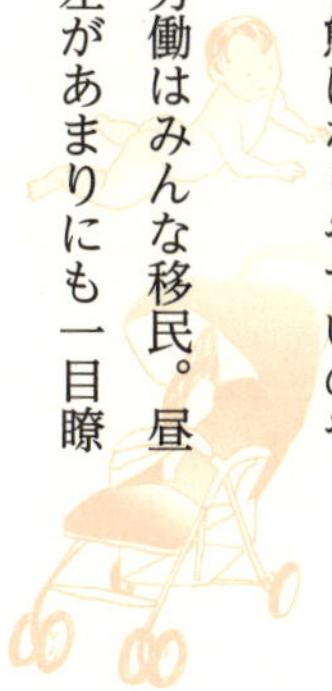

Duane Readeでメラトニン買ってきて飲んだらほんまに寝れました。

5月☆日

観光のメインは美術館でメトロポリタンとMOMAとホイットニーとフリック・コレクションに行きました。

メトロポリタンは噂には聞いてたけど、想像を絶する広さ&作品数。時間的にはがんばって見れても、感動できる量って限界があると思うねんな。小分けになった展示室ごとに、ピカソやらモネやらマネやらゴーギャンやら、大御所が10作以上ずつある。それぞれ1部屋、いや半分で十分展覧会できます。作品に感動もするねんけど、なにより、みなさんこんなにようさん描いてはったんやー、と感心した。意外に20世紀後半もいっぱいあって、バルテュスの山登りみたいな絵が見れたんがうれしかった。

どの時代も、どの地域も充実しててルネサンス以前の宗教画のやたら首切られてたりする地獄絵図もおもしろかったけど、ほんもの見ると、レンブラントがすばらしかった。

なんとかたどり着いたエジプトコーナーでは、ミイラの棺もホームセンターで特売してるんかっ！　って状態で並んでました。神殿はレンタルやっててパーティーできるねんて。

MOMAも大量系。アンドリュー・ワイエス、バルテュス、フランシス・ベーコンのよう知られてる絵が、置くとこ足りへんねんって感じでエレベーター前や廊下に掛けてある。写真も手厚くて、フィリップ・ロルカ・ディコルシアが見られて感激です。

ホイットニーはビエンナーレ開催中で、楽しかった。ニューヨーク経験者の人がみんな一押しのフリック・コレクションは超富豪の門外不出コレクション。邸宅も超豪華やし、あんまり見る機会のない良作がぎっしり。ダークなトーンのインテリアに囲まれて、この絵が描かれた頃はつるっとした美術館じゃなくてこういうとこに飾られるために描かれてたんやろなとわかる。フェルメールが3点、しかも2つは階段脇にあります。

メトロポリタンもMOMAもフリックも常設展がとにかく圧倒的。日本の美術館て、企画展メインやん？　みんぱくと東博ぐらいかなあ、見切れんぐらいの常設展示は。あそこに行けばあの絵がある、っていうのは観光客にとってはすごく魅力的やから、常設をもっとアピールしてもいいのでは。と、アサヒビール大山崎山荘美術館で安藤忠雄建築を巡ってるイタリア人カップルに会ったのを思い出して考えたり。フリックを除いて、写真撮影ＯＫやったのもうれしい。名画と記念撮影っていうのもあるけど、インスタレーションを撮っとけるのっていいと思う。

5月☆日

あ、MOMA行く途中でベン・スティラーが映画の撮影してんの見ました。土曜日に5番街のど真ん中で撮影できるって、協力態勢が整ってるんやなあ。ニューヨークと言えば、な映画っていっぱい思い浮かぶし、それで観光客や憧れて留学したい仕事したい人がいっぱい増えるねんから、長期的に考えたら効果絶大でっせ（↑誰に売り込み?）。ちなみに、ガイドブックやオプションツアーで人気の「ロケ地」として『SEX and the CITY』や『ゴシップガール』が紹介されてるねんけど、わたしとしてはやっぱり『タクシードライバー』とかカサヴェテス作品とか『アイズ ワイド シャット』とか『スモーク』とか……。

そやそや、どこを歩いても建物は大半煉瓦の壁で、そしてあの窓の外の非常階段がついてて『ウエスト・サイド・ストーリー』を思い出しました。

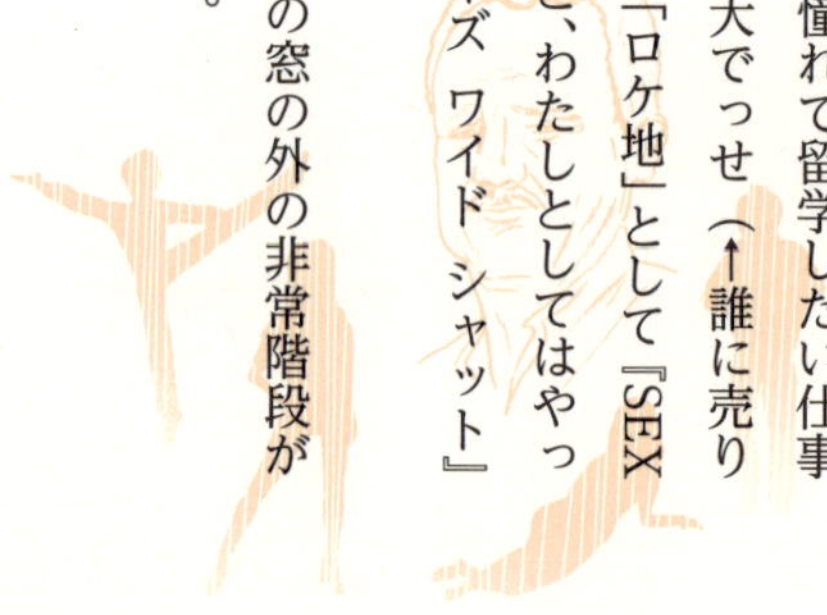

5月☆日 その1

翌日は帰るだけ、観光できるのは今日が最後な日曜日。午前中はゴスペル観覧ツアー。マンハッタンの北部にあたるハーレム（オランダの地名が由来やねんて）は、店もいきなり地方都市っぽくなるし、雰囲気が全然違う。見学させてもらえた教会のゴスペルは、想像してたような熱狂の合唱ではなかったけど（ていうか、思い浮かぶのが『ブルース・ブラザーズ』のあの場面やから・笑）、歌のあとに、教会の人や参列者（みんな黒人で、おばあちゃんたちはすごく派手なおしゃれをしている）が、席に回ってきて握手をして、ようこそ、ありがとう、みたいなことを言い合う状態は、やっぱりなんか胸が詰まった（教会前の道の名前は「Malcom X Blvd.」！）。セント・ジョン・ディバイン大聖堂っていう大きい教会に行ってんけど、ここはどんな宗派でも宗教でも受け入れますっていうところらしく、日本人には入りやすい。ニューヨーク中、古くて立派な教会はいっぱいあるけど、ここは最大のゴシック教会。荘厳でステンドグラスがめっちゃきれいやねんけど、小部屋の一つにキース・ヘリングの絵が彫り込まれた金屏風があって、これはもうほんまに泣きそうになった。

車を途中で降ろしてもらい、セントラル・パークの芝生の上で、ぼったくり価格のケバブサンドを食べながら、かんかん照りの太陽の下ビキニで寝転がる女子たちや動きの遅いこまどりたちやジャズ演奏する3人組などを眺めながら、あと1週間ぐらいおりたいなあ、と思っていた。

5月☆日 その2

夕方、ユニオンスクエアからひたすら歩いてウエストヴィレッジへ。道がわかりやすいし、歩道が広くて街路樹がきれいいし、ちょっとの距離やと歩いて行こかって気になって、ニューヨークにいる間、毎日2万歩以上歩いた（そういや自転車に乗っている人は、観光用レンタサイクルくらいしか見かけなかった）。

　こちらで仕事をしている人に、「Village Vanguard」へ連れてってもらう。本屋さんじゃないっすよ、老舗のジャズ・クラブです。で、待ち合わせた映画館（お鮨屋さんの「すきやばし次郎」のドキュメンタリー上映中。評判ええらしい）の近くの路上になんや人だかりが……。タトゥーショップみたいやけど、パパラッチもカメラを構えている。もしかして有名人？　と、もちろん近づいてみると、屈強なボディガードが立ちはだかるその奥に、黒髪に白いシャツのすらっとした女子が、ちらっと。え、まさか。周りの人の声が耳に入る。「……Rihanna……」。えーっ、リアーナ、まじで。ニューヨークにはリアーナも住んでるんやなと思いながら飛行機乗ってたけど、ほんまにおるとは。人の隙間からショーウィンドウの前まで進んでみるも、棚やボディガードの隙間からちょこっと見えるだけ。でも、ほんまにリアーナ。思ったより背が高い。顔ちっちゃ！　写真は撮れそうにないのであきらめて、あ、そや、パパラッチ撮っといたろ、と思ってカメラ向けたら、撮るなって怒られた！　「おまえが言うな！」ってセリフがこれ以上ぴったりくる場面もないね。

　そして、肝心のVillage Vanguard。小さい、年季の入った地下の店やったけど、いやー、もうね、言葉になりません。かっこよすぎて。この日のバンド「GERI ALLEN

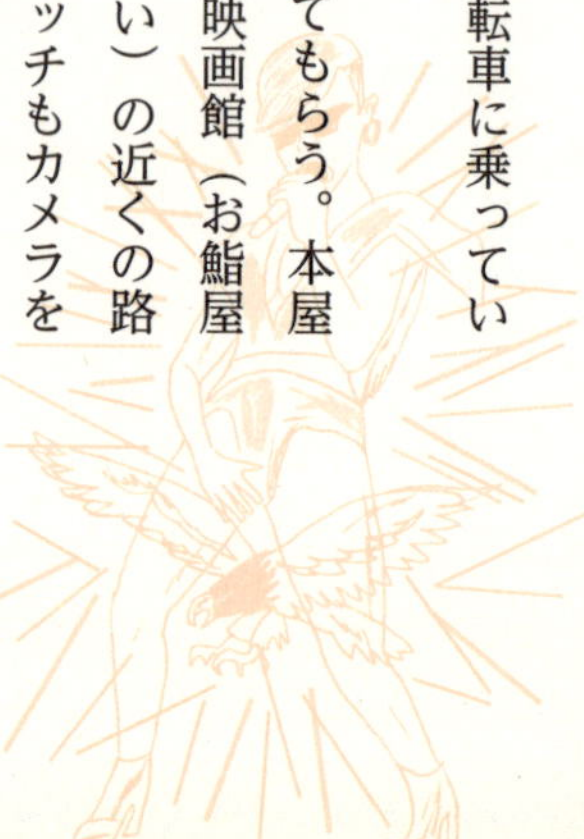

「TRIO」、相当な当たりでした。途中でゲストで入ったボーカルの女の人がまたパワフルですばらしく、ニューヨークに来てよかったとしみじみ感動した。これがチャージ25ドル＋ワンドリンクで見られるんやからすごいよなあ。

5月☆日

後半3日は一人で外国にいるのも初めてだったのでびりまくっていたのですが、無事にチェックアウトもでき空港にもたどり着き（しかし乗り合いバスの都合で、世界最悪ランキング入賞のJFK国際空港第3ターミナルで、4時間も過ごすことに）。飛行機で映画見よ、っと思ってたら、行きと同じデルタやのに古い機種で何もついてない……。しかもまたもや読書灯が使えない（スイッチ押すと、違う人のがつく。乗務員さんに言うても、「あら、ほんとね」だけでした）。仕方ないのでメラトニン飲んでひたすら寝ました。遠くに見えるスクリーンに映ってる、セリフも何も聞こえない映画を眺めていたら、どうやらベン・スティラー主演映画。これも何かのご縁かしら。

というわけで、ニューヨークはとても楽しかったです。また行きたい。

5月☆日

日本に帰ってきて、やっぱり妙に早く目が覚め、いつもは寝てて見いへん『めざま

しテレビ』を見た。あー、日本ですなあ、と実感してたら、若い女子がおしゃれな「ショッパー」を愛用してるという話題。なんや？「ショッパー」って。と思ったら服買うたときに入れてくれるタダの紙袋。もちろん発音は後ろを上げ気味の平坦アクセント。これ、15年ぐらい前に、「東京と違って、関西のOLはバッグのほかに紙袋持って通勤してる」ってテレビで言うてた覚えがある。そのとき、「俺って毒舌やし～」みたいな男の芸人が（誰か忘れた）「大阪の女の子は給料少ないしケチでちっちゃいブランドバッグしか買えへんから」って言うててむかついたんやけど、先取りしてますねん、大阪は。ま、最近は不織布《ふしょくふ》素材のんとかあって豪華やしね。あとたぶんお弁当持つ率高なったからやと思うけど。ていうか、「ショッパー」って変な名前に変えてごまかすな、とは思う。

5月☆日

ね、ねむたい……。今日も一日寝てしまった。

5月☆日

間違えられやすい名前のせいか、間違えられることにぜんぜん抵抗がない。たまに間違えた人にすごい恐縮されて謝られたりすると、かえって申し訳ない。前にも書い

たけど領収書は「芝崎」「島崎」「紫崎」とバリエーションに富んだ宛名を書かれる。ややこしい名前で申し訳ないっす、という感じ。そもそも、自分が「しば〝さ〟き」なのか「しば〝ざ〟き」なのか、わからない。親戚に聞いても誰も知らないのだから仕方ない（戸籍も住民票も読み仮名は必要ないのです）。「どっちですか」と聞かれても「どっちでもいいです」としか言えない。いちおう仕事上は「さ」に統一してますが。ちなみに「崎」もほんまは「﨑」やねんけど文字化けするし、「崎」のほうが便利。下の名前も「友香」は「ゆか」と読まれる率が高く、最近でこそ黒谷友香さんのおかげで「ともか」と認識されてきたけど、10年近く知ってる人が「ゆか」と思いこんでたりしておもしろい。

「なか〝し〟まです」「やま〝ざ〟きです」なんて主張できる人が羨ましいです。漢字の説明しやすい名前も羨ましい。

5月☆日

金環日食見た。

5月☆日

『平清盛』、いいね。ますますおもろい。なんで視聴率低いのか、謎（加藤浩次の変な関西弁以外ね）。

松ケンは三船敏郎になれそうな気配を感じるし（松ケンは北島マヤタイプと思う）、それぞれのキャラもねじれてて魅力的やし、特に王家&公家チームは俳優さんやりがいあるというか、毎回どないしたろかと楽しみでしゃあないやろなー。鳥羽上皇（三上博史）が死んでさびしいです。

人物デザイン（そんな仕事があるとは今回初めて知った）を、塚本晋也監督『双生児』と同じ人がやってるらしく、それで眉なしやったり妖怪っぽかったりするのねと納得。

大河ドラマって、ここ何年か「また本能寺か」「また寺田屋か」の繰り返しやったので、来週の展開にわくわく感いっぱい（世間の人は「定番」のほうが好きなのだろうか）。ツイッターの感想で、「しゃべりながら戦う場面がガンダムっぽい」って書いてはる人がおって、なるほどー。登場人物の中では深田恭子がいちばん好きなのですが（清盛にタックルして結婚が決まる場面は斬新やった）、やっぱり平家一族滅亡で話が終わるわけで……。どうなんのやろ。

6月☆日

『わたしがいなかった街で』単行本のゲラの最終チェック&装丁・帯デザインのチェック。今までのわたしの本とはひと味違う、渋いデザインです。描き下ろしても

らったイラストが街っぽくも、系図っぽくも見えておもしろい（わたしには回路っぽくも見える）。

6月☆日

金星の太陽面通過は曇りで見れず。

6月☆日

巣の中でぎゅうぎゅうしてるツバメのひなよりかわいいものってこの世にないよなー、とこの季節になると思う。口を閉じてるときも、開いてピーピー言うてるときも、どっちもかわいい。そして巣に入れなくなったお父さんがちょっと離れたところで寝てるのもかわいい。

6月☆日

恒例、季節の変化がわかるカレンダー『日本の猫』から。

6月は、3日「月下美人咲く」7日「菖蒲《しょうぶ》咲く」9日「百合咲く」11日「蛍袋咲く」14日「たちあおい咲く」15日「むくげ咲く」19日「梔子《くちなし》咲く」27日「夾竹桃《きょうちくとう》咲く」、と花咲きまくり。花って、春のイメージやけど、初夏がいちばん賑やかなんかも。散

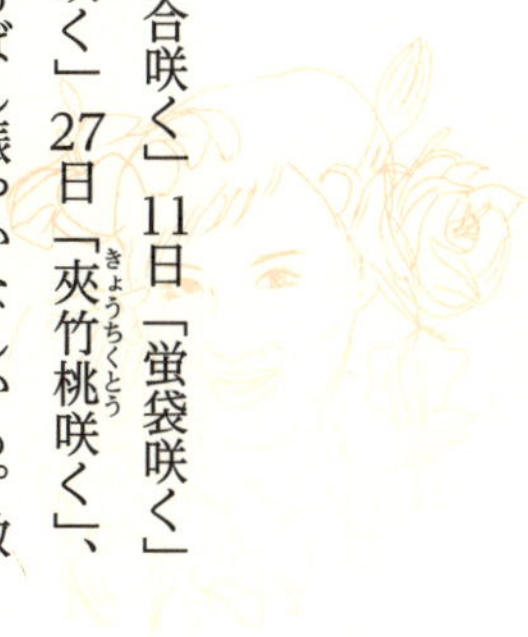

歩に行っても赤とかピンクとか紫とか、カラフル。冬の間は何にもないように見えてた場所やのに、どこに隠れてたんやろか。

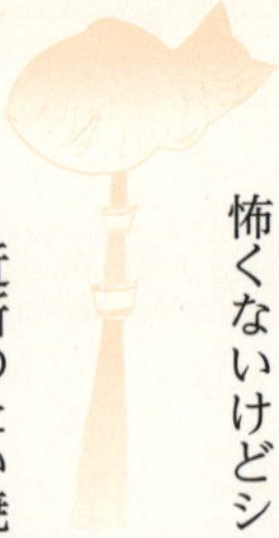

6月☆日

ナショナルジオグラフィック誌のサイトに岩合さんのインタビューが載ってておもしろかった。カレンダーの写真見ててもなんでこんな奇跡の1枚ばっかり撮れるんやろと思うし、猫数十匹に囲まれてる写真があったり、相当な猫マスターとはわかってたが、奥さんの実家には猫28匹おるねんて！

世界中の野生動物の写真を撮ってきた岩合さん（ニホンザルの子供が雪玉で遊んでる写真を初めて見たときは驚嘆でした）の語るところによると、ライオンはそんなに怖くないけどシロクマは本気で怖いんやて。目が真剣に「食うぞ」って感じらしい。

6月☆日

近所のたい焼き屋でいか焼きも売り始めた。大阪の、粉もんのほうのいか焼き。東京にいて、これは貴重！

あとはおいしいたこ焼き屋ができたらええなあ。今住んでる街は、駅の反対側のだいぶ歩いたとこに1軒しかない。実家の裏の商店街には30メートルおきにあるのになあ。

6月☆日

東京に住んでても、そんなに有名人を見かけるわけではないし、特に若手イケメン俳優とかアイドルとかはほぼ遭遇したことないのですが、たまに渋いベテラン俳優とか、あー、あの女の人、ドラマにちょいちょい出てるやんな、ていう感じの人を見かけると、かえってリアリティがあって、妙にうれしい。

最近いちばん感激したのは、電車で向かいに座ってたのがベンガルさんやったときです。

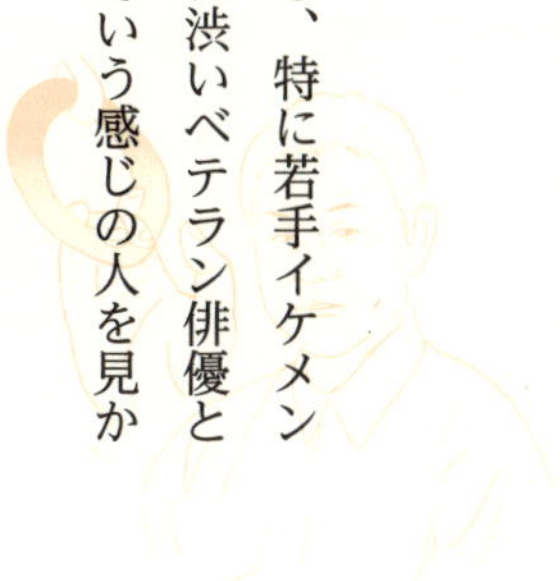

6月☆日

ちょっと前のことやけど、とある打ち上げ的な飲み会で、会場が２８０円均一みたいな居酒屋に初めて行った。梅酒のお湯割りを頼んだんやけど、出てきたんが、ぬるい風呂ぐらいの温度、あんまり味のせえへん梅酒。しかも、湯呑みの半分ぐらいしか入ってへん。誰かの飲み残しか!?　との疑いも発生し、とりあえず店員の20歳そこそこの男子に言うたら（というか、わたし気が弱くてこういうのよう言わんので友達に言うてもろた）、店員男子はきょとーんとした顔で「どうしたらいいんですか?」。友達「いや、どうしたらって……」店員「あったためたらいいんですか?」友達「……なんでもいいからお湯割り出してください」。しばらくして代わりのんを持ってきたけど、やっぱりぬるい風呂&半分ぐらい。誰かの飲みさしやなくてこういうもんなんやな……。100席以上ある広い店内見回しても、その男子ともう一人しか店員がおらん。280円均一っていうのはそういうことなんやな。あの子らもめっちゃ働かされてかわいそうやし。値段は安くしろ、品物とサービスは希望通りにせえ、なんていうのは無茶なことで、働いてる人にしわ寄せがいく。

トータルで会計すると、ふつうの居酒屋チェーンと値段がものすごく違うというわけでもなく。やっぱりデフレ恐ろしいよ、物にもサービスにもある程度の値段は払わな、結局は釈然としない気持ちが残る。

6月☆日

前に「『清盛』おもろい!」って書いて、その直後の回「見果てぬ夢」が清盛も信西も源氏一家もそれぞれのエピソードがほんまにようできてて感動して、特にまだ少年の頼朝が清盛に初めて会う場面の、松ケンの表情がたまりませんなあ、と、盛り上がってたら、翌日「大河ドラマ、視聴率ワースト記録!」。

え~、なんでぇ!? めっちゃおもろいやん。視聴率の機械ついてはる人、どのチャンネルを見てるわけ~!?

ところで『梅ちゃん先生』で、03年前期以来で朝ドラ平均視聴率が20%超えだそう

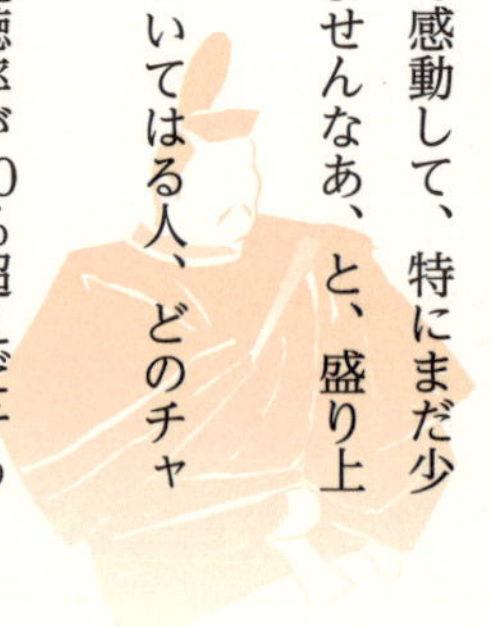

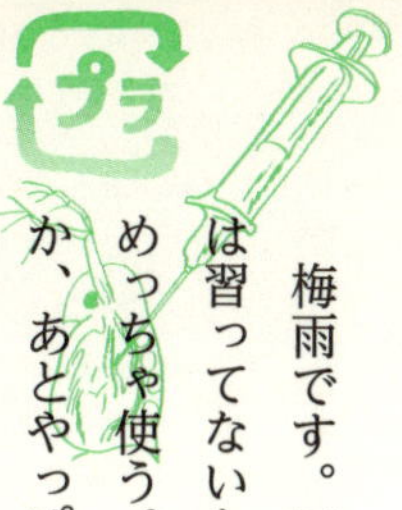

です。『梅ちゃん先生』は実力派役者で固めてるし、話も悪くはないし、でも、この数年で話題になってた『ゲゲゲの女房』やら『カーネーション』よりも初回からずーっと視聴率がいいっていうのを聞くと、視聴率＝無難、安心、なんかなと思う。
名作として長年語られるドラマが必ずしも高視聴率というわけでもないしね。
やー、でも、『清盛』はもうちょい見られてもいいと思うなあ。

6月☆日

台風来た。風で家が揺れてる。

6月☆日

梅雨です。雨は降らなくても湿度が高い。英語では「humid」。この単語、学校では習ってないもしくはほとんど使うことなかったと思うねんけど、英会話行ってるとめっちゃ使う。インストラクターの人と最初にお互いの出身地のこと紹介するときとか、あとやっぱり会話の基本てお天気やん？　東南アジア以外の地域の人からしたら、日本は相当humidなわけで。そう考えると、学校の英語というか、日本人が「国際化」みたいなことを考えるときに、「日本のことを伝える」とか「とりあえず会話する」とかはちょっと置き去りになってんのかな、と思う。

それはさておき、めっちゃ暑いわけでも大雨でもないのに微妙にじっとり高湿度って、どんな組み合わせの服を着ても解消されない不快。なんとかならんもんですかね。

6月☆日

突然、どう考えてもテレビ見すぎやろ、ということで、夜以外はラジオにしてみました。どの局にしようかあちこち試して落ち着いたところは「ＮＨＫラジオ第２」。語学講座やってるとこね。つけっぱなしにしてると、英語、中国語、ハングル、フランス語、ドイツ語、スペイン語……と次々外国語の勉強が始まる。

はっ、この状態、楳図《うめず》かずお先生ですやん！　あ、楳図先生はほんまにしっかり勉強してはって、わたしは流し聞きしてるだけやからいっしょにしたら申し訳ないんですが（楳図先生はしかも録音して大量にカセットテープを持っている）。

でもいっぺんにいろんな国の言葉聞くと、世界にはここと違う場所がちゃんとようさんあるんやなって実感できていい。

それと、妙に好きなのが「気象通報」。これって、どれくらいの人に通じるんかな？「ハバロフスクでは南の風、風力３、９９０ヘクトパスカル」、ってやつ。中学の理科の宿題で気象通報を聴いて天気図を描くっていうのがあって、等圧線とか前線とか描くの楽しかってんなー。聴いてると気分が落ち着く。漁業気象で、遠い海のど真ん中

にいる船からデータが送られてきてるのも、感動する。中学のときは、まだヘクトパスカルじゃなくてミリバールやったなあ。

6月☆日

ソーシャルもネットワークも、デジタル、アナログにかかわらず大変苦手なことなのですが、せっかくわたしの本を読みたいと思ってくれてはる人もいてはることやし、この『よう知らんけど日記』の更新を知らせてほしいとの声もいただいていますので、ツイッターなるものをやってみようかと、アカウント作ってみました(@ShibasakiTomoka)。

さっそくどうしていいかわからんくてかたまってるけどね。ぼちぼちやります。

7月☆日

ＢＧＭを「ＮＨＫラジオ第２」にしていると、３時間に１回ぐらい「ラジオ体操」の時間がやってくる。これはいいかもしらん。前にもずっと座ってたら早死にするって聞いて恐れてるって書いたけど、最近また「1日に3時間以上座ってると2年半寿命が縮む」みたいなニュースがあり、えー、そんなん、もうぜんぜん無理ですやん。なので、ラジオ体操の時間が来たらラジオ体操する、というのは結構いい。しかし、「ラジオ体操第２」がわからない。遠い記憶と、かけ声を頼りになんとなくやってるけど、

違う気がする。YouTubeで確認したらええんやけど。

7月☆日

ウォーターサーバーがほしいなあ。友達の家にあって、お湯が出てくるのが便利そう。と思いつつ、お湯沸かすぐらいの手間は日々なかったら、なんもかも面倒になってもうなんもできへんようになるのでは、という不安もあり。

ところで、ニューヨークに滞在中、硬水のミネラルウォーターしか売ってなくてそれで紅茶を淹れてたら（コーヒー飲めない紅茶好き＋1日1回紅茶飲まなあかん）、ティーバッグ浸けて一瞬で真っ黒。硬水はお茶淹れるのに向いてないとは聞いてたけど、ここまでとは。紅茶の英語が「red tea」じゃなくて「black tea」なんも納得。イギリスに住んでた友達が、かの地では「アフタヌーンティー」みたいな優雅なもんではなく、マグカップにティーバッグをじゃぼじゃぼっと浸けるだけ、しかも真っ黒、って言うてたなー。生活に根ざしてるってそういうことなんやろな。

7月☆日

ツイッター見てたら、大阪在住の方が「蝉が鳴いてる」と書いてはったので、思わず「クマゼミですか!?」と@で聞いてしまった。そうかー、大阪はもうクマゼミ鳴い

てるんやなあ。夏なんやなあ。
東京は相変わらず静かで、暑いけど夏って感じがしない。

7月☆日

Eテレ、今年は中高生向けの番組に力が入ってて、『NHK高校講座 芸術』に荒木飛呂彦先生が出演したりとなかなかアグレッシブ。ちょっと前に見た『Rの法則』では、「モテ系」VS「ジブン系」ってことで、女子が二手に分かれてファッションについて論争しててんけど、「モテ系」女子たちの見た目がおもいっきり「AKB48」。黒髪ストレートの重め前髪。パステルカラーでフレアミニスカ。そうかー、最近の「モテ」ってこういう感じなんやなあ。20年前の高校生としては、「モテ系」のイメージってやっぱり『JJ』『CanCam』の赤文字系ファッション&メイクやったから、現代はこういうおとなしい系が「モテ」なんやなあと。いや、ほんまは昔っから、この清楚・清純（に見える）系が実際はモテてたんやと思う。でもあくまで「実際は」という感じで、男子も「おれ、じつはクラスで目立ってるAより、おとなしそうなBのほうが好き」、やったのが、あからさまになっただけ、というか。この黒髪ストレート、そこそこかわいらしい女の子っぽい外見は、男子だけじゃなく、親にも先生にも近所の人にもモテる。番組で「モテ系」女子が、「ジブン系」女子（ゴスロリとか濃いギャ

ルとか）に、「自分が損してまで好きな格好にこだわるのがわからない」的なことを言ってて、まあ、その通りやろうなと。でも、いいやん、好きな格好したって、と「非モテ」席に加わりたくなったのでした。

7月☆日

「モテ」女子ネタの続き。その昔、『天才・たけしの元気が出るテレビ!!』で、「勇気を出して初めての告白」ってコーナーがあったんです。高校生とかががんばって告白するのに高田純次や兵藤ゆきがついて行ってくれるという。わたしはどっちかというと別れた元カレ・元カノとよりを戻しに行く「幸福の黄色いハンカチ」のほうがものがなしくて好きだったのですが（結構ハンカチ出てないの）、「告白」で一つ忘れられない回がある。ローカル線が走ってる田舎で、女子とはしゃべる機会もなさそうな、野球部っぽい坊主頭の男子が、通学途中に見かける他校の女子を好きになったという。セーラー服にさらさらロングヘア、色白の、確かにかなりかわいい子。男子は「あの子は絶対シャイな女の子らしい子で……」と思い入れを語り、勇気を出していざ告白！すると、女子はあっさり「あ、いいっすよ」。同行してたたぶん高田純次（違うかも）が、「えっ、ほんと？」ってちょっとびっくりしてると、「いいっすよ。彼、かっこいいじゃないっすか。ねえ？」。あーあ……。女子のかなり世慣れた口振りに、この男子、

こんな子やと思てへんかったやろなーと、切なくなりました。男子は舞い上がってて、この先のことなんて考える余裕なさそうやったけど。

あのあとどうなったかなー、って今でもたまに思う。

7月☆日

さらに続き。近くのスーパーのレジバイトの女子たちの化粧が、完璧すぎる。

もちろん80年代的なカラフルアイカラーの派手メイクなどではまったくなく、とにかくベースづくりに力点を置いた陶器肌、ぶれることのないアイライン、ブラウン系で陰影をつけた目元。すげえテクニックやな、と「ぴっ、ぴっ」とレジでバーコードが入力される音を聞きつつ、見入ってしまう。髪型は地味な子も、顔は完成品。素朴な男子から見ればあれは「ナチュラルメイク」であろう。

地味な公立大学に通ってたせいもあり、わたし自身も就職活動まで化粧品持ってなかったし、まわりも顔はたいして手をかけてなかったので、楽やった。みんながあんなに完璧に化粧してたら、一人ほったらかしというわけにもいかんかったやろうし、めんどくさがりの自分としては今の大学生じゃなくてよかったな、と。だって、結構時間もお金もかかりますやん。

7月☆日

暑い。ほんまに暑い。そして雨が降りそうで降らない。

7月☆日

珍しく「女子」なネタが多かったので、ついでにたぶん女子でも男子でも通用する「モテ」に関する話を。

飲み会などで「彼氏（彼女）いない」と言うと、異性が「え～、モテそうなのに～」「モテるでしょ?」と言う。確かに言われた経験あって、なんでかなって思いつつ、「いやほんまにモテません」などと律儀に返したりしていましたが、あれは「自分はあんたとはつき合えへんけど」ってことやで、と友達に教えられ、ものすごーくなっとく。「モテるでしょ」→「他の人に行ってください、おれ（わたし）はないんで」ってことか。そやんな、自分が「あり」と思ってたら彼氏（彼女）おらんって聞いたらもっと別の話するもんな。

社交辞令やとはわかってたけど、「自分はない」宣言やったのか。「モテそうなのに～」って言われて律儀に「いかにモテないか」「なぜモテないか」などを説明したりするのはかなりイタいと思われてるわけや。30代も終わりになってようやくわかりました……。

7月☆日

足首だけの靴下、というのを去年から夏の間は愛用してる。つま先部分がなくて、足首サポーターみたいな形。夏になると、サンダル履くねんけど、年齢のせいか足首が冷える（20代までの方には「?」だと思いますが、10年後ぐらいに「ああこれかー」となりますよ）。冷房効きすぎのとこ行くとつらい。でも、サンダルに靴下のつま先ってどうしても好きじゃないし、炎天下にふつうの靴に靴下も暑苦しいというかもったりするというか。

　で、この「トゥレス」と呼ばれるパーツソックスを履いてみたら、足首のぬくさ全然違う！　５本指靴下重ねばき健康法も流行ってますが、わたしは靴脱ぐと靴下まで脱ぎたいタイプ。でも、この足首＋足の甲だけの形やと適度に涼しいし。いろんな形があって、５本指の指の先だけがないやつは、見たときはそこだけ開いてても暑いやろ、と思ってんけど、履いてみたら、おおー、先が風通しええだけでこんなにちゃうのかー！

　あんまり売ってないので、いろんなタイプを探してまとめ買い。そして、いっぱい買っといた足首靴下が、実はあとで役に立つことになる……。

7月☆日

大阪のスタンダードブックストアでの朗読イベントの日程決めたあとで、天神祭の

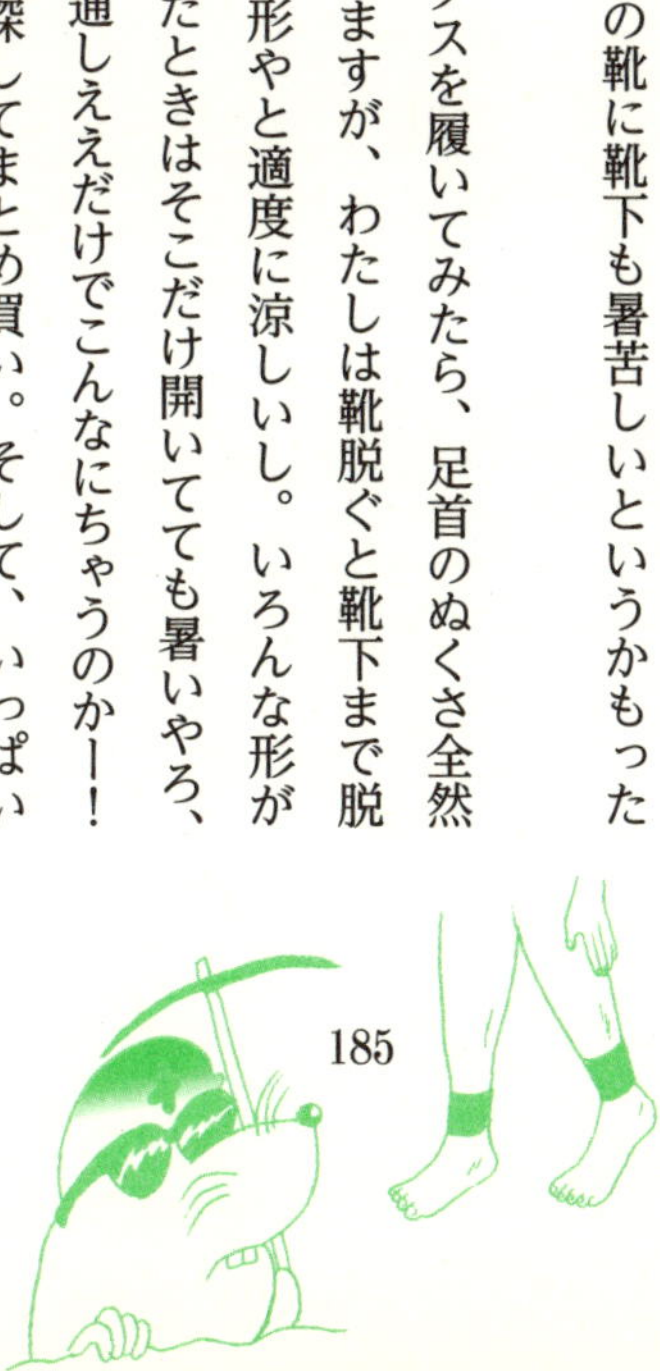

花火の日にかぶってると気づいた……。高校の同級生女子にメールしたら「ごめん、わたし、大阪四大祭りは外されへんねん」との返信。これはこれでいっそ、うれしいな、うん。おもいっきり祭りに参加してほしい。それにしても「大阪四大祭り」って天神祭と愛染《あいぜん》さんと、あとはなに？

7月☆日

で、お客さんの入りを心配した朗読イベントですが、無事に満席。来ていただいたみなさんありがとうございます。今回はmatch pointさんにキャンドル演出をしてもらったのですが、大きいキャンドルは雰囲気があって、ステージから見た客席もほどよく暗くてよかったです。朗読は、ニューヨークでウケて調子に乗っているエッセイ「眼鏡強盗」（『よそ見津々』（日本経済新聞社）に入ってます）と新刊『わたしがいなかった街で』と、大阪ゆかりの小説ということで、川端康成『反橋』と谷崎潤一郎『細雪』。『反橋』は川端康成がもうあの世に片足つっこんでる短編で、高校のテストの問題文で出会って以来好きな作品。谷崎潤一郎の大阪弁の朗読は、何回やってもとっても楽しいです。

後半、スペシャルゲストとして『わたしがいなかった街で』のなかちゃんのモデル、Nくん登場。それはアウトやろっていうネタを仕込んで現れて会場が突如引き潮にな

りどうしようかと思いましたが（申し訳ないです。本人も反省しておりました）、その後はいつもどおり大変おもしろい日常生活の話を聞かせてくれました。この日に聞いた話も、わたしの小説の中になにかの形で生きてくれることでしょう。

スタンダードブックストアは、前に勤めてた会社のすぐそば。帰りに念願の［味穂］でたこ焼き食べて、充実の一日でした。

7月☆日

『にっぽん縦断　こころ旅　2012春の旅』（NHK　BSプレミアム）。火野正平が自転車で日本を旅して、視聴者からのリクエストの思い出の地を訪ねる番組。今回は東北と北海道。

火野正平が、めっちゃおしゃれ。もんぺみたいな藍染め・民芸風の服に、アウトドア系ダウンやらフリースやらを合わせてて、その崩し方が絶妙っていうかがんばってなさそうに見えるっていうか「おれ」を知り尽くしてるというか。眼鏡もいっぱい持ってるし、毎回感心してしまう。視聴者のその場所に対する想いのこもった手紙を読んで、「来たよ～」とかぼそぼそ語りかける声が、優しい。火野正平といえばプレーボーイの代名詞やったけど（これって何歳ぐらいの人まで通じるんやろ）、モテるのがようわかる。別れた女の人も誰も文句言わないという噂やけど、わかるわあ。「モテ」ってい

うのは、「求められてるもの」と「求めるもの」が一致してるってことかなと、思う。

わたしが2月に行った石巻の日和山公園を訪ねる回があって、近くの「箸が転がってもおかしい年頃」の女子高生たちに出会うところがおもしろい。何を言うても「きゃーっ」と笑い転げる女子たちとお参りして、「おまえらも手を合わせろ」と言いつつ逆にお参りの仕方を教わったり。火野正平もチャーミングやし、あの大変な被害の跡がそのままの場所で女子高生は女子高生であり続けてけらけら笑っているのが、なんかほんとうにほっとした。

7月☆日

歩いてて足首をひねり、ちょっと前に膝痛かったときに病院でもらった湿布を貼った。夜になって剝がしたら、げげげ、くっきり四角く真っ赤になってるやないですか。えー。実は何年も前に、この肌色の薄いタイプの湿布を肩に貼ってかぶれて半年ぐらい跡が残ったことがあったのですが、そのときとは銘柄も違うし（でもよう見たら会社はいっしょやった）、膝に貼ったときは大丈夫やったから、油断してた。翌日、早速皮膚科へ。湿布の名前を言うと「あー、あれねえ……」みたいな反応。ネットで検索しても評判悪いやつでした。塗り薬処方されて、「1カ月ぐらいは日光に当てないように」。えー、真夏やのにぃ。というわけで、ちょっと前に書いた足首靴下が役に立っ

たのでした。ぴったり、その部分。そして早く病院に行ったのがよかったのか、治りもよさそうです。

7月☆日

ロンドンオリンピック見てますよ。前に「パペットみたいでかわいい」と書いた三宅宏実さんが銀メダルでうれしい。女子ウエイトリフティング48キロ級は、みんなちっちゃくてころころしてて、でも強くて、よかった。相変わらず「お家芸」的な種目はテレビ局の期待かかりすぎ感が苦手で、オリンピックのときぐらいしか見られへん競技がたのしみなのですが、今回は時差の関係もあるし活躍した競技の再放送が多くてあまり見られず。日本人が活躍してなくても、すごい試合とかすごい選手とか見たら、それで競技を始めて強くなる子供も現れると思うんやけど。

そして今回は、世の人が忘れてる4年間、選手は毎日毎日鍛錬し続けてきたんやな、っていうことをとても強く感じた。

え、『栄光の架橋』がテーマソングやったのって、前のオリンピックじゃなくて前の前のオリンピック!? 最近ほんま、3年前かと思ったら5、6年前、みたいなことばっかりやね。年やね。ていうか、北京のときのテーマ曲なんやったっけ。

7月☆日

ラジオ出演のため大阪帰って、心斎橋で買い物。翌日、東京に戻る新幹線で、名古屋から乗ってきた若い男子がわたしと同じ席の切符持ってる事件発生。結局その男子が間違えて一つ早い新幹線に乗ってたのが判明。聞くところによると、こういうのがきっかけで運命の出会い的な、そういうことがあるような噂やけど、隣の空いてた席に移ったその男子とは、まーったくちょこっともしゃべることもなく、2時間近く、微妙な気まずさのみでした。

滋賀のあたりで見えた夕焼け、きれかった。

7月☆日

そして蚊にはほんとうにモテる。何人かでいても、わたしだけがモテモテ。O型でしょ？　って言われるけど、A型です。

8月☆日

ユニクロの水森亜土《あど》Tシャツがかわいくてつい買ってしまう。亜土ちゃんといえば、子供の頃は教育テレビで裏返しの絵を描いてる変わったおばちゃんと思ってたのに、古くさい絵と思ってたのに、30年後の今、めっちゃおしゃれに見える。人間の目って不思議や。

8月☆日

東京都現代美術館「特撮博物館」展へ。ライオン丸の本物見て興奮。庵野秀明企画の『巨神兵東京に現る』のメイキングがめっちゃおもしろい。アナログな細かい&延々と続く作業を、試行錯誤しながら、喜々としてやってはるええ年したおっちゃんたちの充実した表情がすばらしい。好きなことやるってええね。

さらに、松屋銀座の「タツノコプロテン」へはしご。会場入ってすぐに展示されてた『宇宙エース』のフォルムがかわいすぎて釘付け（さすがに『宇宙エース』は年代が違うので今まで知らなかった）。前にBSでタツノコプロのドキュメンタリー見て以来、わたしはアニメに関しては手塚プロよりタツノコプロ育ちかも、と気づいた。タイムボカンシリーズの歌全部歌えるし。『風船少女テンプルちゃん』『一発貫太くん』『とんでも戦士ムテキング』……。権利の問題なのかなんなのか、一部の作品の展示&グッズがほとんどなかったのが残念。『未来警察ウラシマン』と『機甲創世記モスピーダ』のグッズがあったら全部買うたのになー。『宇宙エース』のグッズはようさん買うてしまいました。

去年は「アニメ化40周年 ルパン三世」展やってた松屋、次は「ベルサイユのばら」展だそうです。行きたい。わたしは池田理代子作品では『おにいさまへ…』がいちばん好きです。

8月☆日

Eテレ、マイノリティや心身、貧困などの問題を扱う『ハートネットTV』、障害者バラエティ『バリバラ』がおもしろい。前身の『ハートをつなごう』『きらっといきる』もけっこう見ててんけど、よりとっつきやすくなった感じ。『バリバラ』の「障害者あるある」のコーナーも、思いつかへんかった、でも言われたらそうか、みたいなことがいっぱいでいちいち納得。見栄張って義足を長めに作ってしまったとか、聴覚障害のカップルがラブホで電話がかかってきたのに気づかずフロントのおっさんに乗り込まれて結局なにもできなかったとか。大学で社会福祉学部の授業を受けたとき、先生が、障害者の人に接して戸惑ったり驚いたりするのは見慣れてないだけ、と言ってて、ああそうかー、と、戸惑うこと自体を否定せなあかんと思ってた自分はかえって偏見持ってたんかなと、見方が変わったことを思い出す。

このあいだ『ハートネットTV』で、身体障害者かつ性同一性障害の人を紹介していて、そのときも、そうか、そういうの一人に一つだけとは限らへんよな、と自分の思いこみに気づかされた。もちろん、30分の番組見ただけでわかった気になったらあかんよなとも思いつつ、障害者がお笑いを目指す「笑っていいかも!?」とか、なかなかアグレッシブな企画もあり、今後も気になります。

8月☆日

とにかく暑い。毎日雨も降らずかんかん照り。東京はお盆過ぎたら楽、と思ってたのに、引っ越して以来経験のない残暑。と言っても、わたしは日が暮れるまで家から出ないのやけど。

夏らしい行事もせず、夏の暑さを存分に体感することもなく、暑いだけで夏って感じがしないまま終わっていく……、って高校のとき使ってたノートにすでに書いてある。「今年の目標：ちゃんとすること」とか。20年以上経っても成長なし。

8月☆日

歌舞伎町の「ロボットレストラン」へ。名前のイメージとはちょっと違う、キラキラ電飾の部屋で女子が集団で踊る、えーっと、外国の近未来物の映画に出てくる間違った日本っぽい、謎の空間。とにかく、電飾のギラギラ&手作り感に感動。文化祭でがんばって作った、みたいな。セクシー女子たちが4種類ぐらいの出し物をしてくれるのですが、B系のミュージックビデオをヤンキー&キャバクラ文化風味にしたような、なんやもういろんなもんが入り交じって、戸惑うねんけど、わたしは好きでした。歌舞伎町でキャバクラノリなんやけど、たぶん女子が演出を考えてるのか、「チャーリーズ・エンジェル」的な女子ウケ感もあり。あと「フード&ドリンク付き」が、お茶と

幕の内弁当やったのも何とも言えず情が湧きます。

そして隣に座ってたおじいちゃんが関西弁やったので聞いてみたら、加古川《かこがわ》から一人で来て夏休みを歌舞伎町で満喫しているようでした。好奇心があるって、長生きするね。

8月☆日

ツイッター始めて2カ月。180人ぐらいフォローしてるのですが、それだけいても15分以上誰もつぶやかないときがあるのがおもしろい。あと、（人のつぶやきを見てるだけじゃなくて）自分のアカウントを持って実感することは、それぞれのTLというやつ（自分がフォローした人のつぶやきが時系列で表示される）が違うってこと。みんなそれぞれ、自分が選んだ情報の世界を生きてて、仲のいい人同士であっても、共有できるのはある程度までで、別の世界を見てる。最近ツイッターで話題になってて、みたいなことも、誰をフォローするかによって全然違う。

実は現実の世界でもそう、っていうのは10年ぐらい考えてきたことで、自分はほかの誰かが見ている世界とまったく同じ世界を見ることはできない、同じものを見てても違うように見えてる、っていうのは、自分の小説で書きたいことでもある。

ツイッターのTLというのは、それを非常にわかりやすく、目に見えるようにして

ると思う。「違う」ことを忘れがち、ということも含めて、現実を拡大して見せてくれる。

8月☆日

夏は暑いので散歩ができない。万歩計のグラフ見ても、運動不足すぎて怖い。

8月☆日

豚しゃぶのおいしい作り方を『きょうの料理ビギナーズ』（NHK　Eテレ）で学んで以来、毎日豚しゃぶ。野菜とドレッシングに多少バリエーションあるものの、3週間ぐらい家で夜食べる日はほぼ豚しゃぶ。

子供の頃、夏は毎日そうめん、冬は毎日鍋ということも多かったので、毎日同じメニューでも平気。

8月☆日

8月は1万歩達成が2日しかなかった（9900歩が2回あるねんけど）。運動せななー。しかしこういうとこも高校のときから変わってない。

9月☆日

4月にもイベントをやった高校の同級生オケタニくんとイベント・十三《じゅうそう》（地名です）編のため新幹線で大阪へ。連日雷雨のニュースで新幹線が途中で止まったらと心配したけど、無事に定刻通り到着（こないだ、知人の作家さんが静岡で10時間足止めになったことがある、と言ってたので不安になった）。

十三に着いて交差点に立つと、目の前にはいきなり「悪羅《オラ》悪羅《オラ》スタイル十三店」の看板がどーん。さすが十三。洋服屋のようやけど、夜しか開いてないのかシャッター降りてて残念。中見たかった。開演時間まで少しあったので、オケちゃんと駅前の「喫茶なにわ」に入る。30年ぐらいまったく何もいじってないような、壁画のすてきな喫茶店で、おばあちゃんがミックスジュースを出してくれる。客のおっさんが広げてるのはもちろんデイリースポーツ。でもWi-Fiは導入されてる！

案の定ものすごい雷雨になり、しかたなくビニール傘を買って会場に戻る。高校の同級生もたくさん来てくれて、楽しくしゃべれました。みなさんありがとう。

あ、「元祖 ねぎ焼 やまもと」のねぎ焼き食べ損ねた……。

9月☆日

梅田周辺の書店をいくつか、『わたしがいなかった街で』の宣伝のために回る。こ

のところ大阪に帰ってても余裕がなくて目的地しか行ってなかってんけど、久々に梅田周辺をぐるーっと見て回れた。阪急百貨店がだいぶできてる。あのカテドラルっぽいところ（『ブラック・レイン』でバイクで走ってるとこ）がなくなったのはほんま残念やけど、ショーウインドウのところらへんはいい感じのデザインになってた。

本屋さんに行くと、それぞれの場所で、ここであれ買うたなあ、誰々と来たなあ、このコーナー好きやったなあ、と、思い出というよりは、身体感覚がよみがえってきて、自分がいかにこの街で根を下ろして生きてきたのかがわかる。

ドーチカ（ドージマ地下センター）とかめっちゃ久しぶりに通ったけど、変わったところと変わらんところと、いろいろあっておもしろかった。

9月☆日

東京リターン。地下鉄で隣の人の手元を見たら、日曜日の夜に休日の終わりを実感させてくれる某国民的テレビアニメの絵コンテチェック中。こういうのって東京やなーと思う。前にも、特撮リメイク映画の脚本見てる人がおった。あれ、おもしろそうやったのに実現せえへんかったんかなあ。しかし、2カ月先放送分のオチを知ってしまった。いや、知ったからといってどうということもないねんけど、でも、最近はすぐツイートされたりするから、公共の場で仕事するのは気をつけましょう。

9月☆日

ベトナム戦争のドキュメンタリー見てたら、徴兵するために誕生日ごとに抽選してる場面があった。そういうのを見てて、国が直接戦争してるわけじゃない状態で、つまり身の回りの世界はまったく「戦争」じゃないのに、ふつうに暮らしてた20歳ぐらいの男の子たちがいきなり徴兵されて、「家族を守るため」というのでもなく、「ベトナムを共産主義から守る」っていう実感できなかっただろう目的で、いきなり地球の裏側の国に送られて、それはもう凄惨な戦場を経験したあげく、帰ってくる頃には反戦運動が盛り上がって肩身の狭い思いせなあかんかったら、そら、『タクシードライバー』やら『ランボー』やらになるわいな、と、やっと状況が飲み込めた。

9月☆日

猫グッズをつい買ってしまう。でも、望んでる猫グッズは、実はなかなかない。ファンシーでも、子猫でも、ぶさ猫でもなく、ごくふつうの、そこらにいる猫みたいなん希望。

9月☆日

引っ越し先がやっと決まって準備。今回はいろいろあってなかなか決まらず流浪。

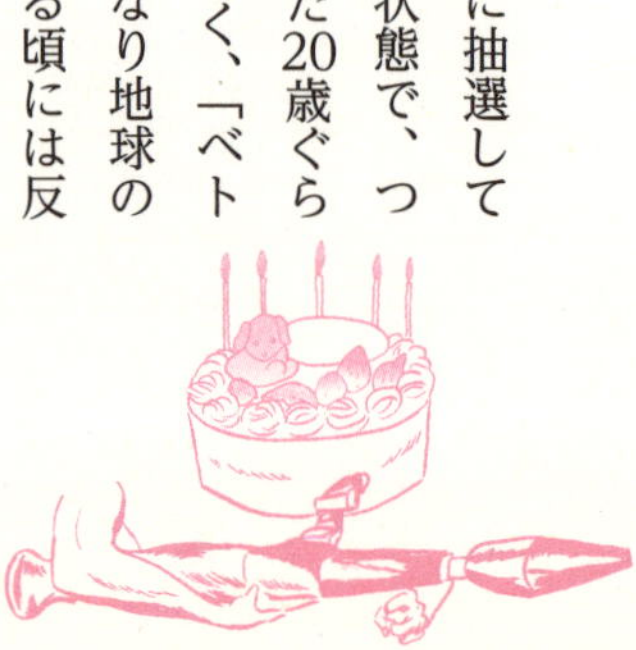

おかげであちこち内見できておもしろかった。びっくりしたのは更新する度に家賃が上がっていく物件。ふつう逆やろ。出て行ってほしいのか。かと思えば、2年以内に退去したら違約金の物件もあり、携帯の会社か！　あと「オーナーが旅行中なので確認は3日後に……」みたいに言われることが何度かあり。東京で不動産持ってるって優雅なことですなあ、と嫌味言いたくなりました。東京やし世田谷区やし、超貸し手市場なんで、家賃はもちろん、なんかいろいろ理不尽に直面。保証会社っていうやつも杓子《しゃくし》定規で、フリーランスはこういうときつらいです。最終的には、とてもええ感じの部屋&大家さんも親切なとこに決まってよかった。そして、倒れそうに暑い中を何軒も案内してくれたのに空振りさせてしまった不動産屋のおにいさん、ごめんなさいでした。

9月☆日

片づけをしていると、自分がいかに無駄遣いをしているか、身にしみる。今の部屋の中にあるものはほぼ全部自分が買ったものやと思うとおそろしい。ちまちまちまちま、蟻のように毎日家に運び込んでたのやなあ。で、本が多いのはべつにいいねんけど、何がいちばん無駄かと言うと、便利グッズですな。調味料で「これ1本で簡単」みたいなんがいっぱいあるという……。掃除用品とか、片づけ用品とか、あと「片づ

け特集の雑誌」もいっぱいあります。

引っ越したら今度こそ、と毎回思って4軒目。でもがんばろ。

9月☆日

靴って、1時間ぐらい試着できたらええのになあ。店の中1周するぐらいじゃ、ぜんぜんわからん。

9月☆日

今年の夏はいつまでも暑くて、毎日毎日夕焼けがきれい。

うそみたいな天気雨が降った。ドラマのクライマックスでどう見ても晴れやのに無理矢理雨降らして「それはないやろ」とつっこみたくなる場面そっくりな感じで、太陽の光をきらきら浴びた雨粒がだーっと降った。そして虹も見えた。

9月☆日

引っ越すときはいつもさびしい。ここの部屋もとっても気に入ってたしなあ。いちばんのポイントは、裏の謎の家で、草木が生い茂って生き物満載。ノスリ（猛禽類《もうきんるい》）の狩りも見たし、変わった蝶も来たし、ハクビシンも叫んでたし。しかしとうとう、

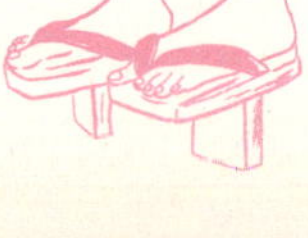

住んでる人の姿は見なかった……。

名残惜しいのですが、明日の朝引っ越し屋さんが来るのに、どうすんねん、この状況、という感じです。荷造りも頼んだからやってもらえるのですが、それ以前に、片づけようとして収拾がつかなくなっております。明日の晩はこの部屋がもうからっぽやなんて、信じられへんなあ。

9月☆日

引っ越し。見積もりのときに「このぐらいの荷物なら3時間ですね」と言われたのを、これまでの経験から「ほんまか～?」と疑っていた。しかし! 男3女1のチームの自己紹介直後から、ひたすらざくざくと段ボールに積められては運び出されていく荷物。もちろんわたしも荷造り参加したけど、ついさっきまで貴重品を詰めたスーツケース以外は普段の生活感ありすぎの部屋のままやったのに、1時間後、えっ、もう半分ぐらい片づいてるやん! まじっすか!? という状況に。感涙。

あまりの荷物の多さと、典型的な「捨てられない」性格のため、チラシやオマケが棚の隙間やら下から続々出てくるし、棚どけたらほこり積もってるし、ああもうごめんなさい、すいません、と謝りたい&恥ずかしい気持ちでいっぱい。荷物見たら一人暮らしなんわかるやろうし、ええ年した女がこの惨状は……と、申し訳なかったで

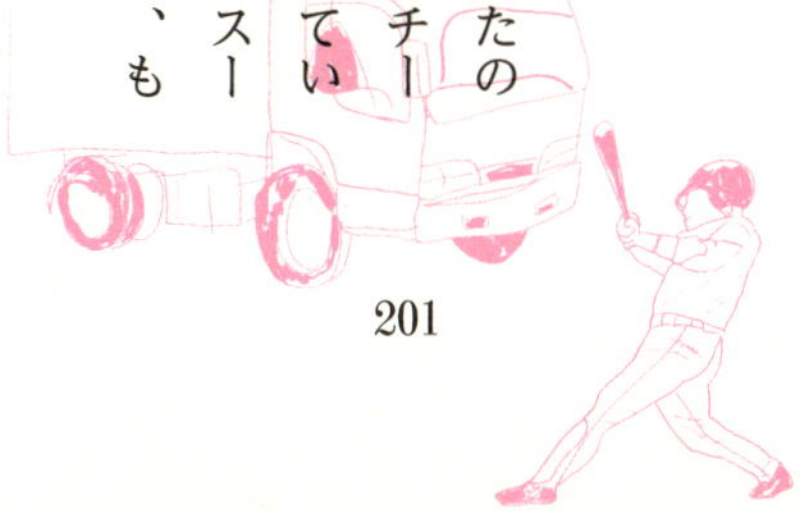

す。2トントラック2台に積みこまれた荷物を見ても「えー、わたしこんなに持ってないですよ」とシラを切りたくなりました。

トラックが出発してから、不動産屋さんに鍵を返却。何にもなくなった部屋を見ると、内見に来たときを思い出した。そうそう、こういう部屋やったなー、って。事情があってそんなに長く住むつもりがない&短時間で決めた部屋でしたが、日当たりと風通しがいいのが気に入ってた。あと、新婚さんが多いアパートで、子供がにぎやかなんもよかったな。

と、さびしくなりつつも時間がないので、汗まみれほこりまみれのまま、キャリーバッグ引っ張って電車で引っ越し先に移動。納入作業もさくさく完璧で、予定より早く引っ越し終了しました。アート引越センターさん、ありがとうございました。

9月☆日

山積みになった段ボール箱を前にして、「わたしのじゃないです」と言いたい気持ち。いやー、これ全部自分が買うたなんて、ほんまに信じられません（本、雑誌は掲載誌や献本も多いけど）。どこから手をつけたらいいのやら。

お昼過ぎ、友達二人が到着。とりあえず、台所まわりだけは友達に協力してもらって片づける。人に来てもらうと「やらなあかん」気持ちになるし、自分でやってると

物一つ一つにいちいち「どこに置こう」「これを買うたのは……」と考えてしまうから、思い入れのない人がさくさくやるほうが進むんよね。引っ越し屋さんに荷造り頼むのもそうやけど。友達の一人が誕生日だったので、ケーキ休憩をはさみ、無事に台所は使える状態に。とりあえずこれで日常生活は送れるはず。

9月☆日

実は、引っ越して数日後に仕事で中国に行く予定があったのですが、中止に。いろいろかんがみてしかたないのですが、こんなときやからこそ行ってみたかったな、という気持ちもあり。テレビに映ってることって一部分やと思うし。またの機会を待ちます。

9月☆日

引っ越して3日、やっとインターネット&テレビがつながる。特にネットは最初は困るなーと思ってたけど（iPhoneがあるので最低限のことはできるのやけど）、どっちも見られずに片づけとかやってると、あれ？　まだこんな時間？　つまり、やっぱり普段はちょいちょいながら見のつもりでも、時間吸い取られてるわけですわ、液晶画面に。液晶見る時間減らそう……でもすぐ戻ってまうやろな。

東京に引っ越したとき、テレビなしにして、それはそれで別に不自由もなく、快適に生活してたけど、４カ月でテレビ購入。理由は、精神的にしんどいことがあって寝られなくなり、そういうときテレビ見ると寝れるんよね。気が紛れるし、安心する。わたしの人生にどんなつらいときも文句言わずいつもそばにいてくれるのはテレビ、と思ったのでした。

9月☆日

近所の神社でお祭りらしい。新居は前の前に住んでたときによく散歩してたあたりで、この神社も知ってるねんけど、普段のさびしい薄暗いのとはぜんぜん違う大にぎわい。おいしそうなもんいっぱい売ってたけど、片づけ&仕事のため一周しただけで帰宅。来年はゆっくり行こう。

9月☆日

『着信御礼！ケータイ大喜利』（ＮＨＫ総合）。「この旅番組ダメだなあ……。どんなの？」の回答に「すべての名所を『大阪やとあそこやな』と説明する」というのが。はいはい、それわたしです。上野→天王寺を5倍にした感じ、池袋→京橋を10倍ぐらいにした感じ、といつも説明してしまいます。ニューヨークも「中之島か北浜っぽい」

とか「道が大阪といっしょ」とか言うてたし。

9月☆日

本と雑誌のバックナンバーを整理して、古本屋をやっている友達に送るため荷造り。結局みかん箱6箱分送ったけど、全体量がそんなに減ってないような……。紙ものって圧縮もできへんし、重いし、なんかええ方法ないですかね。

10月☆日

隣の駅まで散歩。けっこうお店ある。おいしいお店見つけるのが、新しい街に住む楽しみですな。

10月☆日

片づけても片づけても終わらず。というか、すっきり分類できない&収まらないものが結局残ってしまう。切り抜きとか、おみやげ物とか、メモ帳とか、なんかそういうこまごましたものって、どうしたらいいんでしょうねえ。

10月☆日

近所にそこそこ大きめの書店があるから、本のことは心配してなかった。が、初めてその書店に行ってみたら、え、広さのわりに買おうと思った本が全然見つからない。一周してみて、大半を占めてたのは、実用書とか付録付きムックとか。流行の料理レシピ、健康系、わかりやすい経済系、などが目立つ。小説は隅っこの小さい棚で、話題になってるエンタメ系のもあまりない。そうかー、今売れてる本てこういう感じなのかー、とも思うけど、全体になにか物足りない印象。店員さんも工夫したいかもしれへんのにその余地もなさそう。本屋さんは本を売るところで、売れ筋を並べるのは当然で、小説は売れへんから、と言われたらそれまでやねんけど、それにしてもなんだかさびしいというか……。近くの同じ規模の書店に比べて心なしか活気がないように見えるし。

本を探してる人がいて（ここに限らず最寄りの書店はほしいのがないっていう声はよく聞くし）、本を売りたいっていう店員さんもいて（書店員さんてほんま大変な仕事やし）、でも売り上げやらシステムやらとかみ合えへんくて、せっかくの本屋さんていう場が今ひとつ活かせてないとしたら、一読者として、もったいないなあと思う。会社勤めしてたし、熱意のある人やお客さんがいてもいろんな事情でうまくいかへんことがあるのは実感してるんやけど……。

売れないとますます置いてもらえなくなりそうなので、本はなるべくそこの書店で買うようにしてるねんけど、「仕組み」って難しいね。そして作家としては、がんばって書かんとあかんね。

10月☆日

『ジョジョの奇妙な冒険』25周年記念のムック『ジョジョメノン』（集英社）にて、「ジョジョ」をテーマに俳句を作る「ジョジョ句会」（千野帽子さん、長嶋有さん、堀本裕樹さん、米光一成さんの公開句会「東京マッハ」のジョジョ編）に参加したので、「ジョジョ展」内覧会&25周年記念パーティーに呼んでいただく。いやー、25年前といえば、中学1年かな。その前の『バオー来訪者』や『ゴージャス☆アイリン』も、『週刊少年ジャンプ』を買うために1週間を過ごしてた小学生のわたしの愛読漫画やったわけで、中高時代は、ベルト2本巻いて承太郎ごっこしたり、毎週毎週新スタンドについて弟が解説してくれたり、人生の半分以上ともにしてきた「ジョジョ」にこのような形で関われるとは、感無量です。

　実は2006年に荒木飛呂彦先生と対談させてもらってて、それ以来で荒木先生にご挨拶したら、対談のときのこと覚えてくださってて超感動!!　誰かと対談した、という話で、荒木先生だけ、（人によっては）すごい反応返ってくるもんなあ。それに

しても荒木先生、さらに若返っているような……。

ジョジョ展は色鮮やかな原画が大量に見られて満腹です。細かい描き込みとかいろいろ発見もあったし、特に東北シリーズの東北新幹線やこけしや七夕をモチーフにした描き下ろしがよかった。４月に大友克洋展のこと書いたけど、大友先生も荒木先生も宮城県出身で震災があったのがきっかけで展覧会やりはったんよね。

ジョジョポスター４枚買ったら、箱が大きくて（☆柄でかっこいい）、持って帰るのがひと仕事に。「大人買い10枚セット」にせんでよかった……。

10月☆日

小説家は「先生」ってあんまり言われないのですが、漫画家は「先生」（と、わたしもつけてしまう）なのはなんでやろ。やっぱり漫画雑誌のはしっこに書いてあった「○○先生に励ましのお手紙を送ろう!」の影響やろか。

10月☆日

寒い。いきなり寒い。年々、夏の次がいきなり冬みたいな、あいだの程良い時期がどんどん短くなっているように思うのですが、これからどうなるのでしょう。そしてこの時期の「何着たらええかわからん」問題は、いつか解決する日が来るのでしょうか?

10月☆日

「ダンストリエンナーレトーキョー2012」というイベントの一環で、ベルギーのアラン・プラテルの公演を見に行く。ダンス系を観ると、いつも、生まれ変わったらダンサーになりたい、と思う。今の自分が頭ばっかり使ってバランス悪いからやろか。

アラン・プラテルのカンパニーの公演は、3年ぐらい前にも一回観たことがあって、とにかく身体能力がめちゃくちゃ高くて、え、その体どうなってんの？　と思ったり、軽々とやってるから普通に思えるけどよう考えたらあんな体勢できへんよな、と驚くというか感心というか。なかなか言葉で説明するのが難しいコンテンポラリー・ダンスの世界やけど、原始的な動きからだんだん激しくなっていって、後半ポップソングのメドレーカラオケ状態で繰り広げられるダンスは、畏怖と高揚と笑いとが入り交って、新しい感覚が開かれる体験でした。

一緒に行った友達の感想が「裸の人をじっくり観ることってあんまりないから、凝視しちゃった」だったのがおかしかった。裸といっても、パンツは穿いてましたよ。確かに、堂々と他人の裸を凝視できる機会ってあんまりないよね。バレエはかなりストイックな体型やけど、コンテンポラリーはわりに自由というか、いろんな体型でぽっちゃりしてる人もいて（でも筋肉はすごい）、生々しいのも見所やと思う。

公演終わって会場出たら、豪雨でびっくり。雨宿りしてたら同じ公演見てはった佐々

木敦さんに1年ぶりぐらいで会って、この日記のこと、おもしろいねって言われました。いろんなところで好評です、『よう知らんけど日記』。

10月☆日

あんまり言われてない東京豆知識。電車とホームの間があきすぎ！　の駅が多い。総武線飯田橋駅もかなりやけど、京王線下《しも》高《たか》井《い》戸《ど》駅なんて、注意を促すためにホームの端っこがぴかぴか光る。これでよう落ちひんなーと思うくらい、あいてる。しかも駅がカーブ状やから、電車がかなり傾いてる。

土地がなくてホームがまっすぐ余裕持ってとられへんのやろうけど。いつかはまりそうで心配。

10月☆日

前にも書いたけど、火野正平が自転車で視聴者の思い出の地を訪ねる『にっぽん縦断 こころ旅』。

秋は和歌山から四国→山陽→九州。高知の渡し船乗り場で（うちの実家の近所にあるのとおんなじような、自転車で乗れてぽんぽんぽんて鳴るやつ）、おばちゃんが声をかけてきた。おば「(正平の肩をばしばし叩きながら）あ、ほら、なんやったっけ、

名前。ほらー、あー、うー」正平「役所広司だよ」おば「うそだー、ほら、あれ、あの、なんだっけ」正平「ジョニー・デップだよ」おば「(無視)あれ、ほら、名前」近くにいたおじさんが耳打ち「火野正平さん」。そこに別の知り合いのおばちゃんが通りかかって、呼び止めるおばちゃん「あっ、ちょっと、火野正平さんやよ、ほらほら」。いつも誰にでも愛想のいい火野さんもさすがにちょっと呆れてはりました。その後、四万十川《しまんとがわ》をさかのぼり、視聴者が幼少期の思い出の場所とお便りをくれた沈下《ちんか》橋《ばし》(水位が上がると沈むような抵抗が少ない形の橋)にたどり着き、いつものやさし～い声でお手紙を読むため、靴を脱いで橋に腰掛け……。ん? ブーツが、UGG《アグ》! しかも朱色! さらに裸足! やー、ほんまどこで服買うてはんのかなあ。ちょっと考えてから、あ、若い女の子とつきあってるからUGGとか知ってんのか、と思ったり。2年ぐらい前に、最近好みの女子は?って聞かれて「青山テルマ」って言うてたもんな。63歳やで、おっちゃん。

火野正平を見てると「モテ」について考えずにはいられません。

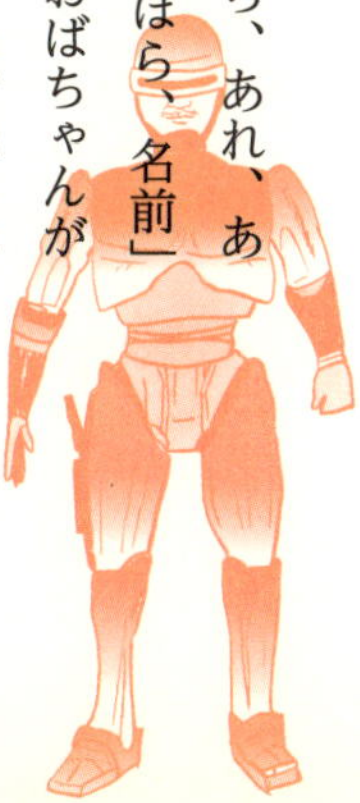

10月☆日

近所のスーパーに貼ってあったチラシ。「人気料理ブロガー勇気凛りんさんのレシピも掲載!」 勇気凛りんさん……。(もちろんハンドルネームですがそれにしても)

現実ってフィクションの先を行くよね。先っていうか、外っていうか。

10月☆日

世田谷区で立てこもり事件発生。近くに住んでる知人のツイッターで知る。ネットのニュースとテレビで確認。そういやさっきからやたらへリコプターの音がしてましたわ。情報の混乱してるテレビをしばらく見つつ、現場のすぐ近くに住む別の友達にメール。朝からお出かけ中で知らなかったらしい。ツイッターでさらに検索してると、世田谷の別の場所、ついこないだまで自分が住んでたとこでもなにやら事件が発生してるらしい。が、こちらはツイッターだけでニュースサイトなども一切情報なし。どうやら、刃物で脅して現金を奪って逃げた、ということらしいのはわかったけど、そのあともツイッター見てると、「世田谷で立てこもり同時発生」とか「こっちでも殺されたらしい」とか、完全に混同してる人がちらほら。さらには、地名と駅名が違うのでそれぞれで事件が起こってると思って「立てこもり3件」になってる人や、「こっちの事件の情報がまったくないのは何かを隠そうとしてるに違いない」と陰謀論の人も。こうやってネット上の噂って広がっていくのねー、と貴重な観察ができました。強盗のほうはローカルなところでしか話題にならなかったようです。今回、ニュースより速く情報得られたツイッターやけど、確認はだいじやね。

翌日、世田谷区役所のサイトに事件の概要と注意は載ってました（そういや、犯人はまだ捕まってないはず）。

10月☆日

39歳になりましたー。

いやもうほんま、人生も折り返し地点なのですが、この日記に書いてるような毎日を送ってます。

10月☆日

狭いけど充実してる書店に2軒続けて出会って、楽しい気持ちになった。つい、本を買いたくなる。趣味がぴったりというわけでもないけど、「選んでる」っていうのが伝わってきて、あー、そういやこれ気になってたてん、て本が棚にいろいろある。こういう棚の前に立つと気分が上がるね。

文庫本2冊買いました。

10月☆日

引き続き表参道。ハロウィンを前にしてイベントをやっているらしく、エイベックス本社の前に、仮装ちびっこを連れた青山在住セレブなママがずらっと行列（「セレブ」は日本ではお金持ちの意味に使われてますが、本来は「有名人」。選ばれた一部の人たち、みたいな意味で、基本、有名人（ゆえにお金持ち）だけを指すはずなんやけど）。

場所柄、外国人の親子もちらほらいましたが、日本人との違いはパパ＆ママも本気で仮装してること。一方、日本人小金持ちママ（日本人はパパは見かけない）は、仮装してないか、しててもちょっと小悪魔風のカチューシャとか。気になって信号待ちする集団の横で様子をうかがっていると、聞こえてきたのは……「こんな人ごみ、住んでなきゃ来ないわよね～」。わー！　予想を上回る感じ悪い発言ありがとう!!　おかげでこうしてネタにできます。

10月☆日

大阪から友達が来て、世田谷散歩。めっちゃええ天気、雲一つない秋晴れで、やっぱりこういうときは出かけなあかんなあ、と普段は夕方まで家から出ない自分を反省。

小田急線梅ヶ丘駅すぐの、ちょっとした山になってる羽根木《はねぎ》公園へ。ここにはプレーパークという、子供が秘密基地作ったり落とし穴作ったり何してもいいゾーンがある。

大きい木に廃材で組まれた滑り台を小学生男子たちががんがん滑って行くのが楽しそうで登りかけたけど、めっちゃ急！　手すりなし！　運動しない体硬くなった39歳にはとうてい無理でした。地面も穴だらけで、土を掘ったところに水を流してぬめぬめの粘土みたいなんが溜まってて、あー、これ、子供のときによう遊んだよなーと思いつつ、しかし！　土の色が全然違う！　うちの地元は黄土色、もともと硬い粘土質もしくは砂やったのが、ここは真っ黒でふかふかの土。関東ローム層ですなあ。木も巨大に育つはずですわ。

たとえば子供の頃の思い出話をしてて、「穴掘って水流して粘土みたいなやつを」「わかるー、やったよねー」と、通じ合ってるつもりでも、それぞれが思ってる「土」が全然違うかもしらんのやな、ってことを、この数年よく考える。

上野の国立科学博物館に日本のいろんな場所の土の断面見本があります。全然違っておもしろいので、みんな見てー。

10月☆日

ハロウィン当日。用事があって高級住宅地で有名な駅で降りたら、ハロウィンな親子がいっぱい。黒猫とかカボチャとかかわいいコスチュームで着飾ったお子たちがうろうろ。前から思ってたけど、ハロウィンはおばけっていうかモンスターっていうかゾンビっていうか、怖がらせるもしくはおもろい格好するもんちゃうの？　日本で言うたらお盆の怪談とか肝試しみたいなもんやろ？　猫やらカボチャはまあＯＫとしても、ディズニーのプリンセス（白雪姫とか『美女と野獣』のベルとか）て、間違ってると思います！　むしろ魔法使いか野獣じゃないでしょうか。

10月☆日 その2

さらにそのあと、夜に訪れた渋谷がさらに大変なことになっておりました。ミニスカ白雪姫、セクシーナース、メイド、小悪魔、天使……。それはイメクラ的な単なるコスプレでは。セクシーナースやるなら、血まみれでお願いします。天使って、よくやる勇気あるよなー。などと思いながら眺めていると、自分がいかにかわいいかをアピールする女子たちの横を駆け抜けていったフリーザ（本気メイク）を見てほっとしたのでした。あと、しましま囚人４人組女子はよかったな。

ドン・キホーテはコスプレを買い求める若者でひしめき合ってるし、駅のトイレは着替える女子たちが占領。どうも「日本のハロウィン」は、イブに恋人を探し回るクリスマス、チョコの祭典バレンタインに続く、誤読を利用した行事になりつつあるようです。

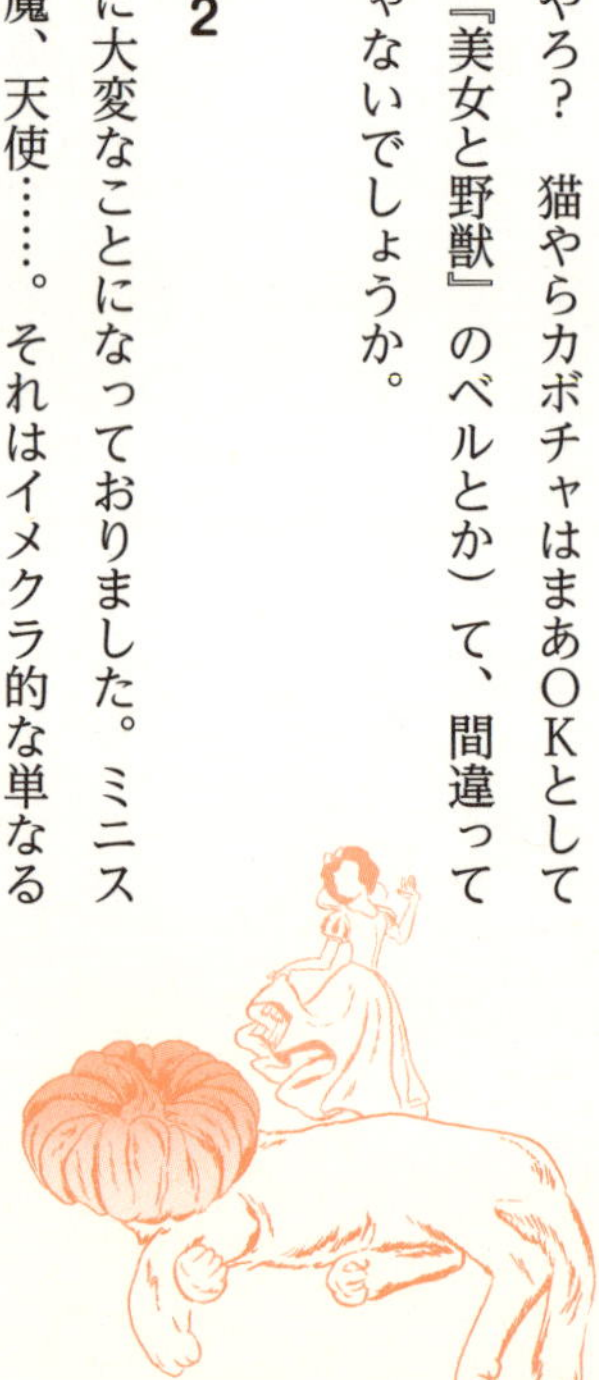

10月☆日

こないだ住んでたとこでは「ひかりTV」だったのですが、引っ越し先のマンションに元からついてたのでケーブルテレビになった。インターフェイスがあんまりよくないというか反応が遅いというか、ちょっと苦戦中。ただ、BSデジタルが見られるようになったので『ファッション通信』（BSジャパン）と『プライムニュース』（BSフジ）が楽しみ。特に『プライムニュース』は今まで誰にも「ああ、あれね！」って言われたことないけど、地味やけど、いい番組と思います。一つのニュースに関する話題について、2時間じっくり特集。なるほどーと思うことといっぱい。よう考えたら、現実に起こってる問題は複雑な事情が長年積もり積もった末に噴出してるわけであって、それが普通のニュース番組の5分程度の紹介とコメンテーターの一言なんかでわかるわけがない。しかも『プライムニュース』は立場の違う人も落ち着いて話し合ってくれて、討論番組にありがちな遮《さえぎ》りとか言い捨てとかもないし。こういう番組、BSでこっそりじゃなくて、地上波でゴールデンタイムにできたらいいのになあ。

地上波ゴールデンには似合わなそうなキャスターの反町理《おさむ》さん（名前はイケメン風）に、すっかりベテランな八木亜希子（月～木曜）やフジのアナウンサーでは一番美人と思う猫目ちゃん・島田彩夏（金曜）がつっこむ掛け合いもいい感じ。前に反町さんが、学生時代のモテないルサンチマンでしつこく食い下がったときに、島田さんが「反、

町、さん」と一言でたしなめたのはよかったなあ。

10月☆日

ワイドショーで桑名正博のお葬式の中継を見る。このパレード、ええお葬式やなあ。大阪以外の人にはあんまりイメージがつかめないかもしれへんけど、とても身近に思える人でした。わたしが大阪に住んでたときの話やけど、ミナミ近辺の飲食店で「こないだ芸能人来てん」と言われたらそれはだいたい桑名さんで、サインやら写真やらある率めっちゃ高くて、いっしょの街で生活してる感があった。ほかの街でそういう存在の人っているんかな。とにかくさびしい。

Wikiってみたら、1830年（!）から続く廻船問屋の7代目やって!! ぼんぼんにもほどがあるな。

11月☆日

走ってみた。運動関係全般が超苦手、登山とマラソンは理解不能、というわたしにとってもっとも縁遠いことなのですが、走ってみた。ネットで見た「走ると悩みが解決する」みたいなのを、鵜呑みにしてみた。今住んでるとこ周辺がちょっとした高級住宅地のせいか、ランニングしてる人がやたら多い。窓から外見ると、あ、また走っ

てる人おる、みたいな感じ。それもあって、便乗してみた。といっても、ちょっと走ってだいぶ歩き、トータルでも20分程度。悩みも別に解決せず。まあ、でも、朝から走ると1日が長く感じるかな。朝、言うても、9時とかやけど。

そしてもちろん、1日坊主です！

11月☆日

ちょっとした高級住宅地、ということで、大型で変わった犬がやたらおる。ボルゾイがいますよ、前から見たらぺらぺらの、バッハみたいな毛のやつ。しかも3頭連れ。シェパードも動物園の生き物並みに巨大。あと、コッカースパニエルみたいな顔やけど大きさがボルゾイぐらいのんとか。あんな特大サイズの犬たち、大きい家やないと飼われへんもんなあ。

前に住んでたとこで見かける犬は、柴犬かトイプードルが8割やったんで、だいぶ違う。ニュータウンではないので、社宅やアパートも混在してるけど、建築雑誌に載ってるみたいな家がそこここにあり、何の仕事をしてどうしたらこんな家が建つのか、ぴんぽーんと押して聞いてみたくなる。内緒にしとくから、教えて。

11月☆日

映画見に渋谷。東京に引っ越してきた当初は、渋谷がいちばん出やすい繁華街やったんでしょっちゅう来てたけど、この数年は年に3、4回ぐらいしか来ず。特に去年は、地震のせいか長編書いてたせいかなんか相当引きこもってたみたいで、こないだから表参道行っても、わーなんか久しぶりーだいぶ店とか変わってんなー、ってなってる。

で、渋谷。ロフトがおしゃれになっている。東急ハンズも。これ、いつから？　宇田川町交番のあたりを歩いてると、なくなった店のことが思い起こされ（ＨＭＶはFoever21に、ブックファーストがあったところはＨ＆Ｍに、ブックファーストは地下に移転）、妙に懐かしく、ああー東京来てもう7年もたったんやなー、とセンチメンタルな気持ちになりました。

11月☆日

何回か書いてるけど30歳過ぎて東京に来たもので、なかなかイメージがつかめないことがようさんある。地名のほかにも気になるのは、学校。灘《なだ》みたいに「へえー、頭よろしいんやな～」というのはどこなのか、「おぼっちゃんやね」「イケイケやね」というのはどこなのか。なんとなくはわかるけど、「あの人○○大学出身やから……」

がどういう意味で使われてるんかわからへん。知らん名前も多い。知らぬが仏的なときもあるけどね。

あ、病院の評判がわからんのは困るかな。

11月☆日

寒い。年を取るにつれ、寒いほうがつらくなってきた。東京のほうが、大阪より寒いと思う。あと、今の時期は天気が悪い気がする。大阪の冬の天気の悪さって日本海側の時雨雲が降りてきて……って去年も書いたか。

11月☆日

10日ぶりに走ってみた。前回より多め。ちょっと離れたとこにある大学まで行ってみたらちょうど登校時間で恥ずかしかった。そしてまた1日坊主です。寒なったし、次は来年かもなー。

11月☆日

映画の試写で虎ノ門へ。虎ノ門はオフィス街で、大使館やホテルオークラ東京もある。東京に住んでても、この辺にはめったに来ることないので、別世界。ほかの街に

来た気分。試写室があるビルも最新のタワーオフィス。エレベーターはホールの手前にパネルがあって、行き先階を入力すると「Aに乗ってください」みたいに表示される。最初どうしたらいいかわからんかった。

学生時代の友達も早々に会社員コースから外れた人ばっかりやし、今の仕事してて知り合う出版関係の人はふつうの会社の人とはまたちょっと違うし、自分の生活上なかなか知り合えへん&どんな雰囲気なんかつかみにくいのが、丸の内とかのオフィス街で、IDカード首からぶら下げてるような会社の人かも。どんな本読みはるんやろか。

試写は満席で見られず。がっくり。

11月☆日

恵比寿で用事の帰り、おなかすいたなーと思ってたら餃子の「チャオチャオ」があったので入る。一人餃子&マッコリ。大阪の餃子って一口餃子が多いよね。一方東京はジャンボ餃子の店がある。買い食い定番もコロッケよりメンチカツやし、こっちの人は挽き肉が好きなんかなあ。そして関西人は小麦粉が好き。餃子の皮が好き。食パンも厚い。

それにしても、メンチカツって名前、何年たってももやっとする。ミンチやん！ミンチカツやん！レシピにメンチ300gとか書いてへんやん！って思うけど、

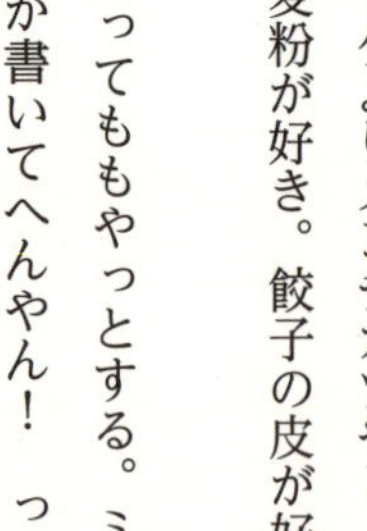

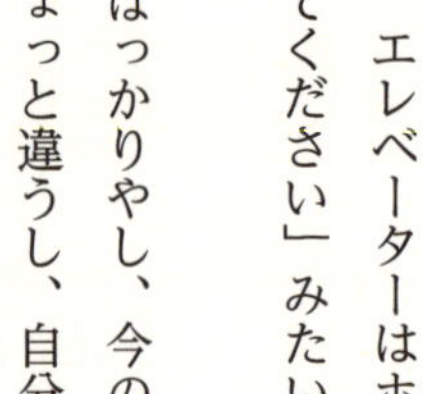

関東ではミンチという言葉をあんまり使わんと挽き肉と言うらしい。意外なところで細かい違いはちょいちょいある。

11月☆日

もちろんずーっと走ってません。寒いし。

あ、新刊出ました。『週末カミング』、短編集です！　盛りだくさんで楽しんでいただけると思います！

11月☆日

スーパーで買い物してたら、横にいた親子が、母「今日は鍋にしようか」娘「えー、また鍋？　先週も鍋したじゃない」と。週1!?　少ない、少なすぎますよ！　わたし毎日鍋でも平気です。最近はいろんなだしが売ってるから、1カ月毎日違う鍋できるんちゃう？　今年の新顔では「鍋キューブ」っていう固形だしが「なるほど〜！」やった。一人分でも量を調節できて、人数少ないおうちにはいいですよー。

今年は海鮮系を試してみたいなあ。

11月☆日

『BS世界のドキュメンタリー』（NHK BS1）33カ国共同製作「世界の貧困」シリーズ。これ、去年は「民主主義」をテーマにいろんな国で作っててておもしろかった。今回、インパクトあったんは「パーク・アベニュー 格差社会アメリカ」。5月に実際行った場所やからっていうのもあるけど、マンハッタンってほんま世界の頂点のお金持ちが暮らしてはるんやなあと実感が。一般の労働者より、ヘッジファンドで儲けてる人のほうが税金が激安らしく、お金持ちと政治がどう結びついてそうなったかの経緯を追ってた。びっくりしたのが、その新自由主義というか保守の人たちが支持してる、思想家アイン・ランドの『肩をすくめるアトラス』ていう小説。半世紀前の本やのにアメリカでは今も毎年10万部以上売れるらしい（注・日本でも毎年売れる、経済系では定番の本のようです。勉強不足を反省）。利他主義は偽善の悪者で、強者こそが世の中を牽引してるって話で、経済活動を制限されたお金持ちたちは山奥で別の国を作り、残された弱者たちが「お金持ちの皆さま、帰ってきてください！」って泣き叫ぶ、という映画版のダイジェストが紹介されてた。そういう考え方があるっていうのはわかるけど、なんていうか、やっぱりアメリカは日本の何年後かなんかなあ、と心配になる、というかちょっと怖くなりました。

11月☆日

寒くなってどうしたらいいかわからん。と思ってたらいきなり電力もピンチ。暖房って、結局何がいちばん効率よくて、重度冷え性でも冬を乗り切れるのか、去年から試行錯誤やけど、難しい。

11月☆日

近所に「まいばすけっと」というのができた。イオン系のコンビニとスーパーのあいだぐらいの感じの店。開いてる時間が朝7時～夜11時で、小学生の頃近所に初めてできたローソンを思い出す。品揃えは、一人暮らしとか高齢者とかあまりがっつり料理できへん人向けっぽくて、冷凍食品のバリエーションがすごい。見たことないのんがあるわーと偵察してたら、メイン＋付け合わせ2品のセットが。これは「TVディナー」じゃないですか！　映画『ストレンジャー・ザン・パラダイス』で食べてたあれ！　当時（日本公開は86年やけどわたしが見たのは90年ぐらい）、モノクロの画面の中で食べてる「TVディナー」をまずそうと思いつつなんかうらやましいようなかっこええような気持ちがあったんやけど、それがここにあるじゃないですか！　しかも冷凍技術も発達して日本やし、あんなにまずそうじゃない。17種類もある！　ちょっとずつ試そう。試食感想、乞うご期待。

11月☆日

『地図集』（河出書房新社）という小説を書いた香港の作家・董啓章《トンカイチョン》さんの講演を聴きに東大へ。東大、10年ぐらい前に観光に行って以来。そのときは三四郎池見て、売店でグッズを買って帰っただけやねんけど、今回は初めて校舎の中も入っておもしろかった。正門の前の道が、銀杏の落ち葉で真っ黄色！ 雪が積もったみたいにきれいで、来年もっとゆっくり来よう、と思った。『地図集』は、香港の実際の地図と架空の逸話が入り交じった小説で、歴史、地理好きの人も楽しめるんちゃうかな。昔の神話を取り入れてたり、日本で過ごす、村上春樹リスペクトの短編も収録されてて、おすすめの1冊です。

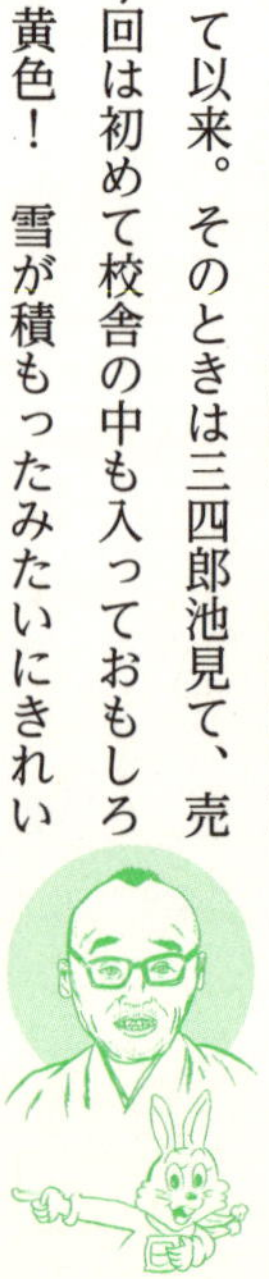

11月☆日

『関口知宏の中国鉄道大紀行』（NHK BSプレミアム）の再放送。こんなに中国の鉄道乗ってる人ほかにおらんのちゃう？ ちら見してたら、かなり田舎の山岳地帯、急斜面にひたすらトウモロコシが植わってる小さい村に行ってて、水くみに1時間ぐらいかかるし大人はほとんど出稼ぎに行ってて旧正月しか帰ってこない、と苦労話を聞いてたら、家の中から突然「ち～ちよ～、は～はよ～、いもうとよ～」と歌う絶叫が。『仮面ライダー』を放送してて4歳ぐらいの男の子が歌ってた。仮面ライダーの

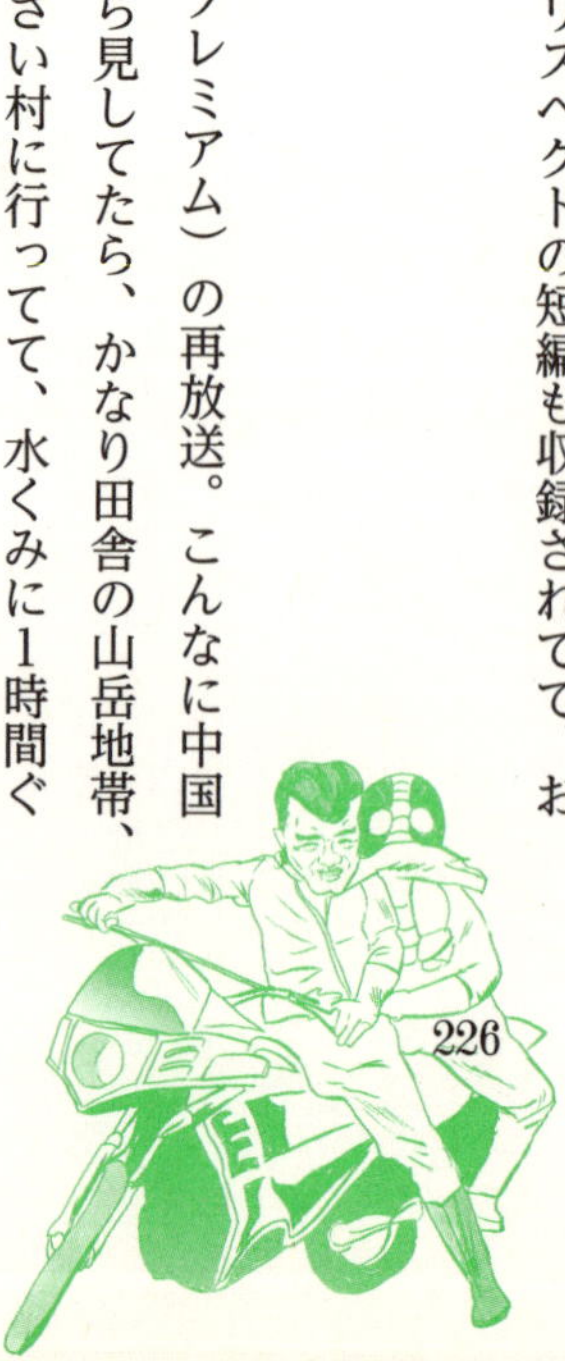

しかもＶ３の主題歌。「父よ、母よ」ってこの子が歌うと切実だね、と同行してた日本の大学生たちが言うてたけど、あの男の子はあの歌で日本語を覚えるのやろうか。

11月☆日

「旅の宿」、入浴剤の。あれ、大好きなんです。ドラッグストアに行ったら、全25種類セットが!!　即買いして帰ったら、見たことないのん入ってる。銀山とか伊豆とか、あったんやねえ。何が好きって、木田安彦さんの木版画の絵がすてき。よう見たら温泉混浴で、むちっとした女の人もじいさんも楽しそーに入ってて（死んでるっぽく見えるじいさんも。昇天?）、その浮かれた顔を見てるとわたしもたのしーくなるのです。何から使おかなー。

11月☆日

髪切ってみた。だいぶ短くしてみた。けっこうええ感じ。実家が美容院で普段母か弟にやってもらってるので、美容院に行き慣れず、どこ行ったらいいか、どう振る舞ったらいいかいつも悩む。ほんで、近所のとこインターネットで検索してから行ってんけど、お店のブログを見てたら、6人いるスタッフの出身地が見事に東日本。東京出身一人以外は、宮城とか福島とか東北の人。関西にいると東北の人ってほとんど知り

合う機会ないので、東京って大きく東日本の文化圏なんやなあ、と実感。スーパーで売ってる食べ物見てもそう思う。それにしても東北の人は色が白い！　うらやましい！

12月☆日

新しい家、南向きやねんけど隣の建物が近くて日の当たる時間が短いので、天気が悪くて薄暗いとさびしい気持ちになる。ツイッターで「寒くてもいいから晴れてほしい」と書いたら、共感してくれたのか3人ぐらいリツイートしてくれはってんけど、一人「明日なんかあるんですか？」と返信が。あー、そういう発想はなかったなーと思って、プロフィール見てみたらサッカー好きでしょっちゅう観戦に行ってはる人やった。なるほどー。わたし、仕事もインドアやし、出かける先も買い物か映画館かやし、屋外活動・遠出のたぐいって年に1回あるかないかやもんなあ。雨降ってると「めんどくさいなー」とは思うけど、「晴れてほしい!!」って願うような日って滅多にないからその感じ忘れてた、と気がつきました。

12月☆日

前に書いたミニスーパー「まいばすけっと」の冷凍食品、勝手に名付けて「ＴＶディ

ナー」シリーズ。最も「TVディナー」っぽいハンバーグを食べてみました。デミグラスソースのハンバーグと、ほうれん草、きんぴら、マカロニグラタンのセット。うん、そこそこおいしい。ほうれん草がちょっと微妙やけど（少ないし）、ハンバーグはオーソドックスな味。マカロニグラタンがいちばんおいしかった。家の電子レンジで5分かかるのと、ハンバーグが加熱ムラできるんが難点かな。続いて、麻婆茄子セット。こちらは加熱ムラなし。付け合わせのブロッコリー卵ソースというのがだしが効いてておいしい。きんぴらはハンバーグのと同じ。「めっちゃおいしい」でも「まずい」でもなく、全体にそこそこ。意気込んだわりに、おもろい感想書けず……。カロリーやら脂質やら書いてあるので、食事コントロールにはいいかもしれません。

次はどれにしよ。

12月☆日

『マリリン・モンロー　最後の告白（前編・後編）』（NHK BS1『BS・世界のドキュメンタリー』）。これは3年前に見たことがあって、非常に心に残ったドキュメンタリー。マリリン・モンローって、アンディ・ウォーホルの版画にもなってるあの顔のイメージやけど、映画以外の映像見たら、全然顔が違うんよね。ほんまに別人。普段のほうが断然かわいい。

あほな金髪むちむち系、っていうイメージを自分も演じてたし、映画監督や共演者からもそれしか求められてなかった、っていうのが、そしてそのことがマリリンていうかノーマ・ジーン（本名）にとってはいかにつらかったかがよくわかる。死ぬ前の数年にずっとカウンセリングしてた精神科医のところに残ってたテープを元に構成されてるんやけど、ノーマさんは男の人と性的関係を結ぶ以外のコミュニケーションの取り方を知らんかったんやろうな、と感じた。女友達としょうもない話するとか、まったくなかったっぽい。グチる相手がおったらもうちょっと長生きできたのになあ、と思う。とてもとてもかなしいドキュメンタリーやった。

ただ、ナレーションが小山力也なので、どうしても『24-TWENTY FOUR-』風味に……。あ、わたしにとっては『ER緊急救命室』のロス先生やねんけどね。

12月☆日

『ニュースの深層』（朝日ニュースター）。今年の傑作選を特集で放送してた。テーマも貧困、クラブ規制などいろいろ。テレビの関係者も、こういう番組作りたい人いっぱいおるんやろうけど、地上波ゴールデンタイムは最大公約数の、これぐらいやっとけばとりあえず（お金出してくれるとこから）文句言われへんやろうって番組しか放送できへんくて、こんなんやってみたいっていう番組はBSでこっそりやってるって

ことなんかなあ。『プライムニュース』に続くじっくりニュース番組。BSデジタル、ひたすら通販番組の時間帯もあるねんけど、街歩き・紀行系の番組（『吉田類の酒場放浪記』（BS-TBS）など）、美術系、報道系は地味にいいのんやってる。『ファッション通信』も見られるし。地デジ移行の関係でBSデジタル映るようになったけどようわからん、という人も、1回見たら気に入る番組があるかも。

12月☆日

前に録画してたヴィム・ヴェンダース特集の『東京画』を見る。小津安二郎の面影を求めて、ヴェンダースさんが東京を訪れるドキュメンタリー。83年の東京。10年以上前に1回見てたんけど、東京の街がわかるようになってみるとまた違ったおもしろさが。最初に映ってるお花見してる墓地は谷中《やなか》霊園かなあ。

全体的には、とにかくもう、服が!! ださい!! 80年代全開!! いくら今、ファッションでは80年代ブームといえど、全然違うよ、本物は。男女共に、髪型はもっこもこ、顔はぷっくぷく。シャツの上に変な柄のトレーナーが定番（確かに小学生の頃はこの組み合わせ着てた。15年ぐらい前に、そういえば最近トレーナーてまったく売ってへんなーと、雑誌チェックしまくったことがあってんけど、今はスウェット大流行やからファッションて不思議。しかし、トレーナーとスウェット、名前が違うだけとちゃうな、と思った。今、あんなミキハウス的配色ないもんな）。

原宿の、竹の子族じゃなくてロカビリー族？　ローラー族？　が映ってんねんけど、これ外国から見たら謎やろなあ。いや、日本人が見ても謎やけど。円陣になって揃えて速さを競って、「あいやいやいやー」って変な掛け声まで飛んでるし……。よさこいの原型みたいな感じですかね。

それから、街が暗い。ネオンが映る繁華街も、今と比べたら、ビルの窓とかいっこも電気ついてなくて、真っ暗。自分の記憶にある限りでも、子供の頃は夜開いてる店もそんなになかったもんなあ。

と、すっかり80年代の東京部分に反応してしまってんけど、小津ネタ部分も興味深いです。小津安二郎の映画って、古きよき日本の穏やかな物語みたいな枠で紹介されることも多いけど、相当に変な映画やとわたしは思います。

12月☆日

タニタ食堂本がヒットしたせいか、どこに行っても本屋さんの料理本コーナーが肥大中。かどやのごま油とか紀文の豆乳とか企業コラボあり、塩麹・塩ヨーグルト・発酵食品などナチュラル礼賛系あり、スペインバルとかカフェとか人気店レシピあり、そしてもちろんカリスマ料理研究家もようさんいてはります。中には「なんでも塩麹

をかけるだけでやせる!」ってタイトルがあり、そんなわけないやろ! 食べてやせる食べ物があったら危険ですって医者が言うてたよー、とつっこみつつ、でも、自分もつい読んでみたり。

それにしても、世の人って、こんなに料理してはるんかなあ。一日中料理してんのかなあ。こんなに作っていつ食べてるんやろ。わたしは超無精者なんで、「一晩寝かす」「揚げる」「下ゆで」等は即却下、覚えられる範囲の手順でできるものしか作らへん。料理本買っても、身につくのって1冊のうち2品ぐらいやなあ。

12月☆日

最近テレビネタが多いのは、原稿にかかってて家にこもってるから。ほんまは前に比べるとテレビ見てない。最大の要因は、ケーブルテレビが使いにくいんです……。

ケーブルのせいなのかウチで使ってる録画機能付きチューナーのせいなのかわからんけど、番組表も選択画面もわかりにくいし、昔の電話線のインターネットみたいに、いっこいっこの動作が遅い。機械を作る人、ほんま、わかりやすさ、使いやすさ第一でお願いしますよ。作ったもん、自分で使ってる? って、昨今の日本の家電への不満と同じことを思ったり。いやー、大切ですよ、使いやすさって。売れてる外国製の家電てボタン1個か2個しかないもん。今って、やらなあかんこともいっぱいあって、選べるものもいっぱいあって、その中でいくら高機能でもわかりにくいもんって「もうええわ、ほかのにしとこ」って思う。

いらち的には困ってるんやけど、そもそも、家でこんなに多チャンネル見られてさらにオンデマンドまでリモコン一つで選べるなんて、十年二十年前から考えたら夢のような未来世界のはず。それやのに、一回便利なもんに慣れてしまったら、ちょっと遅いだけでものすごくいらいらしてしまう。人間ってわがままやな、いや、おおらかな人もようさんいるので、自分のいらちをどうにかするべきなんやろな。健康上も絶対よくない気がするし。

12月☆日

ていうか、年末やん。わたしの生活にはそんな感じないですが、自動的にやってくるんですな、年末は。それにしても今年は特に年末感がない……と思ってたところ、たまたまテレビつけたら『徹子の部屋』でゲストがタモリ。年末最後のゲストはずっとタモリなんよね。それ見た瞬間、「わわっ、めちゃめちゃ年末ですやん！　今年あとちょっとしかないですやん！」と突如焦りだしました。

これがUPされる頃には、もうお正月の雰囲気もなくなってるんやろなあ。

12月☆日

大晦日～。近所のスーパーに閉店間際に行ってみたい、という数年来の願望を実行するときが来た。東京に引っ越して以来、大晦日はいつも友達の家の紅白歌合戦&おせち大会におじゃましてたのやけど、今年は友達はだんなさんの実家だそうで、そや、スーパー行けるやん！

閉店は午後9時なんで、8時過ぎた頃に行ってみた。もちろん、お正月食材が値引きになるのではないかという期待がふくらんでてんけど（伊達巻きと数の子狙い）、スーパーに入ったら、おるおる、同じ考えの人たちが、うじゃうじゃ（笑）。特に鮮魚コーナーの前で待ちかまえてる。店内一周してみたけど、特に安くなってる様子はない。年明けは1日2日と休みやねんけど、お正月食材は日持ちするからなあ。

ときどき、見切り品ワゴンに何か運ばれてきて、そしたら待ちかまえてた人らがわーっと、それこそ虫かハイエナのように群がるのやけど、出てくるのは干し柿とかみかんとか。勢いで干し柿を大量にかごに入れたおばちゃんがおっちゃんに「そんなに食わねえだろ」と言われてたり。それでもぎりぎりになれば何かあるのでは、と待ち続ける人たち、それを見たくなって（そしてやっぱり安くなるのではという期待がうっすらあり）閉店までいましたが、結局安くなりませんでした。とほほ。

サライネス（漫画家）×柴崎友香

東京で暮らす関西人対談

「どこに住んでもおもろい人はいる(よう知らんけど)」

◎黙ってても情報が入る、阪神と宝塚。

柴崎(以下、柴) サラさんと初めてお会いしたのは、東京に引っ越してきてすぐなので2005年だったと思います。あれから私もすっかり東京になじんで8年です。

サライネス(以下、サ) 私は東京に住んでもう16~17年ですね。

柴 すっかりなじんでますか?

サ そうですね。でもここのところ両親が年とったんで、しょっちゅう神戸に帰ってるんですけど、帰るとラクです。

柴 あー、それはすごくわかります。

サ 関西ってなんかユルいんですよね。いま私が住んでるのが赤坂なんで、わりとギスギスした人が多いんです(笑)。外資系の人とか……とりつく島もない人が多いんですけど。

柴　こないだ私、阪急電車で、席ゆずってもらったお礼にアメ配ってるおばちゃんに会ったんです。大阪にいるときは、そういう例ばっかり出されると反発もあったんですけど、久々に帰るとほっとするというかうれしくなるというか(笑)。

サ　テレビでも、東京のたとえば自由が丘で中継すると、自由が丘っぽい人ばっかりが映ってるんやけど、大阪やと（高級住宅地の）「帝塚山のケーキショップの前です」とか言っても、自転車の前カゴに山のように荷物積んで野球帽かぶったおっちゃんが後ろに映ってたりする(笑)。

柴　そうそう、ほんで話しかけてきたりするんですよね、「何の番組？」って。

サ　あと、関西ローカルの番組で、いついつどこどこに来たらノベルティのプレゼントがもらえます、条件として必ず上下豹柄の服で来てくださいって出すと、ほんまにおばちゃんたちが豹柄の格好で来たりしますしね。

柴　家から来るっていうのがポイントですよね。私、初めて神宮球場に野球見に行って、あれ？ってなって。みんな球場に来てから着替えてるでしょ？　駅で、野球見に行く人誰もおらんのかな～って思ったんです、ふつうの格好してるから。大阪のイメージで家からジャージとかユニフォーム着てくるもんやと思ってた。

サ　大阪なんか梅田でも阪神のユニフォーム着てるからね。

柴　大阪帰って甲子園に行くときに、夕方5時前ぐらいに梅田から阪神電車に乗ったら、もうすでにお座敷列車みたいになってました、雰囲気的には(笑)。

サ　うちの母親がテレビつけていっつも怒ってました。「平日の5時ぐらいから仕事もせんと甲子園にこんなようけ集まって、だから大阪はあかんねん！」って(笑)。

柴　大阪の人は野球のことを天気の会話のようによく話しますよね。東京にいると野球の話をしてる人にあんまり会わない。スマートじゃないっていう印象があるんですかね。大阪だと全然野球見てなくても、勝手にみんながいろいろ解説してくれる。

サ　私も子供の頃、とくに野球好きじゃなくても選手の名前全部覚えてた。

柴　こっちに来て、野球中継見ないと結果がわからへんっていうのに驚きました。わざわざプロ野球ニュース見ないといま阪神が何位かわからへんとか。会社に勤めてたときは常務が阪神ファンで、阪神が勝った日だけスポーツ新聞を買って来はるんで一目瞭然だったんです(笑)。

サ　楽天ができたばっかりのときに田尾さんが監督でボロ負けしてましたやん、あのとき大阪のタクシーの運転手がみ～んな言うてたのは「あれやったらオレでもできる！」(笑)。

あと、私は宝塚に住んでたんで、どこの本屋さんに行っても『歌劇』っていう宝塚ファンが買う雑誌が置いてあって、それが当たり前やと思ってました。東京に来て最初に思ったのが「本屋に『歌劇』がない！」って(笑)。

柴　阪急電車に乗ってると宝塚のポスターがいっぱい貼ってあるからいま何やってるとか、トップが誰で、とかイヤでもわかる。

サ　関西にいると阪神と宝塚のことはわざわざ調べなくても日常生活の中に入ってくるんです(笑)。

◎「おばちゃん」は東西を超える?

柴　『よう知らんけど日記』の「よう知らんけど」はサラさんの漫画を読んでて気になって、これをタイトルにしよう!　と。ほんまよう言うよなあって思って。「絶対そうやって!」ってさんざんしゃべったあとで「よう知らんけど」って(笑)。

サ　保険みたいにかけるんです。

柴　サラさんの漫画を読んでると、近所の人たちの人間関係がおもしろい。近所のおばちゃんの感じって、東京でも大阪でもあんまり変わりませんよね。

サ　あー、変わりませんね、おばちゃんは。アメ持ってるか、持ってへんかぐらいの違いで(笑)。

柴　関東、関西の違いより、おばちゃんっていうカテゴリーのほうが勝ってるなって思います。東京に引っ越したばっかりの頃は、おばちゃんの存在に助けられました。うちの母親も私の10年以上会ってない同級生の近況とか、最近なんとかちゃん子供生まれてあそこ引っ越したんやとか……。ああいうのって東京の都心でもそうなのかなあって。サラさんの新連載（編注『モーニング』の連載『セケンノハテマデ』）でも、主人公のモーちゃんが近所のおばちゃんに「レコード出すんやって？　紅白出るよう頑張ってな！」って言われるっていう。あれなんかまさにそういう感じですよね。私も近所行ったら「芥川賞とってな！」とか言われて（笑）。

サ　ほんで「この子、この子、この子！」って全然知らん人に勝手に紹介されたりね（笑）。

でもやっぱり厚かましさは東西で違うでしょ。NHKでやってる火野正平の番組（編注『にっぽん縦断　こころ旅』）でも西へ行けば行くほどおばちゃんが厚かましくなる。東北とか関東は遠慮がちなんですけど、関西に来ると、正平と写真撮るのに「ちょっとじっとしてて！」とか平気で言う（笑）。

柴　大阪の回で、おばちゃんと正平が喫茶店で並んで写真撮ってるんですけど、「うわ、ちびりそ！」って。なかなか美人のおばちゃんやのに、言うてまうのが大阪やなあって（笑）。

サ　それ言うたら、大阪ってほんま街ぶらぶらするだけの番組がものすごく多いでしょ。お金かかれへんのと、一般人が必ずリアクションを返してくれるから。『ちい散歩』にはそういうのがあんまりなくて、名物紹介したり、人との絡みでも「職人さんだね」とかそういうのぐらいだった。

柴　地井さんに話しかけて来る人も、「こんにちは、がんばってください」ってさらっと終われる（笑）。大阪だと、場所より人が前面に出る。

サ　大阪は何もないところに行っても、何かあるおっちゃんかおばちゃんが必ずいるんですよ。『ちちんぷいぷい』の「今夜のシンデレラ」っていう酔っぱらいに話聞くコーナーとか。酔っぱらいがあんまりシリアスじゃないのは、やっぱり大阪って首都ではない気楽さっていうのがあるんですよ。地方都市の気楽さというか。

柴　まだ村社会的な部分があるのかも。東京だとテレビっていうと構えてしまったりそういうところがあるのかもしれない。大阪では人と接するときに構えるところがあんまりないですよね。

サ　赤坂ではありえない(笑)。こないだNHKでやってた角《すみ》(淳一)さんとチチ松村さんの番組もおもしろかった(編注『えぇトコ』)。やっぱりただ二人で街をぶらぶらして、伊丹の昆虫館に行ったり、長刀の稽古やってはるのをぼーっと見たりして、そこに合う音楽をかけるっていうだけなんやけど(笑)。

柴　めっちゃおもしろそう。

サ　伊丹って東の人間からすると空港以外なんのイメージもないみたいです。

柴　伊丹といえば、子供の頃、父とよく昆陽池《こやいけ》公園の池の白鳥にエサをあげに行ったんですけど、真ん中にある島が日本列島の形してるっていうのを大人になって知りました。

サ　昆陽池公園！　私そこでお見合いの写真撮ったことあるねん。28か29のとき。

柴　え～っ!!

サ　その近所にすごい上手にお見合い写真を撮るっていう写真屋さんがおって、世話焼きの仲人さんの間では有名なんですって。あそこで撮ってもらったらどんな顔でもきれいに撮ってもらえるっていうから行ったんですよ。おっちゃん一人なんですけど、ちゃんとライトつけて、池に足半分浸かりながら撮ってくれたりして(笑)。

柴　すごい！

サ　伊丹やから近所におっきい造り酒屋みたいなんがあって、そこの前でも撮りましたよ。

柴　ロケみたい。

サ　ほんまロケなんですよ。そしたら先方がそのでっかい造り酒屋の門の前で撮った写真を見て、こんなすごいウチのお嬢さんもらわれへんって返ってきてん！

柴　すごいオチ(笑)。

サ　ほんでこないだ実家を片付けてたらそのときの見合い写真が出てきて大爆笑ですよ。まあ先方もあんな造り酒屋の前の写真見たらびっくりしますよね。キャプション入ってるわけちゃいますしね。

柴　インスタントラーメンの袋の「調理例」みたいに(笑)。

サ　「背景はイメージです」って書いておけば良かった(笑)。

◎関西で言うたら……。

柴　連載でも書いてますけど、私は大阪の友達に東京近辺の街を説明するのに、すぐ関西でたとえてしまうんです。横浜は神戸やし、たとえば、上野は天王寺じゃないですか？　野球帽かぶったおっちゃんがいてたり、美術館があったり。浅草は道頓堀に似てるなとか。もちろんあてはまらないところもあるんですけどね。去年ニューヨークに行ったときにセントラルパークの写真撮って母親にメールで送ったら、返信が「北浜みたいやな」って(笑)。まぁわからんでもないけど……。

サ　ごっつちっちゃいニューヨークやな(笑)。

柴　東京はほんま人が多いですよね、イベントがあるごとに、どっからこんだけ人が集まってくるんやって。とにかく人が多いのにいまだにびっくりします。あとなんであんなに並ぶんでしょう？　私は並ぶのが嫌いなんで、すぐやめて違う店に行きます。

サ　海行くのも山行くのも3時間ぐらいかかるしね。

柴　最近は高尾山が混み混みですごいことになってるらしいですよ。

サ　山がないからね、結局。

柴　気軽に登れる、近くのちょっとした山が高尾山しかない。

サ　関西やったら六甲山とか生駒山とか……。

柴　そうそう。高野山も金剛山も葛城山もあるんですけど。
サ　こっちだと筑波山が山って言われるんですから、あんなん丘ですよ！
柴　その代わりに富士山がどーんと見えるってことなんでしょうね。私は遅い歳になって東京に来たんで、こっちだと小学生は遠足にどこ行くんやろ、とか、1泊旅行はどことか、そういうのをうまくつかめないんですよね。関西だったら有馬とか城之崎とか、夏やったら白浜とか、なんとなくイメージが湧くんですけど、それがわからへん。
サ　私は湘南に行ってびっくりした、砂浜が黒いから。
柴　関東は土の色が違うんですよね。工事現場で穴掘ってるとこ覗いて気づきました。
サ　私らの砂浜のイメージは白。丹後半島や須磨浦海岸だって白いし。
柴　鎌倉も人が多すぎて衝撃でした。関西の街にたとえるとき、池袋は京橋を5倍にして……とかだいたい大きくして言うんですけど、鎌倉だけは奈良を5分の1ぐらいにしたみたいな……って思いました。
サ　そうそう、奈良の町内1個分みたいな(笑)。これ言うとほんま関東の人に怒られるねんけど、世界遺産に鎌倉をって言うてたけどね、それちょっとキツイわ～！って(笑)。大仏1個と寺がちょこちょこっとあるくらいやのに。
柴　神社仏閣で推すのは厳しいですよね、何かほかのと組み合わせないと。奈良を見慣れてしまってるので、つい、大仏も地味やな！　と。それでも洒落た店が多くてぎょうさんの人で賑わってるんで、首都圏ってすごい、お客さん分けてほしい！　と思いました。

◎東京にあるもの、大阪にあるもの。

柴　大阪でよくあるのに東京にないのは、家の1階がたこ焼き屋とか喫茶店とかになってるような店ですね。

サ　得体の知れんような、喫茶店っていうほどじゃないけど、溜まり場みたいになってるような……。

柴　そうそう。おばちゃんが住宅街のちっちゃい家でやってる喫茶店みたいな。

サ　中学から高校まで通った学校で、いつも夏休みに入る前に校則でやってはいけないこととか書いたチラシを渡されるんですけど、どういうわけか「生徒同士でお好み焼き屋に行ってはいけない」ってずーっと項目に入ってて、毎年それを渡されるんですよ、改訂されることなく6年間(笑)。

柴　理由が知りたい(笑)。私の行ってた高校の近くには、おじいちゃんとおばあちゃんがそれこそ家の玄関先を改装してやってるたこ焼き屋があって、よう学校帰りに行ってました。ベニヤのテーブルに椅子はビールケース、たこ焼きと、30円の瓶に入ったミカン水だけ売ってるような。でも、こないだ東京でも都心から離れたとこに行ったらそういう昭和的な店がちょこちょこありました。

サ　あと東京に来てびっくりしたのは「やんごとなき」人がいるっていうこと。うちのマンションって昔、時代劇とかにもよく出てくる藩の敷地だったんですよ。藩主はうちの大家さんなんですけど、世が世ならお殿様やった人が作業服着てうちの換気扇直しに来はることもあるんですよ(笑)。

柴　お殿様が！

サ　そう、世が世なら口もきいてもらわれへんような人が。あとお茶を習ってたときに一緒になった女の子が、「私の友達に本居宣長の子孫がいるんです。何がびっくりしたって、女の子なんだけど教科書に載ってる本居宣長とおんなじ顔してるんですよ！」って(笑)。

柴　あらゆる人がいますよね、東京は。すごい変わった格好の人がしれっと歩いてたり。電車の中でもいろんな人がいて、つい見てしまう。ストーリーテラーなタイプの人は、そこから妄想を拡げてじつはこの人はこういう人で……ってストーリーを膨らますのかなと思うんですけど、私とかサラさんはただひたすら観察してしまうほうのタイプじゃないかなと思って。

サ　私は高いところから、人がいっぱい歩いてるのをジオラマみたいに見下ろして、そこからドラマを考えるのが好きです。田舎に住むと話が浮かばへんと思う。

柴　わかります。人がいっぱいいるその全体の感じがおもしろい。だから広場とか、待ち合わせの人がいるところって好きですね。電車のホームがよく見わたせるところとか、何考えて座ってはるんかなあって思って眺めたりして。前に住んでたマンションが商店街沿いだったんですけど、上から商店街を眺めるのがすごく楽しくて。あるとき深夜12時ぐらいに、痴話ゲンカの声が聞こえてきて、「女はね、つかまえてでもらわないとダメなときがあるのよ！」って、ドラマの脚本やったらベタすぎて書き直しさせられるで！　と心でツッコミながら眺めてました、1時間！（笑）普段は東京に住んでることあんまり意識しないんですけど、こういうとき、わー、本物や、ってなりますね。

サ　私も前に住んでたマンションから下見てたら、電話でケンカしてる人がおって「あなたはいくら言ったたって私の言うことなんて聞いてくれやしないじゃないの！」って。おぉ～、セリフや、セリフや！って（笑）。

◎擬音語・擬態語が多い関西人。

柴　関西より東京のほうが圧倒的に多いのは展覧会と演劇の類ですね。演劇を見に行くと、もらうチラシの量が尋常じゃない。大阪も大都市やと思ってたけど、首都はちゃうなーって実感させられます。デザインもシュッとしてるような。あ、この「シュッとしてる」っていうのも関東の人はあんまりわからないみたいで、よく説明してって言われるんですけど、難しいんですよ。

サ スカッとしてる、でもないか。

柴 英語の「smart」が近いのかな？　細いとか見た目だけじゃなくて、行動にも使うじゃないですか。

サ なるほど。それにしても関西弁は擬音語・擬態語が多い(笑)。

柴 ニュースで事故現場の目撃者の話を聞いてても、関西の人は「いきなりクルマがドーンって来て……」って。

サ 「ドーンって来てガーっと当たってバーンってなったんですよ」みたいな(笑)。

柴 「ガーってきてバーンってなってびっくりして見たらドバーってなってたんですよ」とか(笑)。会社勤めのとき、同じ部署の人が製品説明も全部そんな調子でしはるから、いっぺん擬音語なしでやってみてっていう話になって、案の定、すごい困ってはった(笑)。牧草を固めてビニールで巻く機械なんですけど、いつもやったら「バーって巻いてビューって集めて……」みたいに言うところを「だからこう……巻いて～……、え～っと……こう……回して～……、それを最後にパチャッて、あ、あかん！」って(笑)。

あとNHKで津波が来たときのことを証言する番組があって、そのインタビューを受けたスーパーの店長さんが関西人で……、「バ～っと波が来て、車がダ～っと」。その番組よう見てるんですけど、それまでそんな表現が気になったことなかったので、やっぱり関西の特徴なんやなと。なんなんでしょうね、関西人の擬態語、擬音語。

◎「よう言わんわ」＝オーマイゴッド説？

柴 サラさんの漫画を読んでいて、最近、「よう知らんけど」に続いて気になってるフレーズが「よう言わんわ」なんです。

サ うちの母親がよう言うんですわ、「うわ～もうあんたよう言わんわ！」って。あれは標準語に変換できないなあ。

柴 「あんた～、よう言わんわ～、久しぶりやな！」とか、いろいろ応用してますよね。

サ なんやろう？「どうも」じゃないし……おばちゃんが主に使いますね。良い意味でも悪い意味でも使う。

柴 そのときの文脈によって違うんですよね。いろんなことに使えるっていうか、使ってるっていうか、わたしはまだできませんけど(笑)。

サ 「あんたよう言わんわ、こんな気つかわんとって」とか。支払いのときに伝票の奪い合いしながら「あんたよう言わんわ」とかね。あれなんやろね、ほんま。

柴 何かを忘れてて、それに気づいて「もうよう言わんわ、私どうしよう」とか。こういう手ぶり（手をちょいっと前にやる）とセットなんです(笑)。

サ 目の前で交通事故とかえらいことがあったら「うわ、もうよう言わんわ！」とか。

言うてるやん！っていう(笑)。

柴　とっさに出る感嘆符みたいな感じかな。「オーマイゴッド」みたいなもんかもしれませんね。うれしいときでもびっくりしたときでもこわいときでもなんでも使うじゃないですか。

サ　あー、そっか!!

柴　そうや、アメリカ人がよく言う「オーマイゴッド」ですね。よう言わんわ＝オーマイゴッド説(笑)。最近は自分もだんだんおばちゃん度が上がってきてるから、もうそろそろ使えるんかなと思ったりしてて。連載タイトルも、次に何かやるときは『よう言わんわ日記』にしようかな、おばちゃんネタばっかり並べたりして(笑)。

２０１３年６月５日　原美術館［カフェダール］にて

サライネス
１９８９年『水玉生活』でデビュー。代表作に『大阪豆ゴハン』『誰も寝てはならぬ』(いずれも講談社)など。現在、漫画誌『モーニング』で『セケンノハテマデ』を連載中。

あとがき日記

日記は、書けない。

日記を書こうと思い立ったことも、日記を書きなさいと宿題を出されたことも、何度もあるけど、二日以上続けて書けたことがない。

小学校の夏休みの宿題の日記は、最後の三日ぐらいでまとめて、「このへんでプール行っとこか、ここで勉強しといたらええかな」とウソばっかり書いてました。正直に書いたら、「ラジオ体操さぼりました、テレビ見てました」と毎日それしかなかったに違いない。

中学のときに女友達と三人で交換日記なるものをしたことがあるけど、そのときもあの漫画のどこがおもしろい、テレビに出てる男前の分類みたいなことばっかりだったので、要するに、この『よう知らんけど日記』とたいして変わらないわけです。どこに行ったとか誰とごはん食べたとか、自分自身の行動を書くのはなんでか昔から苦手らしい。

『よう知らんけど日記』は、日記というタイトルだけれども、人に見せる用の〝日記風エッセイ〟です。でも、夏休みの絵日記ほどウソをついてはないと思います。

わたしの職業は小説家です。

多少めずらしい仕事なのかもしれませんが、自分としてはそんなに変わったことをしているとも特別な存在というとらえ方をしたこともなくて、これが日々自分がやっていくことなんやな、と思っています。

今日は、お昼頃にかなり強い雨が降って、今年初めて近い雷の轟音を聞きました。二時間ぐらいで晴れてきたけど、結局外には一歩も出ず（ポストに郵便物取りに行っただけ）、校正を返して、メールを返して、ツイッターに告知書いて、ごはん食べて、原稿書いて、小説の資料を兼ねて昭和の映画を観て（『燃えつきた地図』『君よ憤怒の河を渉《わた》れ』『女は二度生まれる』……。高倉健主演の『君よ〜』はだいぶ笑った。いきなり熊に襲われるし新宿に馬の群れが走ってきて機動隊に対抗するし女優は意味なく脱ぐし。昔の映画はええ加減で羨ましい。あと、池部良がアラン・ドロン並みの男前でびっくりした）、ストレッチして、そして遅れているこの原稿を書かなあかんなあ、と、そういう一日です。天気が大荒れのときに家にこもっているのは好きで、そのときは「お得な仕事やな」と思う。そんな感じで、そろそろ日付けが変わりそう。今日中に送ります、と言ったのにすみません……。

三年ほど前に自分の公式サイトを作って、お知らせだけやと愛想ないからとテレビの感想を書いていたら、「こういう感じで連載してみませんか」と担当の村瀬さんに連絡をもらったのが、『よう知らんけど日記』の始まりです。

エッセイというのは、わたしの場合ですが、小説よりも、「誰に話しかけるか」に左右される。今までは掲載される雑誌や媒体によっていつもどうしても構えてしまってたのですが、ほとんど独り言というか、普段しゃべってるそのままの大阪弁で書いてみよかいな、と思って書き始めました。

そんなわけで文章として正しい言い回しにこだわらずに書いたので、読みにくい部分や、小説家なのにこんなあほなこと書くのかと思われるところも多々あるかと思いますが、気楽に笑ってもらえたらうれしいです。

まとめて読み返してつくづくわかったのは、自分は天の邪鬼のうえに、ひじょうに飽きっぽい、というよりは、ムラがある。流行りものにはぼやきたくなり、はまってると書いたくせにそれが掲載される頃には飽きてる、また今度書くって言うといてほったらかし……、かと思うと地味にいつまでも気になってるものがあったり。もっとええかっこして書いとけばよかったと思いつつ、こういう自分でも、ずっとこの仕事を続けてこられてるのはほんとうにありがたいことです。

実はこの連載の一回目が掲載されたのは2011年の3月10日だったそうです。一、二回目の分は早めに書いていたこともあって、初掲載の日付けは意識していなかった。そのあと、日本中大変な状況だったのはもちろんのこと、東京はしばらく混乱し、緊迫気味で、それをどこまで書いたものか何を話題にしたものか、迷いながらでしたが、生活している中で実感したこと、身のまわりの手の届く範囲のことで、この連載を始める前に考えていた、「あまり取り上げられていないことで気になること、おもしろいこと」を拾って、書きました。

実際に見たもの、感じたことをちょいちょい書いて、幸いにもいろんな人からおもしろいと言ってもらえ、二年以上続けてこられました。こうして一冊にまとめることができて、感慨深いです。

WEBで読んでくださっていた方はこんなん書いてたなと思いながら、初めての方はこの人ぼやいてばっかりやなと思って、どんなふうにでも、読んでもらえたら幸せです。

この連載は、締め切りも二、三週間に一回とゆるくて、そのおかげで日記が書けなかったわたしにも続けられたのかもしれません。ずっと見守ってくださった京阪神エルマガジン社の村瀬彩子さん、毎回おもしろすぎるイラストを描いてくださったごんごん（権田直博さん）、どうもありがとうございます。

新たにサライネスさんとの対談を加え、池田進吾さんの装幀で世のみなさまに届けられるのがとても楽しみです。

それから、WEBサイト「エルマガｂｏｏｋｓ」での『よう知らんけど日記』の連載はこれからも続きます。末永くおつきあいください。

２０１３年７月　　　　柴崎友香

柴崎友香（しばさき・ともか）

一九七三年大阪生まれ。『きょうのできごと』で二〇〇〇年に作家デビュー。同作は二〇〇三年に映画化。二〇〇七年、『その街の今は』で第五七回芸術選奨文部科学大臣新人賞、第二三回織田作之助賞大賞、第二四回咲くやこの花賞を受賞。二〇一〇年、『寝ても覚めても』で第三二回野間文芸新人賞を受賞。著書に『フルタイムライフ』『また会う日まで』『主題歌』『星のしるし』『ビリジアン』『虹色と幸運』『わたしがいなかった街で』『週末カミング』など多数。

公式サイト http://shiba-to.com

◎初出

本書は「エルマガbooks」の連載『よう知らんけど日記』（2011年3月～2013年1月掲載分）を加筆・修正したものです。対談は書籍化にあたり新たに収録しました。

エルマガbooks http://lmaga.jp/rensai-top.php

よう知らんけど日記

2013年9月15日　初版発行

著　者　柴崎友香

発行人　今出央

発　行　株式会社京阪神エルマガジン社

〒550-8575 大阪市西区江戸堀1-10-8

電話 06-6446-7716（編集）

ホームページ http://www.Lmagazine.jp

印刷・製本　図書印刷株式会社

ISBN978-4-87435-418-6 C0095